文学传播研究丛书

世俗与神圣之间

丛新强 著

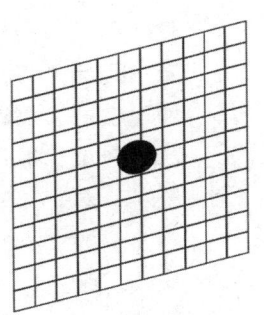

海峡出版发行集团 | 海峡文艺出版社

图书在版编目(CIP)数据

世俗与神圣之间/丛新强著. —福州:海峡文艺出版社,2021.6
(文学传播研究丛书)
ISBN 978-7-5550-2258-9

Ⅰ.①世… Ⅱ.①丛… Ⅲ.①中国文学－当代文学－文学研究 Ⅳ.①I206.7

中国版本图书馆 CIP 数据核字(2020)第 271842 号

世俗与神圣之间

丛新强 著

出 版 人	林 滨
责任编辑	蓝铃松
出版发行	海峡文艺出版社
经　　销	福建新华发行(集团)有限责任公司
社　　址	福州市东水路 76 号 14 层
发 行 部	0591－87536797
印　　刷	福建新华联合印务集团有限公司
厂　　址	福州市晋安区后屿路 6 号
开　　本	720 毫米×1020 毫米　1/16
字　　数	210 千字
印　　张	13
版　　次	2021 年 6 月第 1 版
印　　次	2021 年 6 月第 1 次印刷
书　　号	ISBN 978-7-5550-2258-9
定　　价	60.00 元

如发现印装质量问题,请寄承印厂调换

目 录

"文学生活"：全球对话主义语境中的文学路向……………………（1）

论"文学生活史"的范式转换……………………………………（13）

"红色经典"的建构、解构与重构
　　——以《红旗谱》为例………………………………………（24）

都市景观：20世纪90年代中国小说的一个侧面………………（33）

《独药师》：文明的赓续与断裂…………………………………（40）

《乾道坤道》：世俗与神圣之间…………………………………（43）

《人类世》："人类中心主义"的转换与超越…………………（50）

论路也诗歌的"内向性"及其诗学精神…………………………（63）

论当代中国文学的伦理类型及其形态……………………………（76）

论鲁迅《铸剑》之于莫言的意义…………………………………（87）

论《红高粱家族》的"抗战""情爱"与"历史观"…………（101）

从赵树理到莫言
　　——以《"锻炼锻炼"》和《天堂蒜薹之歌》为例………（114）

论《食草家族》的"文明终结"及其"含混性"意义…………（127）

论《丰乳肥臀》的"母亲"形象及其生命意识…………………（144）

论《蛙》的未完成的"忏悔" ……………………………… (155)
"诺奖"之后的莫言研究述评 ……………………………… (168)
论莫言小说新作的精神特征 ……………………………… (184)
《晚熟的人》阅读笔记 …………………………………… (197)

后记 ……………………………………………………………… (202)

"文学生活"：全球对话主义语境中的文学路向

在中国现当代文学学科中，"精英意识"和"经典文本"一直构成主导性的研究范式。20世纪80年代末和90年代初，文学经典的话题再度以一种充满质疑的方式成为前沿问题。佛克马、蚁布思关于"文学研究与文化参与"的讲演、"文学大师座次"重排事件、"百年文学经典"的编撰与出版等，都对传统的经典意识产生了重要影响。而且，经过后现代主义的学术争鸣和后殖民主义的理论冲击，文化研究逐步形成强势的思潮，直至今日。事实上，这在某种程度上正是以一种精英思想替代或者转换另一种精英思想。与"文化研究"对于文学经典和既有文学史的解构不同，温儒敏先生提出的"文学生活"研究是对既有主导范式的有效补充，更是对"文学史重写"理路的理性建构。"不但要重视专业评论家研究者撰写的文学史，还要关注并写出大众的、群体性的文学活动史。"①

一、问题的提出

在文学的主体性构成中，对作为接受主体的读者的研究日益重要。如果忽视读者的主体意识，至少不是全面的文学研究。尤其在时至今日的媒介融合与新媒体时代，缺乏对于普通民众的文学参与的专门考察，就会自然产生"文学衰

---

① 温儒敏：《文学研究也要接"地气"》，《求是》2013年第23期。

亡"的论调。而且自20世纪90年代以来的"全球化",已经成为国际学界和汉语学界最为显著的话题。根据旅美学者刘康的观点,全球化是指冷战结束后跨国资本建立的所谓世界"新秩序"或"世界系统",同时也指通讯技术革命以及"信息高速公路"所带来的文化全球化传播。① 从文化逻辑的层面而论,全球化首先就是媒介的全球化。2001年,美国批评家希利斯·米勒发表《全球化时代文学研究会继续存在吗》一文,电子媒介时代的文学研究问题再度成为国内学界关注和争论的新话题。米勒以宣读德里达的《明信片》而开始自己的论析:"在特定的电信技术王国中(从这个意义上说,政治影响倒在其次),整个的所谓文学的时代(即使不是全部)将不复存在。哲学、精神分析学都在劫难逃,甚至连情书也不能幸免……"② 文学本来是关于"距离"的存在,而电信则创造了"世界范围的联结",距离被压缩为"趋零距离"。③ 显然,媒介正在通过改变文学赖以存在的外部环境而间接地改变文学,甚至直接地重组文学的审美要素。在全球化视野和媒介语境中,文学研究的转向势在必行。2009年,温儒敏先生提出"文学生活"的研究,并不断加以理论和实践的深化。作为一个学术性概念,"文学生活"有其特定指向,"主要是指社会生活中的文学阅读、文学接受、文学消费等活动,也牵涉到文学生产、传播、读者群、阅读风尚等等,甚至还包括文学在社会生活各个方面的影响、渗透情况"④。相对于传统的文学批评与研究,它主要针对的是非专业性的文学活动,强调关注"普通国民的文学生活",充分意识到文学与各种媒体间的渗透和互动。如此来看,也就不会认为文学在"没落"或者"衰亡"。"文学生活"这一全新的概念,并非通常所意会的字面意义的表达,而是具有哲学意义的思辨性和逻辑展开,否则就不过是一个日常术语而已。

尽管刘康特别提醒不要忽略全球化的文化内涵和意识形态内涵,但在全球化的理论和具体操作层面却仍然没有跳出"全球化"与"民族化"的逻辑框架和相互界定的格局。于是,"全球化"不仅难以推进,甚至会重回老路。问题

---

① 刘康:《全球化·民族化》,天津人民出版社2002年版,第4页。
② 希利斯·米勒:《全球化时代文学研究会继续存在吗》,《文学评论》2001年第1期。
③ 金惠敏:《媒介的后果——文学终结点上的批判理论》,人民出版社2005年版,第10页。
④ 温儒敏:《"文学生活"概念与文学史写作》,《北京大学学报》2013年第3期。

的症结在于"全球化研究一直就缺乏哲学的介入",所以,"全球对话主义"便试图在"全球化"与"哲学"之间打开一条研究理路。① 说到底,"全球对话主义"是"全球化"在哲学意义上的自然延伸,或者直接说,"全球化"的本质理应就是"全球对话主义"。反观全球化背景中的"文学生活",如果继续以往的讨论,也同样很可能重回老路并使这一概念变为陈词滥调。"文学生活"的"概念化",同样需要哲学的介入和透视。面对"全球化"本质存在的"全球对话主义","文学生活"至少关涉三个问题:第一,文学生活处理的是"自我"与"他者"的关系;第二,文学生活是一种"文学对话";第三,文学生活是一种"文学行动"。"这一论题在相当程度上关联到当下社会的文化生态、精神现状、审美取向和文学创作之间错综复杂而又互动互助的关系","是一个既具有文学史意义和文学理论意义又具有文学实践意义的命题"。②

二、"自我"与"他者"

如温儒敏先生所言,传统的文学研究大都是"兜圈子","在作家作品——批评家、文学史家这个圈子里打转,很少关注圈子之外普通读者的反应",③ 这种"内循环"式的研究,说到底就是专业研究者以"自我"为中心的必然结果。殊不知,这恰恰忽略了作为"自我"对应性存在的"他者"——"圈子之外普通读者"的反应。而后者,在某种程度上又构成最为真实的文学生态。比如,作为重要阅读群体构成的当代大学生的文学生活状况如何,作为当代中国最为突出的阶层构成的农民工的文学阅读状况如何,作为信息传播重要力量的新闻媒体从业人员的文学消费状况如何,类似这样的关注视野肯定会极大地改变我们对于文学的既有认识。再比如在现代戏剧研究中,校园戏剧生活状况就是极为重要的一环。其中的文学剧本的阅读、对京剧及地方戏的认识和校园戏剧的演出等问题都值得关注,将会影响到戏剧研究的整体生态。"自19世纪末以来饱含探索激情的校园戏剧,始终是青年一代关注社会、表达自身思考、实现自我价值的重要艺术活动。校园戏剧以其前卫性、教育性和建构性不断推动

---

① 金惠敏:《全球对话主义:21世纪的文化政治学》,新星出版社2013年版,第2页。
② 刘方政:《"文学生活"概念的提出、内涵及意义》,《山东大学学报》2014年第4期。
③ 温儒敏:《"文学生活"概念与文学史写作》,《北京大学学报》2013年第3期。

戏剧现代化和民族化进程,在中国现代戏剧的建构中起到了重要作用"。① 这样的思路,就会突破固有的专业研究规范,进而实现对于某一学科门类的整体关照。

全球对话主义要面对并解决的关键问题是"自我"与"他者"的关系,在这里,"自我"与"他者"是平等关系,是制衡关系,甚至是"二合一"的关系,唯独不是通常理解的对照关系。"对照关系"导致的理论偏颇所带来的现实陷阱,根源恰在于"不将他者作为他者",其实质是借助"自我"否定"他者",最终也将无以"自我"。如果说传统的专业性批评和研究是以"自我"为中心的话,那么"文学生活"的提出则是以"他者"为中心。前者注重从作家到评论家、文学史家的线性发展模式,后者则关注"作品的生产、传播,特别是把普通读者的反应纳入研究范围",也就是"普通国民的文学生活",或者是与文学有关的普通民众的生活。② 既然二者不再是"对照关系",那么就不能以前者来排斥、否定后者,当然更不是主张以后者取代前者。比如普通民众对于唐诗宋词、"四大名著"等古典文本的选择和心理反应如何,对于鲁迅、张爱玲、金庸、莫言、韩寒、郭敬明等热点文本的阅读和接受状况如何,对于《人民文学》《收获》《十月》《当代》等所谓"纯文学"期刊的接触方式和阅读期待如何,对于《知音》《读者》《故事会》等通俗文学期刊的阅读和认识如何,对于传统媒体的文学副刊和海量的网络文学的阅读和理解如何,类似这样的关注视野同样会极大地重塑我们既有的文学构成圈层。

正像"全球化"并非放逐"主体"一样,"文学生活"研究也不是去除"主体"或者哪怕弱化"主体",而是极为强调"主体"存在本质的"主体间性"(或者直接说,"主体"本身就是"主体间性")。也就是说,一主体同时为其他主体所介入、所构成,否则就无所谓"主体"。鉴于"不将他者作为他者"的常规状态和负面效应,必须意识到任何主体都是有限性的存在,所以不仅将他者作为他者,也要将自我作为他者,从而将"主体间性"推进为"他者间性"。"文学生活"研究所强调的正是"他者"的根本位置,就是要不断进入"他者"的世界,进而扩展和平衡文学研究的视野。反过来,如果固守于"自

---

① 刘方政:《高校校园戏剧生活调查》,《东岳论丛》2014年第2期。
② 温儒敏:《"文学生活"概念与文学史写作》,《北京大学学报》2013年第3期。

我"，就只能陷入"内循环"式的单向度研究，而似乎顺理成章地就限定了文学世界的多层面和丰富性。比如当代中国社会广泛存在的民间文学社团及其民间期刊的活动状况如何，当代中国文学最为复杂的诗歌生态状况如何，新媒体乃至自媒体带来的文学模式变迁形态如何，类似这样的关注视野也必然会极大地丰富我们的文学园地，进而促使各方文学力量的制衡性发展。

在伽达默尔看来，"他者"既是"真理"也是"方法"，因为一方面"他者"不可穷尽，另一方面与"他者"相遇才使"自我"被认识、被扩大、被更新。作为"他者"的"文学生活"范围广阔，可谓"不可穷尽"，"所关注的是文学生产、传播、阅读、消费、接受、影响等等，是作为社会文化生活或精神结构的某些部分，在这样的视野下，有可能生发许多新的课题，文学研究将展示新生面"。①比如，社会各阶层的文学阅读状况、各种流行的文学现象、文学期刊尤其是类文学刊物的读者群研究、文学与其他媒介的相互渗透等等。与此同步的是，"文学生活"研究又必然不断"扩大"和"更新"传统意义上的专业化文学批评和研究并不断加深对后者的"认识"。因为一个基本的事实是，没有普通读者的接受和反应，对于作家的判断就不会全面客观，对于作家与文学史的关系就难以定位。伽达默尔对"翻译"的论述点中问题的实质："文本的可翻译性，即翻译所容易传达的东西，常常就是我们自己的文化编码系统，而其不可翻译性则是起于那不接受此编码的他者文化的他者性。翻译会聚因而也凸显了文化间的差异、距离和冲突，使我们清晰地意识到我们自己的文化局限，于是一个文化间的对话成为必要，为着认识我们自己的必要，否则我们就只能在我们的内部做自体循环了。"② 长期以来所谓的"不可翻译性"往往归结于"他者"文化的局限所致，殊不知这反而恰恰表明了"自我"文化的局限。归因于"他者"局限，"对话"便自行消解，至多陷入"自我"循环；而归因于"自我"局限，"对话"则主动介入，也就具有达成有效性的可能。"文学生活"概念的提出，正是源于对现有的主流研究状况的"困倦"和"不满足"，针对的是固有的以"自我"为中心的文学研究的局限所在，并以积极主动的姿态介入其中。当然，"文学生活"也承认自身研究的局限性，比如难以

---

① 温儒敏：《"文学生活"概念与文学史写作》，《北京大学学报》2013年第3期。
② 金惠敏：《全球对话主义：21世纪的文化政治学》，新星出版社2013年版，第24页。

全面顾及作家作品的"审美个性、形式创新、情感、想象等等"。其实,所谓的"局限"和"他者"都是"互为局限"和"互为他者",这也是"自我"和"他者"共同存在的理由,实质也是"文学生活"得以成立的条件。在这个意义上,"文学生活"就自然生成为有效性的"文学对话"。

三、"对话"与"行动"

在巴赫金看来,主体或自我的存在永远是特殊的、个体的、未完成的。只有在与"他者"的对话交往中,才能实现主体的进程。以往的文学研究大多处于"未完成"的状态,而"文学生活"研究的参与,则无疑在推进并逐步实现文学的历史进程。伽达默尔在其对话本体论中充分阐释了"对话"的本质:"虽然我们能够说我们'举行'一场谈话,但是越是一场真正的谈话,它就越是不怎么按着一方或另一方对谈者的意愿举行。因此,真正的谈话从来就不是那种我们意愿举行的那种。……谈话如何转折,如何继续进行和结束,这当然完全可以有一种举行的方式,但是在此举行中对谈参与者与其说是举行者,毋宁说更是被举行者。在一场谈话中没有谁能够事先就知道将会'出现'什么样的结果。"① 相对于习以为常的外部力量的"决定性","对话"更具有自身内在的"自足性"。作为一种"文学对话"的"文学生活"研究,同样具有自身内在的"自足性"。"文学生活"不是按照"我们"的"意愿"发生、发展的,它是一种永远开放性的研究,而且是一种无法预料结果的研究,甚至"我们"不能准确把握研究的过程,故其创造的"生长点"和产生的"思考"或许大于研究本身。"文学生活"意义上的"对话",本质上说是一种没有"前提"的对话,如果说非要有什么对话的"前提"的话,那就是对"自我"存在的反思和对"他者"身份的尊重。而这,又再次构成"文学生活"概念的"提出"和"展开"。"文学生活"研究从根本上就处在"对话"之中,其间涉及的每一个"主体"都互为对话者。"对话"赋予"他者"以主体性的维度,从而使得"主体"之间得以相互改变的承认。

比如文学与影视的互动关系,就是"文学生活"中的互为主体性的对话。

---

① 金惠敏:《全球对话主义:21世纪的文化政治学》,新星出版社2013年版,第25页。

影视吸收文学的能量以激活自身，而文学则借助影视巨大的传播力获得扩展的机会。当前，文学与影视的整合与互动越来越呈现多元化。在影视发展史中，文学著作往往成为影视工作者改编拍摄的首选。为什么越来越多的制片方选择剧本时首先会考虑文学作品？"文学作品有着殷实的'潜价值资源'，在题材选择、主题开掘、人物塑造、价值取向、审美情趣等方面都非常扎实，给影视艺术的发挥以多方面的启迪"。而且，"优秀文学作品早已取得了广泛的社会认同，不论结构和故事都非常成熟，这大大降低了投资人的投资风险"[①]。文学是影视最需借助的资源，它所提供的故事、人物及其语言构成其中的核心要素。张艺谋说："我们研究中国电影，首先要研究中国当代文学。因为中国电影永远没有离开文学这根拐杖。"[②] 文学的发展为影视提供了丰富的改编资源，包括目前风头正劲的网络文学的影视剧改编，都推动了影视产业的快速发展。从文本到剧本的历程无论如何，文学对影视的基础性作用迄今为止都是其他因素和资源无法取代的。

反过来说，影视对于文学的影响大致具有负面的和正面的两种表现。由于改编带来的对原著和原著作者的宣传效应和经济效益，影响了作家的创作心态，也就出现了一大批作为影视改编备选作品或脚本的小说，影视化痕迹明显，表现特征主要是："主题健康而肤浅；注重故事情节，而故事又好不到哪儿去；忽视生活的丰富质感，忽视细节描写，忽视闲笔，真把小说写成了单线的单纯结构；取消了细腻的心理刻画；对话过多等等。由此，这些年的确产生了一批半小说半影视的作品，大都两边不讨好。所谓'电视小说'，是写完剧本后的拷贝，更不值一提。"[③] 对于部分优秀作家也把主要精力用于影视创作的问题，已经引起争议。一些文学读本是在影视热播中或者热播后推出，借着影视的余温和轰动效应继续"走红"，目的也无非是获取延伸性的商业利益。与影视对文学的负面影响相对比，有研究者认为，文学价值可以在影视世界获得再生。文学将自己的价值内核以改编的方式嵌入影视价值系统中，影视价值

---

① 李春利、李蕾：《影视与文学联姻：相互尊重才能共入佳境》，《中国青年报》2007年1月22日。

② 颜纯钧：《文化的交响——中国电影比较研究》，中国电影出版社2000年版，第320页。

③ 胡平：《视听时代文学与影视关系如何重构》，《人民日报》2011年3月29日。

的提升又会激发文学价值的增生。"改编手段从体现原著故事到倾向于体现原著精神，再到用当代精神去阐释对原著的理解，直至后现代的荒诞解构，形成了复杂而又斑斓的过程。每一次改编都是文学名著向大众的开放，也是对文学名著艺术内涵的一次创造性再阐释，这对文学传播效应的扩大作用是显而易见的。"即便对有些内涵太丰富或叙述方式非常特殊的名著的改编并没有得到公认的成功，但也有其独特的功效。这样的改编"以反证的手法再次掀起了如何深刻解读这些不朽名著的思考热潮，成为传播和放大文学艺术价值的一种另类形式"①。显而易见，成功的影视改编，无疑推动了文学作品的传播，并改变着人们的阅读习惯。影视剧的流行，带动人们对相关书籍的渴望，并利用传播优势扩大了作家的知名度和影响力。不用说"名著"和"经典"，每一次改编与翻拍都会引发新一轮的文学读本阅读热潮，就是一般作品也是如此。影视可以成为文学的载体，可以是文学的一种传播方式，其实也为文学的发展提供了一个契机。而"影视同期书"现象的出现，又使得文学借助影视而成为文化传播的热点。影视因为有了文学精神而获得强大生命力，文学因为有了影视的强势传播而影响更为深远，这理应成为"共存共生"的全球化语境中的理想状态。

说到底，"文学生活"就是"对话"，这个"对话"没有终点。文学发展的历史连续性只能放在生产与消费的关系中来理解，而且通过消费主体得以呈现过程性的特征。"在作者、作品与读者的三角关系中，读者绝不仅仅是被动的部分，或者仅仅作出一种反应，相反，它自身就是历史的一个能动的构成。一部文学作品的历史生命如果没有接受者的积极参与是不可思议的。因为只有通过读者的传递过程，作品才进入一种连续性变化的经验视野之中。"② 也就是说，只有通过读者的"文学生活"，文学才能在一代代的接受链条上被展现、被丰富，才能保持其价值和生命，而这又构成文学存在的历史本质。正如美国批评家霍兰德在其"文学反应动力学"中所提及的，"处在文学本体边缘的作品往往比符合学院标准的作品更为直接地提出文学的问题"。③

---

① 李晓灵：《图像时代的电影和文学》，《北京社会科学》2008年第2期。
② ［德］姚斯、［美］霍拉勃：《接受美学与接受理论》，周宁、金元浦译，辽宁人民出版社1987年版，第24页。
③ 金元浦：《接受反应文论》，山东教育出版社1998年版，第345页。

通过不同层面的不间断的"对话",文学的现时经验和过去经验得以不断交流,文学的"外循环"得以形成。"文学生活"不仅是"对话",同时是以"对话"的方式介入现实。文学存在的复杂形态,其作为历时性与共时性交叠的历史过程,文学作为多种因素多种环节的多向运作,使其与整个社会发生永远的交互作用。文学学科与非文学学科的壁垒正被日益打破,"文学生活"研究既是文学的,又是社会的,关注社会对文学的"自然反应"和文学活动的"社会化过程","分析某些作品或文学现象在社会精神生活中起到的结构性作用"。①显然,"文学生活"意在恢复文学研究与当代现实的对话能力,重新点燃文学研究的现实激情。在这个意义上说,"文学生活"是一种"文学行动"而非"文学本质"。

在德里达看来,"没有内在的标准能够保证一个文本的本质的'文学性'。没有可确认的文学本质或文学存在。如果您去分析一件文学作品的所有要素,您将永远见不到文学本身,您只能遇上一些它分享或借取的、您在其他文本中也可以发现的特点,无论是在语言、意义方面或是在被指示物('主观的'或'客观的')方面"。②就此而论,文学不具有纯粹的独创性,对于任何文本都可以作"非超越的"的阅读。"没有任何文本其自身就是文学性的。文学性不是一种天然的本质,不是文本的一种内在属性。它是对于文本的一种意向关系的关联物。"③这种"意向关系",总体而言就是"社会性"关系。如果要对文学进行界定的话,那么它是某一共同体的集体意向对象。德里达用"文学行动"取代"文学本质",即是用"行动"的复杂性否定"本质"的纯粹性,用"行动"的介入性否定"本质"的距离性。"文学的本质,如果我们坚持本质一词的话,就是在刻写和阅读'行动'的历史渊源处被作为一套客观的规则而生产出来的。"④文学的"本质"就是它的"行动",就是它的时空存在性。德里达把文学本质地界定为"虚构的体制","文学以其虚构的本性可能被允许'讲

---

① 温儒敏:《"文学生活"概念与文学史写作》,《北京大学学报》2013年第3期。
② 金惠敏:《媒介的后果——文学终结点上的批判理论》,人民出版社2005年版,第24页。
③ 金惠敏:《媒介的后果——文学终结点上的批判理论》,人民出版社2005年版,第25页。
④ 金惠敏:《媒介的后果——文学终结点上的批判理论》,人民出版社2005年版,第26页。

述一切'……但同时也恰恰是由于这一虚构性,其'讲述一切'等于什么也没有说"。① 文学无处不在,而又无处"独在";"文学就是互文性,就是文学史"。② "文学生活"无处不在,具有"行动"的复杂性,它着力研究的不是"文学性",而是"文学反应";它重点关注的不是所谓的文学的"本质",而是文学的"社会存在"。"文学生活"的最突出特征就是"互文性"研究,如果说要有"行动"追求的话,就是"文学史写作"。正像温儒敏先生所提及的,理性的文学史写作"将不再局限于作家与评论家、文学史家的'对话',还会关注大量'匿名读者'的阅读行为,以及这些行为所流露出来的普遍的趣味、审美与判断,不但要写评论家的阐释史,也要写出隐藏的群体性的文学活动史"③。至此,"文学生活"作为"文学行动"的性质和使命得以提出并逐步明确,"行动"时刻进行,"文学史"也就没有终结。

四、结语

回到前述全球对话主义的媒介文化基础,"文学生活"概念的一个重要前提无疑来自和文学紧密关联的"媒介"的变化、融合与转换。美国媒介研究专家利奥·博加特认为,当今处于媒介界限变得模糊的世界。"创造性的产品已能从一种媒介形式转换到另一种媒介形式……象征性讯息跨越媒介疆界而进行转移时,可以发挥协同作用,从而使整体较之个体的总和更大……无论我们将报纸、连环漫画中的英雄故事改编成一部电影,抑或根据一部电视剧改编成小说,还是建议观众把一部电视商业片当成报纸广告来收看,都表现了媒介的相互渗透和内涵的不断扩大。"④ 其实,"文学生活"研究也是基于"媒介的相互渗透和内涵的不断扩大"这样的媒介生态环境。一方面,媒介的发展产生了"文学正在消失"的言论,另一方面的事实却是"文学对各种媒体的渗透比任

---

① 金惠敏:《媒介的后果——文学终结点上的批判理论》,人民出版社2005年版,第26页。
② 金惠敏:《媒介的后果——文学终结点上的批判理论》,人民出版社2005年版,第24页。
③ 温儒敏:《"文学生活"概念与文学史写作》,《北京大学学报》2013年第3期。
④ 邵培仁、陈兵:《媒介战略管理》,复旦大学出版社2003年版,第2页。

何时期都要广大与深入",这也是"文学生活"的基础和题中应有之义。新的信息媒介方式需要新的文化范式,文学不断面临打破文本中心时代被割断了的与人的生活的密切关系,从而重新恢复文学对于我们生活的重要意义。

再次回到米勒的讲述,"我希望文学研究本身能够以某种方式继续下去……即使书籍的时代过去了,被全球电信的世纪取代了(我认为这一过程正在发生),我们仍然有必要研究文学、教授'修辞性阅读',这不只是为了理解过去,那时文学是何等的重要,而且也是为了以一个经济的方式理解语言的复杂性,我想只要我们使用语词彼此间进行交流,不管采用何种手段,语言的复杂性就依然是重要的。"① 在由文本中心走向视听中心的时代,"文学生活"充满空间,不仅是理解历史以保持公共文化记忆,更是理解"语言"的丰富性也即是"文学"的复杂性存在。"阅读"文学就是进入、回应和记录"他者"世界,而全球化又为阅读他者提供了合适机遇。视听时代,文学何为,"文学生活"提供出一种有效的文学史乃至社会文化史的研究路径。当然,问题的另一面同样存在,或许唯有到了视听时代,文学的特质才会显现,但这已经属于文学研究的另一向度了。

葛兆光先生在一篇题为《经典的和生活中的》文章中提到学术研究和社会状况之间的反差:"翻开宗教研究的各种著作,那些关于'空'、'无'的玄妙理论、关于宇宙本质或人类理想的超越话题、关于'道'或'逻各斯'的异同思辨,好像并没有给我们解释这些(社会)现象以太多的帮助,倒反而把我们搅糊涂了:'怎么老百姓不去讨论终极信仰,却专门相信这些名堂?'于是,我们总是会不自觉地去追问:'他们究竟信仰的是什么?'"② 正基于此,葛兆光认为,思想与学术有时是一种少数精英知识分子操练的场地,它常常是悬浮在社会与生活的上面的,他们的思想常常是与实存的世界的思想有一段距离。"仅仅由思想精英和经典文本构成的思想似乎未必一定有一个非常清晰地延续的必然脉络,倒是那种实际存在于普遍生活中的知识与思想却在缓缓地接续和演进着,让人看清它的理路。……因为精英和经典的思想未必真的在生活世界

---

① 金惠敏:《后现代性与辩证解释学》,中国社会科学出版社2002年版,第242—243页。
② 葛兆光:《中国思想史·导论·思想史的写法》,复旦大学出版社2001年版,第11页。

中起着最重要的作用,尤其是支持着对实际事物与现象的理解、解释与处理的知识与思想,常常并不是这个时代最精英的人写的最经典的著作。"① 这虽是针对思想史研究与写作的论述,但对文学研究与文学史写作来说同样适合。"文学生活"研究显然不属于传统模式的"精英意识"与"经典文本"的范畴,反而呈现出"平民意识"和"大众文本"的取向,但是在其自身所处的当时代,"文学生活"研究却"真的在生活世界中起着最重要的作用,尤其是支持着对实际事物与现象的理解、解释与处理"。这样看来,其存在意义及其研究价值又是极为重要的,恰恰是文学自身发展与时代语境变迁相互作用的需要和结果。

(原载《山东社会科学》2015年第11期)

---

① 葛兆光:《中国思想史·导论·思想史的写法》,复旦大学出版社2001年版,第11页。

论"文学生活史"的范式转换

"重写文学史"的理念虽然合理并且进步,但在实践过程中却充满困难。已有的文学史重写范本往往主要在文学史观上做出调整,而且主要表现在文学史的整体观研究层面,但对于支撑文学史观及其整体性的具体内容的选择和判断则又大多沿袭了旧有的体系。所以,文学史重写经常存在着历史观念与现实制约、逻辑建构与具体史实、框架结构与材料选择不相协调的矛盾问题。而"文学生活史"的介入,不失为文学史写作的一种具有可操作性的选择。"从批评史来看,在文学的作者——本文——读者的运作之链中,历来研究最少、需要填充的最大空白显然是读者。"① 而"文学生活史"恰恰是以读者的阅读、接受和反应作为主要的研究对象,这无疑构成对既有文学史的必要的补充和有效的丰富。

早在 2009 年,温儒敏先生就提出研究"文学生活",主张走向"田野调查"。2012 年以来,"当前社会'文学生活'调查研究"课题组做了大量的基础性工作。"文学生活"的理念和实践,不但产生了良好的社会反响,也逐渐为学界所认可和接纳。"文学生活"研究不仅重新观照了"文学与现实"的关系,而且为学科的建设和发展开拓了新空间。延伸开来,最直接的学术影响便是文学史写作的问题。"'文学生活'的提出将为文学史写作开启新生面,这种新的文学史研究,将不再局限于作家与评论家、文学史家的'对话',还会关

---

① 金元浦:《接受反应文论》,山东教育出版社 1998 年版,第 3 页。

注大量'匿名读者'的阅读行为,以及这些行为所流露出来的普遍的趣味、审美与判断,不但要写评论家的阐释史,也要写出隐藏的群体性的文学活动史。"① 具体而言,也就是作为一种文学史的"文学生活史"命题的提出和范式的转换。其中又至少包含三个既独立又融合的层面:一是以普通读者为中心的主体性选择;二是以日常生活为基础的价值性判断;三是以社会反应为参照的动态性描述,从而促进一种"对话性"文学史的生成。

一、以普通读者为中心的主体性选择

既有的文学史写作主要围绕以作家创作为理解作品依据的"作者中心论"范式和以作品自身作为理解文学意义的"文本中心论"范式而展开,相对而言,以读者的阅读、反应、创造性理解作为文学意义生成依据的"读者中心论"范式在文学史建构中尚未突显出来,一直处于薄弱甚至缺失状态。这样,以"读者"为考察中心的"文学生活史"的研究思路可以为长期以来的"重写文学史"提供出可资借鉴的理念和行之有效的方法。

显然,"文学生活史"的读者接受特质具有"接受美学"的意义元素,可以从"接受美学"中汲取相应的理论资源。1967年,姚斯在康斯坦茨大学的教授就职仪式上发表了"研究文学史的意图是什么、为什么?"的著名演说。他指出,文学研究的一贯倾向是"把文学事实局限在文学的创作与作品的表现的封闭圈子里,使文学丧失了一个极其重要的维面,这就是文学的接受之维。在以往的文学史家和理论家们看来,作家和作品是整个文学进程中的核心与客观的认识对象,而读者则被置于无足轻重的地位"②。这样的研究思路,自觉不自觉地就把作家的历史地位和作品的表现价值固定化,使其成为超越时间和空间的客观存在物。因此,文学史写作也就自然地演变为对于包括作家作品在内的"文学事实"依据某一线索和顺序而组织起来的编年史。姚斯认为,"在作者、作品与读者的三角关系中,读者绝不仅仅是被动的部分,或者仅仅作出一种反应,相反,它自身就是历史的一个能动的构成。一部文学作品的历史生

---

① 温儒敏:《"文学生活"概念与文学史写作》,《北京大学学报》2013年第3期。
② 金元浦:《接受反应文论》,山东教育出版社1998年版,第9页。

命如果没有接受者的积极参与是不可思议的。因为只有通过读者的传递过程，作品才进入一种连续性变化的经验视野之中"①。其实，作品的价值只有通过读者才能体现出来，"只有通过读者，作品才能在一代一代的接受之链上被丰富和充实，永葆其价值和生命，这正是文学的历史本质"②。进一步而言，这正是"文学生活史"的题中应有之义。

正如温儒敏先生指出的，"现在提出'文学生活'的研究，可以适当吸收'接受美学'的精义与方法，但眼界要拓宽，不只是关注批评家与学者的'接受'，更应包括普通读者的'接受'，这是更完整的'文学接受'研究"③。从"创作之维"转向"接受之维"，进而从"专业学者"的接受转向"普通读者"的接受，无疑将会带来文学研究格局的充实和丰富。延伸开来，则是文学史研究的全面性的主体呈现和整体性的面貌还原。比如，1956年《人民文学》的第9期发表了王蒙的短篇小说《组织部新来的青年人》，既有的文学史大多围绕作家的创作背景和作品的思想意义进行讲述，而对于一经发表即引发的广泛讨论却极少提及，这不能不说是某种缺憾。因为，小说不仅引起专业学者的理论关注，更在社会青年中引起强烈反响。《文艺学习》从1956年第12期到1957年第3期专门开辟专栏，展开讨论。"编者按"说，"这篇作品引起了很强烈的反应，在某些机关和学校里，人们在饭桌上，在寝室里纷纷交换着各种不同的意见"。一位大学生就曾撰文，直言不讳地说"林震是我们的榜样"。"这次讨论，一共收到手稿一千三百多件，编辑部在讨论进行中努力本着'百家争鸣'的精神，对于各种具有代表性的意见都尽可能给以发表的机会。这些意见很不相同，尤其是在讨论初期，有些意见是针锋相对，很极端的。如有些同志认为这篇作品完全是歪曲现实，歪曲了我们的老党员老干部的面貌，并且诬蔑了我们整个党和党的中央。而另外一些同志对于这篇作品进行了全面的无保留的歌颂，提出'以林震为自己的榜样'，'朝着光辉的未来迈进'。"④除此之外，《人民日报》《光明日报》《中国青年报》等也发表文章讨论这篇小说。也正是这样的大讨论，进而引起了毛泽东主席的注意，甚至表示"要为王蒙解

---

① 金元浦：《接受反应文论》，山东教育出版社1998年版，第9页。
② 金元浦：《接受反应文论》，山东教育出版社1998年版，第10页。
③ 温儒敏：《"文学生活"概念与文学史写作》，《北京大学学报》2013年第3期。
④ 《文艺学习》1957年第3期"编者的话"。

围"。意想不到的是，这样的讨论还引申出改进文学刊物编辑部和作家之间的关系问题。1957年5月8日的《人民日报》一文《加强编辑部同作家的团结》中，秦兆阳回顾了对这篇小说的修改过程并作了检讨。在同时发表的《关于〈组织部新来的青年人〉》一文中，作者王蒙作了创作说明和自我检讨。紧接着，5月9日的《人民日报》刊登了《人民文学》编辑部对原稿进行的29处修改。① 本是一篇反映现实问题的并不晦涩甚至尚不成熟的短篇作品，在读者的参与下激发出一系列的反应，甚至最终影响到作家的生活和命运。这样的研究，显然具有文学史的重要意义。

再比如至今依然得到多元解读的长篇小说《青春之歌》。从初名的《千锤百炼》到后来的《烧不尽的野火》，作者杨沫不断修改，最终以此命名在1958年1月由作家出版社出版。作品出版初期，好评如潮。但是，1959年北京电子管厂工人郭开的一篇文章《略谈对林道静的描写中的缺点》，首先对小说进行了公开批评，继而引发一场全国性的大讨论。文章认为，《青春之歌》充满了小资产阶级情调。"作者是站在小资产阶级立场上，把自己的作品当作小资产阶级的自我表现来进行创作的"，"没有很好地描写工人群众，没有描写知识分子和工农的结合，书中所写的知识分子，特别林道静自始至终没有认真地实行与工农大众相结合"，"没有认真地实际地描写知识分子改造的过程，没有揭示人物灵魂深处的变化。尤其是林道静，从未进行过深刻的思想斗争，使她的思想感情没有经历从一个阶级到另一个阶级的转变，到书的最末她也只是一个较进步的小资产阶级知识分子，可是作者给她冠以共产党员的光荣称号，结果严重地歪曲了共产党员的形象"。② 虽然这样的解读是站在阶级立场上进行的，但其批评也是入木三分，绝非无的放矢。不但《中国青年》继续发表讨论文章，《文艺报》也开辟读者专栏，郭开也再次从阶级观点出发作出进一步的批评。针对读者讨论的意见，杨沫归纳为三类问题：林道静的小资产阶级感情问题；和工农结合问题；入党后的作用问题，"一二·九"学生运动展示得不够宏阔有力。于是再次进行修改，为了突出知识分子与工农相结合的主题，增加了林道静在农村的七章和关于学生运动的三章。然而，这样的做法和修改后的

---

① 张健主编：《中国当代文学编年史》第二卷，山东文艺出版社2012年版，第276—281页。

② 郭开：《略谈对林道静的描写中的缺点》，《中国青年》1959年第2期。

文本又引起新一轮的或肯定或否定的争论。① 本来具有明确的创作意图和正确的政治观念的《青春之歌》，在创作、传播尤其接受过程中一波三折。如果缺失这样的研究，作品的文学史定位也就变得更加困难。

显然，正是读者的不断阅读，逐渐成就着作品的历史价值。"一部作品的意义潜能不会也不可能为某一时代读者或某一个别读者所穷尽，只有在不断延伸的接受链条中才能逐渐由读者展开。"② 其实，文学史的意义潜能也在这里。

二、以日常生活为基础的价值性判断

既有的文学史写作在讲述作家作品的时候，往往将其置于主流意识形态的文化语境和公共性的精英话语空间中，而对于真正影响作家作品生成的个体经验和私人话语的关注则较为缺失。而"文学生活史"的研究，则力图回归作家作品得以生成的"日常生活"，并以此为基础作出相应的价值判断，进而厘定其文学史位置，从而延伸出文学史的发展脉络。

葛兆光先生在论及"思想史的写法"时指出，"仅仅由思想精英和经典文本构成的思想似乎未必一定有一个非常清晰地延续的必然脉络，倒是那种实际存在于普遍生活中的知识与思想却在缓缓地接续和演进着，让人看清它的理路"③。显然，"思想史的写法"可以促使我们进一步思考"文学史的写法"。除了对精英作家和经典文本的反复讲述之外，文学史还要关注那些与作家和文本发生联系的"日常生活"，从而将"文学史"和"生活史"结合起来，反过来才能解释为什么会生成这样的作家和文本。正如"思想史并不只是承担给精英思想和经典文献树碑立传的任务，而是在叙述历史"④ 一样，文学史也是"叙述历史"而不仅仅是"树碑立传"，从而让人看清"文学"的理路。

文学史上常常发生独具特色的创作现象，如果不能考察并回归"生活史"的立场，则难以解释其生成状态、来龙去脉和实质内涵。比如发表于《火花》1958年第8期、后被1958年第9期《人民文学》转载的赵树理短篇小说

---

① 张健主编：《中国当代文学编年史》第二卷，山东文艺出版社2012年版，第421页。
② 金元浦：《接受反应文论》，山东教育出版社1998年版，第12—13页。
③ 葛兆光：《中国思想史·导论·思想史的写法》，复旦大学出版社2001年版，第11页。
④ 葛兆光：《中国思想史·导论·思想史的写法》，复旦大学出版社2001年版，第82页。

《"锻炼锻炼"》，已有的文学史都多有提及，但至今仍然阐释不一。如果将其纳入"文学生活史"的视野，则显然有助于确定其发生理路和主导意识。

赵树理曾称呼自己的小说为"问题小说"，"为什么叫这个名字，就是因为我写的小说，都是我下乡工作时在工作中所碰到的问题，感到那个问题不解决会妨碍我们工作的进展，应该把它提出来"。① 1959 年 8 月 20 日，有鉴于被《红旗》邀请写小说，赵树理写信给《红旗》总编辑陈伯达，把自己在农村的苦恼和创作上的困境和盘托出。"可惜自去年冬季以来，发现公社对农业生产的领导有些抓不着要处，而且这些事又都是自上而下形成一套体系的工作安排，也不能由公社或县来加以改变。在这种情况下，我到了基层生产单位的管理区，对有些事情就进退失据。"② 于是，就有了长达万言的《公社应该如何领导农业生产之我见》。根据陈徒手的研究，这篇文章被印成作协绝密文件，供内部批判使用，并且在《红旗》杂志该文的"来稿处理单"上，保留着"观点很怪""有的甚至很荒谬"的意见。所谓的"荒谬观点"之一就是赵树理在信中提到的公社领导身份的问题，他写道："公社最好是不要以政权那个身份在人家作计划时候提出种植作物种类、亩数、亩产、总产等类似规定性的建议，也不要以政权那个身份代替人家的全体社员大会对人家的计划草案作最后的审查批准。要是那样做了，会使各管理区感到掣肘因而放弃其主动性，减少其积极性。"③ 这里，赵树理着重突出由于"政权"身份而直接造成的农村、农业和农民的问题。他一直为不能做好"农村工作"而纠结不已，甚至宁愿放弃所谓的高级的写作事业也在所不惜，究其根源还是他敏感到的"政权"问题，这在《"锻炼锻炼"》中早就已经明显地表现出来。之所以出现"小腿疼"和"吃不饱"的现象，除了农民自身的问题，主要原因还是来自当时的农村政策及其基层政权。因为，这并非个别现象，而是存在大量类似"小腿疼""吃不饱"的群众。在几个年轻干部把整风和生产相结合并且设计整治消极取巧的劳动妇女之后，支书王镇海认为："这些年轻人还是有办法！做法虽说有点开

---

① 《赵树理文集》第 4 卷，人民文学出版社 2005 年版，第 25 页。
② 陈徒手：《人有病 天知否：一九四九年后中国文坛纪实》，人民文学出版社 2000 年版，第 155—156 页。
③ 陈徒手：《人有病 天知否：一九四九年后中国文坛纪实》，人民文学出版社 2000 年版，第 156 页。

玩笑，可是也解决了问题！"而主任王聚海则认为这样的动员办法不可靠："勉强动员到地里去，能做多少活哩？"于是，支书不无批评地说了这样的话："……你就没有想到全社的妇女你连一半人数也没有领导起来，另一半就咱那个小腿疼嫂嫂和李宝珠（即"吃不饱"——笔者注）领导着的！我的老哥！我看你还是跟那几位年轻同志在一块'锻炼锻炼'吧！"①面对现实，主任无话可说。显然，"小腿疼"和"吃不饱"也有相当的群众基础，甚至丝毫不亚于"善于""捉摸性格"的老主任拥有的群众基础，她们俩只是其中的典型代表而已。如果真是如此，那么问题就严重了，赵树理一直思考的是，为什么农村的政策不能相应地带来农民的生产积极性，而是恰恰相反？这样的问题如何解决？

面对"落后"农民以及树立起来的落后"典型"，基层干部首先采取的是"大字报"式的公开批评，其次是有意识地谋划、误导乃至诱骗。而引起当事人反应或者出现不良后果的时候，则直接动用"政权"力量批判、威胁并强制执行。显然，"乡政府"和"法院"已经成为基层干部们得以制胜的绝对武器，尤其在无计可施之时，总是屡屡奏效。当然，也成为"小腿疼"们内心深处的最大顾忌和恐惧之所。可以设想，人民政府和人民法院如果能为人民当家作主的话，基层干部就不会时时处处运用这样的武器，同样，"小腿疼"们也不会担心被送往此处，反而会求之不得。但是，事实恰恰相反。基层干部和底层民众之间总是矛盾和对立，但在对于基层政权的认知方面却达成了惊人的共识，至少在心理上有着相似的感受。所以，一方动辄就要往"政府"和"法院"去送，而另一方则坚决不去"政府"和"法院"。于是，即便再复杂再纠缠的问题也能迎刃而解。然而，这样的凭借政权力量介入的解决方式是长治久安的吗？是否已经埋下更深的隐患？所谓的"锻炼锻炼"，如果是以这样的方式进行的话，即便迅速有效地解决了问题，恐怕也不是异常敏锐的赵树理所能接受的，甚至可能恰恰是对所谓"锻炼锻炼"的质疑。"政权"身份与民众的关系，一直是作为"问题小说"作家的赵树理所强调的关键命题。显然，如果不从"生活史"的角度加以考察，则难以解释其创作动因及其社会效果。

这里仅以《"锻炼锻炼"》为例，如果引入"生活史"的研究，就能基本

---

① 赵树理：《"锻炼锻炼"》，《人民文学》1958年第9期。

判断其"文学史"的价值所在。尤其是把"日常生活"作为一种"潜在资源"来看待的话,必然有助于重新阐释文学史上的独特文本。在建构"思想史的写法"过程中,葛兆光说:"把过去没有被浓墨重彩描述的思想,作为一种潜在资源放在它重新凸显的时代加以叙述,可能这些思想在它的时代并不那么辉煌,但是当它作为被历史记忆重新发掘的思想资源,在另一时代出现的时候,它可能恰恰充当了思想的桥梁,使新知识和新思想暗度陈仓。"① 其实,对于跨越时代性的"文学史"而言,"生活史"的介入恰恰是需要重新发掘的资源,进而可能恰恰充当"文学史"更新的桥梁。

三、以社会反应为参照的动态性描述

既有的文学史写作往往着力于文学的历史性研究,而对于文学的社会性研究则相当薄弱。离开了读者接受和社会反应的参照,文学史写作鲜明地表现为作家作品的静态性展示。在接受美学看来,"一部文学作品,并不是一个自身独立、向每一时代的每一读者均提供同样观点的客体。它不是一尊纪念碑,形而上学地展示其超时代的本质。它更多地像一部管弦乐谱,在其演奏中不断获得读者新的反响,使本文从词的物质形态中解放出来,成为一种当代的存在"②。显然,文学史的写作不是死去的文字材料及其堆积,而是活着的人生经验及其体验;不仅仅是"文学事实"的静态性的展示,还应该包括"社会反应"的动态性的描述。

文学史上常常会出现一举成名的作家或者作品,也常常会发生引起广泛影响的文学热潮。如果离开以社会反应为参照的动态描述,就难以处理文学本体与社会属性的关系,最终也会影响到对于文本自身的充分理解。比如莫言,以其《红高粱家族》而声名鹊起,同时又争议不断。其间除了自称的"种的退化",隐含的关于"抗战"的历史观更加引发了强烈的社会反应。李清泉认为,相对于党所领导的进步力量在敌后所取得的绝对优势,作品对余司令的尊颂激扬欠些理智,在人物活动的历史环境的翻检审视中有所疏漏。而且尤其不能接

---

① 葛兆光:《中国思想史·导论·思想史的写法》,复旦大学出版社2001年版,第83页。
② 金元浦:《接受反应文论》,山东教育出版社1998年版,第10页。

受的是对罗汉大爷之死的具体细致的过程描写，认为超越了美学限度，并且是发生在对群众产生挫伤的群众场面。① 蔡毅指出，作品在对战争题材的具体处理上采用自然主义倾向，脱离生活不足取。特别是对共产党领导的队伍进行抗战的描写不能让人相信，不符合历史实际。② 直到目前，对《红高粱家族》的批判还是聚焦于其人物评价和抗战历史：尽管不应该抹杀余占鳌们打鬼子的一面，但把他美化为抗日英雄显然不恰当，因为他是为了自身的生存而去抵抗；同样把戴凤莲美化为"抗日的先锋，民族的英雄"也不切合实际；更为突出的是，"作者却完全置历史事实于不顾，歪曲了历史的本来面目，对共产党所领导的八路军进行了令人不能容忍的丑化"，尤其是歪曲了抗日民族解放战争中的八路军形象。③ 显然，这样的批评正在溢出文本，也正在产生新的"歪曲"。

与否定性声音同步，对《红高粱家族》的肯定性话语同样引人注目。老作家从维熙认为莫言及其《红高粱》的写作是"'五老峰'下荡轻舟"，相对于同类题材作品还停留在醉心于描写战争的过程（包括发动群众，瓦解敌人，内外配合，攻下碉堡），莫言用重彩描绘的是战争中的活人。④ 针对蔡毅的质疑式书信，冯立三认为，像余占鳌这样的杀人放火的土匪可以不经过脱胎换骨的改造而能够和抗日民族英雄连到一起。况且在那个官匪不分、匪民难辨的时代，余占鳌究竟是怎样的一个土匪，其性质如何，都需要具体分析而不是概念式划分。⑤ 在同期的评论中，黄国柱则进一步从"军事文学"角度对《红高粱家族》作出整体性阐释。他认为莫言笔下的战争，一方面表现为一种民族间的仇恨和对立，另一方面又具有某种抽象的寓意，是一种被虚化了的氛围。莫言所瞩目的，是"人在战争中"的种种被激化乃至被扭曲了的情感和心态。有人批评作品中看不到党的领导、看不到党对农民武装的改造引导、看不到农民由自发到自觉的转变过程，实际上是沿用了衡量过去战争文学的标准和尺度，而没有看到这些标准和尺度更多地应该用在历史学著作里。战争文学应该展示生命个体在战争条件下的存在方式，而不应该去追踪、显示赤裸裸的"历史规律"。

---

① 李清泉：《赞赏与不赞赏都说——关于〈红高粱〉的话》，《文艺报》1986 年 8 月 30 日。
② 蔡毅：《在美丑之间——读〈红高粱〉致立三同志》，《作品与争鸣》1986 年第 10 期。
③ 李斌、程桂婷编：《莫言批判》，北京理工大学出版社 2013 年版，第 32 页。
④ 从维熙：《"五老峰"下荡轻舟——读〈红高粱〉有感》，《文艺报》1986 年 4 月 12 日。
⑤ 冯立三：《祭奠的也应该是能复活的——读〈红高粱〉复蔡毅同志》，《作品与争鸣》1986 年第 11 期。

"对于他们,重要的不是最终谁胜谁负——这个历史的定论早已人人皆知,重要的是他们当时怎样地活着或死去。"① 文学是以人为中心,战争文学更是如此,以"人"的视角来理解《红高粱家族》,诸多争议也就趋于平静了。

总体而言,就《红高粱家族》中的"抗战"书写所发生的社会反应,基本围绕三个问题:抗战的主体是谁,主体人物的塑造如何,以及具体的细节描写。再具体而言,事实上是把土匪"抗战"和群众"抗战"、把"历史"书写和"文学"书写混淆在一起了。在《红高粱家族》中,面对日本侵略者,是共产党抗战还是国民党抗战抑或是土匪抗战往往纠缠不清,也是诸多论争的焦点。其实,莫言的立场并非上述三者,尤其是面对主导评论所谓的土匪抗战,其实抗战的主体应该是自发的群众。上述三种力量往往具有自觉性,而唯有群众是自发的,呈现于文本中的又恰恰是这一自发性的存在。他们的反抗没有明确的政治立场,完全是非自觉性的甚至是本能性的求生存意识在起作用。而且还要特别注意的是,《红高粱家族》的影响离不开20世纪80年代中国文学的社会效应。在时间线索上,《红高粱家族》的创作同步于80年代语境中的"先锋文学"和"寻根文学"。其"先锋"元素与历史意识和民间生活的结合,自然避免了"先锋文学"沉浸于形式实验的倾向。同时以其"红高粱精神"的失落与回归呼应着"寻根文学"的热潮,表现出相应的主体诉求和文化意识。可以说,这部作品既吸纳了"先锋文学"的艺术质素,又承载了"寻根文学"的文化精神,实现了对于二者的融合和超越,有意无意地走出了一条自我选择与自觉创新之路。

这里仅以《红高粱家族》为例,来说明以"社会反应"为参照而形成的对文学发展的动态性描述。"文学生活史"的研究不是把文本等同于作者本体的表现,也不是把文本等同于客观对象的呈现,而是将文本本身视为一个"事件"过程,并且在动态中不断地转换并做出相应的讲述。文学发展作为一个动态性过程,其文本必然作用于读者,并引起读者的某种反应甚至引发一定的社会效应。以"社会反应"为参照的动态性描述,又必然指向文本与现实世界的相互关系和相互作用。这是"文学生活史"的应有内涵,也是文学实现其社会功能并产生社会效果的途径。

---

① 黄国柱:《莫言对军事文学的激扬和催化》,《文艺报》1988年6月4日。

总体而言,"文学生活史"的范式不同于以作者为中心的创造主体范式,也不同于以文本为中心的对象主体范式,而是充分意识到以读者阅读和社会反应为中心的接受主体范式的重要性。只有前两者而没有第三者的文学,仍然是单向度的文学,无法形成"对话"意义上的"文学史"。在接受美学的理论反思时期,姚斯指出了这一"转化"的意义:"以康斯坦茨学派闻名的接受美学自 1966 年以来逐渐转化为一种文学交流理论。它的研究对象就是文学史。它将文学史界定为涵盖作者、作品和读者三个行为者的过程,或者说一个创作和接受之间以文学交流为媒介的辩证运动过程。"[1] 一部"文学史",最终应当形成一部文学"对话史"。尤其面对大众媒介的多元发展及其媒介新融合的文化语境,文本中心时代被分离了的文学与生活的密切关系理应纳入"文学史"的视野。或者如伊瑟尔所宣称的,"文学研究中新的趋向是,必须恢复文学对于我们生活的重要意义,进行文学人类学的历史性研究"[2]。其实,"文学生活史"的范式意义也在这里。

(原载《山东社会科学》2017 年第 10 期)

---

[1] 金元浦:《接受反应文论》,山东教育出版社 1998 年版,第 54 页。
[2] 金元浦:《接受反应文论》,山东教育出版社 1998 年版,第 381 页。

"红色经典"的建构、解构与重构

——以《红旗谱》为例

新中国成立初期的"十七年文学"中,表现革命历史与革命斗争题材的所谓"红色经典"构成时代文学的主流。洪子诚先生在其《中国当代文学史》中仅就长篇的革命历史小说就提到了十六部,并指出关于"革命历史小说"的文学史命名的深意所在。这些作品,"是'在既定的意识形态的规限内,讲述既定的历史题材,以达成既定的意识形态目的'。它主要讲述'革命'的起源的故事,讲述革命在经历了曲折的过程之后,如何最终走向胜利"①。这一类型小说的作者,大都是他们所讲述的事件、情境的"亲历者"。"一方面,能够使用文字的'亲历者'自然极愿意回顾这段光荣的'历史';另一方面,这一写作不仅是作者个体经验的表达,还是对于'革命'的'经典化'进程的参与。"概而言之,"以对历史'本质'的规范化叙述,为新的社会的真理性作出证明,以具象的方式,推动对历史的既定叙述的合法化,也为处于社会转折期中的民众,提供生活准则和思想依据——是这些小说的主要目的"②。立足上述的文学语境与价值基础,这里以极具代表性的《红旗谱》为例,分别从权力规训、文化研究、文本自身三重向度探讨"红色经典"的建构机制、解构形态与重构思路。

---

① 洪子诚:《中国当代文学史》,北京大学出版社1999年版,第106页。
② 洪子诚:《中国当代文学史》,北京大学出版社1999年版,第107页。

一、经典建构与权力规训的关系

在通常理解的"红色经典"系列中,《红旗谱》是具有标志性的作品①。这部旨在揭示"中国农民"在中国共产党的领导下由自发斗争走向自觉革命历程的长篇小说,出版后迅速为评论界认可。当时文艺界的主要领导人周扬甚至将之称为"全国第一部优秀作品"。作者梁斌曾坦言:"我写这部书,一开始就明确主题思想是阶级斗争,因此前面的楔子也应该以阶级斗争概括全书。"②实际上,紧随其后的主流批评家与文学史构建也主要是沿着作者的这一思路来理解作品。而且,这一主题的达成,又是通过对于其中的农民英雄形象朱老忠的塑造和分析来实现的。"这个形象的成功塑造,不仅是小说《红旗谱》的突出成就,也是当代文学史上一个重大的收获。"③"小说对这个人物的创造,切合了当代有关'英雄人物'创造的基本规则:一是人物在小说整体中的中心位置,另一是人物性格所包容的阶级、时代的内涵,以及完美的理想化要求。"④

《红旗谱》中的三代农民代表着三个不同的时代:朱老巩代表的第一代走的是自发反抗的旧式农民的道路,因而必遭失败;朱老忠代表的第二代农民从个人反抗走向自觉革命、从家族怨恨走向阶级斗争,中国农民进行着艰难的历史转换;第三代的代表大贵、二贵、运涛、江涛生逢其时,属于觉醒起来的农民形象,已经成长为无产阶级革命的主力军。就主题导向而言,《红旗谱》并无独特之处,不过是在重复主流意识形态关于中国社会本质的有关叙述。其实不唯《红旗谱》,这正是当时代的"红色经典"得以获得合法确认的必由之路。"执政党通过各种方式对文学创作、出版、阅读等,实施严格干预,是当代文学活动的社会调节最主要的内容。另外,作家的文学活动包括作家自身,被高度组织化,作家个体独立的那种职业性质已相当淡化。最后是,外部力量所施行的调节、制约,在实施过程中,逐渐转化为那些想继续写作的作家的心理意

---

① 梁斌:《红旗谱》,人民文学出版社2009年版("新中国60年长篇小说典藏")。以下涉及文本内容均采用此版本。
② 梁斌:《漫谈〈红旗谱〉的创作》,《人民文学》1959年第6期。
③ 张钟等:《当代中国文学概观》,北京大学出版社1986年版,第410页。
④ 洪子诚:《中国当代文学史》,北京大学出版社1999年版,第111页。

识，而成为作家的'自我调节''自我控制'。"①

　　文化生产者拥有一种特殊的权力，拥有表现事物并使人相信这些表现的相应的象征性权力。"红色经典"的建构机制与权力规训的复杂关系，可以借鉴法国思想家布尔迪厄的"场域"理论做出阐释。场是基于"关系分析"的视角所提供的框架，是力量关系的场所。对于作家和文学而言，"文学场被包含在权力场之内，并在其中处于被统治地位"。而且，作家或者说知识分子，恰恰是"统治阶级中被统治的那一部分人"。② 正是在权力规训的框架中，以《红旗谱》为代表的革命历史小说被逐步建构为"红色经典"。而且，其间贯穿三重机制的协同作用：政治场生产出对于文学经典的认知，权威评论强化其优先地位，教育体制则通过教材将其固定。"红色经典"的建构，本身就隐含着权力关系和权力话语。突出其经典价值，其实意味着突出某种隐蔽的权力体系。

二、经典解构与文化研究的理路

　　20世纪80年代末和90年代初，文学经典的话题一度成为前沿。佛克马、蚁布思关于"文学研究与文化参与"的讲演、"文学大师座次"重排事件、"百年文学经典"的编撰与出版等，都对传统的经典意识产生了重要影响。而且，经过后现代主义的理论争鸣和后殖民主义的理论冲击，文化研究逐步形成强势的思潮。其实，对于文学经典的质疑乃至解构最为激进的学理实践恰恰来自文化研究。因为，文化研究的最为重要的特征就在于"非精英化"和"去经典化"。就文学意义而言，经典大致属于已经载入史册的优秀作品，所以文学史写作问题便首先凸显出来。对于"红色经典"的讨论，自然离不开这样的文学自身的处境和文化研究的语境。

　　伴随"重写文学史"的思潮及其文学作品的"再解读"，关于《红旗谱》的研究尤其是主人公朱老忠的形象问题再度引发热议。比如有研究者认为，"朱老忠的英雄性格并没有通过具体的斗争事件充分表现出来"。在这部小说的四场斗争——朱老巩"大闹柳树林""脯红鸟事件""反割头税运动""保定二

---

① 洪子诚：《中国当代文学概说》，北京大学出版社2010年版，第15页。
② 包亚明编译：《文化资本与社会炼金术——布尔迪厄访谈录》，上海人民出版社1997年版，第150页。

师学潮"中,"中心人物从第一代的朱老巩一下子过渡到第三代的运涛、江涛两兄弟,作为主要塑造的英雄朱老忠完全被架空了。……为什么作家主要歌颂的英雄人物会游离于斗争的中心漩涡?原因似在文本的叙事逻辑与作家的主观意图的错位"①。如何理解"朱老忠",李杨从"成长小说"的角度切入这一形象进行"再解读":"'成长小说'中的'成长'主题总是通过小说的主人公得以体现的,在《红旗谱》中,这一承前启后的主人公就是第二代农民的代表朱老忠。"②"梁斌给朱老忠的定位,不是一位传统小说中常见的性格不变的英雄人物,而是一个处于动态的时间关系中的不断'成长'的新的形象。两类人物,体现出不同的时空原则,也体现出不同的知识谱系。按照无产阶级的阶级理论,阶级意识的建构意味着对个人意识的超越,阶级斗争终将取代个人复仇。在某种意义上,朱老忠的'成长'甚至取决于他在多大程度上克服和升华这种个人仇恨。梁斌一直不让朱老忠复仇,是不想让朱老忠变成另一个朱老巩——梁斌根本无意写一部快意恩仇的武侠小说。"③对于"成长小说"的"再解读"思路,贺桂梅提出质疑:朱老忠是否构成了现代意义上的主人公,是非常可疑的。"他更像是传统乡村秩序中一个具有侠义心肠的长者和一个革命的同路人与支持者,而不是一个从不成熟走向成熟的革命主体。""朱老忠并不是一个如同《青春之歌》中的林道静那样的潜主体或准主体,需要在共产党人的引导下才能成长为真正的主体,相反,他似乎从一出场就已经成熟了。"她进而提出并回答"谁是小说的主人公"这一关键问题:"在《红旗谱》第一部中的主人公并不是某一个人,而是一群人,更准确地说,那个主人公或许就是'锁井镇'这个特定的对象和空间。锁井镇作为一个独立的被述主体,一直贯穿于小说叙事的始终。"④

面对"红色经典"被确立的过程和运作其间的复杂的权力关系,文化研究理路影响下的经典意识带有鲜明的解构主义色彩。既然"红色经典"是权力建构的结果,那么"文化研究"语境中的"经典问题"就很容易指向经典背后的

---

① 陈思和主编:《中国当代文学史教程》,复旦大学出版社1999年版,第78—79页。
② 李杨:《50~70年代中国文学经典再解读》,山东教育出版社2003年版,第42页。
③ 李杨:《50~70年代中国文学经典再解读》,山东教育出版社2003年版,第45页。
④ 贺桂梅:《革命与"乡愁"——〈红旗谱〉与民族形式建构》,《文艺争鸣》2011年第4期。

意识形态——权力运作。在此，解构的意味远远大于建构。对于"红色经典"之作《红旗谱》及其主人公朱老忠的争论，原因也在这里。

三、经典重构与回归文本自身

在学术理路的发展中，文化研究的经典观无疑具有开放性和反思意识。但如果将其用于文学经典研究实践，主导观念和力度又必然侧重对既成经典的质疑和批判，却难以提供经典判断的价值尺度，甚至极其容易走向相反的路径，最终提供的总是文学经典的负面效应。在对经典问题的研究中，"红色经典"首当其冲面临这样的语境和处境。面对"权力建构"和"文化解构"，"红色经典"的重构问题日益突出，而重构的思路就是回归文本自身，实现从外向内的根本转换。

回到《红旗谱》。承前所述，不禁要问，为什么朱老忠会"游离于斗争的旋涡"？为什么梁斌"一直不让朱老忠复仇"，是"不想让朱老忠变成另一个朱老巩"吗？朱老忠是"成长"式的主人公甚至是主人公吗？要回答这些问题，就要首先探解一个至今需要重视的问题：本来回乡复仇的朱老忠，为什么迟迟不复仇？他看到了什么？他又在等什么？他的内心究竟如何？要获得答案，只能回归文本自身。细读文本就会发现，朱老忠看到了以冯贵堂为代表的第二代地主的变化，这是客观因素；也正基于此，他一直在等待并寻求适合自己的"靠山"，这是主观心理。他的内心一直挣扎于复仇的边缘，并且逐步创造成熟的时机，正是客观因素和主观心理，使得朱老忠的复仇计划一再延宕。

《红旗谱》开篇，第一代农民英雄朱老巩，护钟不成，抑郁而逝。弥留之际，对儿子留下"势不两立"的"报仇"遗言。25 年后，离家出走、历尽磨难、生活稳定的第二代农民朱老忠毅然回乡（后面情节中，大贵被冯老兰抓壮丁后，曾哭着质问自己的父亲朱老忠："打关东回到家来，受人欺生，谁叫你想回家哩！"），动机非常明确而且强烈："回去！回到家乡去！他拿铜铡铡我三截，也得回去报这份血仇！"顺着这一逻辑，复仇故事拉开序幕。然而，匪夷所思的是，集新仇旧恨于一身的朱老忠在回乡后却过起了按部就班的日常生活。不用说过去的杀父之仇，就是加上新近的夺子之恨（"脯红鸟事件"后遭冯老兰报复而使大贵被抓壮丁，常理判断凶多吉少），都没有让朱老忠履行自己的回乡诺言。朱老忠为什么不立刻复仇？他不是不想，而是不能。凭借着对于时势的敏锐观察，他感觉到自己的复仇之路要比上一代还要艰难——因为他的对手已经不仅仅是一个冯老兰，更重要的是，他还要面对第二代地主，也就是冯老兰的儿子冯贵堂。

有研究者指出，《红旗谱》这部小说的人物安排"采取了相当有意味的对称结构：朱老巩与严老祥、朱老忠与严志和、大贵二贵/运涛江涛、运涛春兰/江涛严萍、江涛/张嘉庆。人物和故事都是以对称的形态双双出现的。甚至包括他们的对头地主冯家的描写，也采取了同样的父子相继的人伦形象"①。其实，这里的对称结构更应该包括作为第一代农民的朱老巩与作为第一代地主的冯兰池（即冯老兰）、作为第二代农民的朱老忠与作为第二代地主的冯贵堂。如此一来，如果说朱老巩面临的对手还只是冯兰池的话，那么朱老忠面临的对手就是冯老兰和冯贵堂父子二代。尤其是冯贵堂，已经超越地主阶级而具有了资产阶级的性质。这就使得对立双方的力量更为悬殊。经过25年的沧桑，睿智的朱老忠显然意识到了这一不可抗拒的变化。

梁斌在塑造反面人物形象时采用的并非简单处理的方法，而是揭示出了冯氏父子两代既统一又对立的复杂性。"我在写冯老兰和冯贵堂的时候……写父子两代思想方法的不同，剥削方式的不同，写父子两代不同经济基础上产生的不同的统治阶级的性格。冯老兰是从封建的生产基础上生长起来，是封建剥削的代表人物。冯贵堂则受了资产阶级教育及帝国主义奴化教育，开始也曾热衷于资产阶级革命，还打出改良主义的幌子，后来成为'买办'型的农村资产阶级的代表人物。"② 冯贵堂这一常常被忽略的人物，实则是一个全新的形象，在《红旗谱》中大有深意。他的思维和行为方式已经迥异于第一代地主父亲冯老兰，而且通过争论和辩驳在一定程度上说服冯老兰并将自己的理念付诸实践。他不仅贯穿作品始终（从朱老忠回乡之时开始出场，直到最后的"保定二师学潮"，他一直处于在场状态），而且成为改变家族对立双方乃至于推迟朱老忠即时复仇的关键性力量。面对不堪一击的晚年冯兰池，朱老忠的复仇应该易如反掌。然而关键问题是，冯兰池虽然老了，但儿子冯贵堂却成长起来，而且

---

① 贺桂梅：《革命与"乡愁"——〈红旗谱〉与民族形式建构》，《文艺争鸣》2011年第4期。

② 梁斌：《漫谈〈红旗谱〉的创作》，《人民文学》1959年第6期。

更有实力，这不得不让朱老忠深感焦虑和踌躇。

面对冯氏家族中依然顽固的第一代地主和已经革新的第二代地主，对于朱老忠而言，不但没有势均力敌，反而悬殊更大，致使自己的复仇计划无从下手。既然如此，既然继续复仇的决心不变，就必须要改变这种力量不均衡的状况。如何改变，最为自然的方式就是借助外援，寻求"靠山"。不管这个"靠山"是谁，只要能够有机会、有力度地打击冯老兰便是依附的标准。

回到家乡的朱老忠，在严志和一家的帮助下开始新生活。当严志和因家境艰难而无法供给儿子江涛继续求学之时，朱老忠表示坚决反对。他不仅深刻分析对立家族力量悬殊的根源，更有实现家族复仇的长远眼光。这里提出的"一文一武"的想法，是朱老忠"靠山"思想的萌芽和雏形。同时，他也在逐步把复仇的使命转移到下一代，以实现对立家族双方力量的制衡。

朱老忠"靠山"思想的发展，是在运涛接触共产党人并转述"革命"的意义后呈现出来的。受到革命启蒙的运涛，回家后第一时间征求父亲严志和的意见，结果碰壁。而同样的思想、同样的问题，到了朱老忠那里却收到完全不同的结果。朱老忠琢磨之后认为"这是一件好事情"，"你要是扑到这个靠山，一辈子算是有前程了"！为什么严志和坚决反对运涛"革命"，很简单，就因为运涛是自己的儿子，而革命尤其是共产党的革命充满风险，甚至会丢掉性命。为什么朱老忠支持运涛"革命"？原因同样简单，就因为运涛不是自己的儿子，而且极有可能会帮助自己寻找到"靠山"或者本身就是"靠山"。因为在他看来，这个"靠山"就是"打倒资本家和地主"的，冯老兰和冯贵堂正是这样的"地主"和"资本家"，也正是自己复仇的对象。想当初，虽然已有"一文一武"的想法，但当自己的儿子大贵被抓壮丁之时，即便是属于军阀的部队还不是参加共产党的革命，仍然想尽办法阻止，甚至将希望寄托于地痞冯大狗都在所不辞。后来，阻止大贵当兵不成，痛不欲生，感觉像铁棍敲心。然而此时，他却极力支持他人"革命"，甚至是从事更为危险的革命。这又作何解释？这就是朱老忠"靠山"思想的外化，这就是自己家族复仇的外在力量。不管是国民党的军队还是共产党的革命，对于朱老忠而言都只是具有"靠山"的意义。及至后来，运涛来信讲述自己做了军官，当了连长，马上要站在革命最前线。听到这个消息后最高兴的人不是运涛的父亲严志和，而是支持运涛革命的朱老忠，因为这已经不是"一文一武"，而是变成"一文两武"（"文"是江涛，

"武"是大贵和运涛）了。当信中提到"革命军到了咱这里，一切贪官污吏、土豪劣绅，一切黑暗势力都可以打倒"的时候，朱老忠立刻把革命军的行为巧妙自然地转化成"打倒冯老兰"这样具体的家族复仇目标。当发现自己寻求的"靠山"即将发挥实质作用的时候，复仇的信心、勇气和力量重新回到朱老忠身上，甚至表现出极为不成熟的喜不自胜。此时处于乐观情境中的众人仿佛已经胜券在握，反倒不如老奶奶意识清醒："谁知道是祸是福哩。吹个风儿，就乐得你们不行！"时势难料，幸福的幻想还没有结束，运涛被捕入狱，一切化为泡影，朱老忠的复仇行为随之搁浅。

朱老忠"靠山"思想的成熟，是在以江涛为代表的共产党人领导的"反割头税斗争"中表现出来的。江涛参加革命，回乡发动群众，结果是在朱家门口安锅宰猪，以对抗冯氏父子承包的"割头税"。"不管国民党政府征税用途如何，冯老兰的承包并无政治目的，目标只是赢利。共产党发动农民拒交割头税，目的是打击国民党政府，朱老忠参加进来则是为了打击冯老兰，双方各取所需。"① 众所周知，"反割头税斗争"在一场充满乡村伦理色彩的闹剧中取得了所谓的"胜利"。最终，冯贵堂被迫出面和解，冯老兰同时退出舞台。不过，这能算作朱老忠的复仇吗？

优秀作品本身总是提供出无限解读的可能。朱老忠为什么不复仇，在《红旗谱》中并非是可有可无的问题，而是一个核心问题。恰恰因为不复仇，他才始终"游离于斗争的中心旋涡"。梁斌"一直不让朱老忠复仇"，不是"不想让朱老忠变成另一个朱老巩"，而是时势变迁中的朱老忠已经不能变成朱老巩了。朱老忠的复仇思想和"靠山"计划自始至终没有本质变化，也就体现不出"成长"的特性。也正因为不复仇，朱老忠也就无法构成《红旗谱》第一部中的主人公。朱老忠回乡复仇，本来是文本叙事的起点和持续的动力，但由于朱冯对立双方的力量失衡和朱氏"靠山"的不确定性，使得复仇叙事无法顺利有效地展开。优秀作家在创作中总能有意无意地溢出时代主潮的规定性，而在文本中若隐若现地呈现出内心的本真感受。在这个意义上，从"朱老忠为什么不复仇"的文本解读，恰恰体现出梁斌及其文本世界对于时代精神的超越价值，哪怕或许无意识。

---

① 李杨：《50～70年代中国文学经典再解读》，山东教育出版社2003年版，第70页。

通过对《红旗谱》所作的"建构""解构"与"重构"的分析，呈现出文学经典在时间境域中的动态性存在。在"权力关系"中建构起来的"红色经典"，在文化研究的学术理路中遭遇解构，而重构的关键路径在于从作品本身寻找答案。只有回归文本自身并进行文本细读，方能考究其间蕴含的社会信息、文化心理与艺术魅力，进而重新厘定其经典价值。"红色经典"因其承载的重要的社会意义，难以避免不同范围、不同程度的意识形态色彩。但是始终处于历史主义与伦理主义纠结中的作家及其文本形象（"正面的""反面的"）乃至整体呈现的文学意味，则超越时代而具有了历史的恒定性和伦理的普遍性。而这，正是"红色经典"得以确认的根本标准和有效思路。

（原载《小说评论》2013 年第 1 期）

都市景观：20世纪90年代中国小说的一个侧面

如果说新中国成立以来的几十年间一直没有完全意义上的现代都市，那么，20世纪90年代以降，随着改革开放的推进和经济的快速发展，中国现代化都市趋于形成且初具规模。城市这个空间，逐步取代乡村而成为代表中国社会的中心舞台。现代化在20世纪90年代的中国，其实集中而具体地表现为一个城市化的过程。城市化造就了新的生活方式，也带来了文学的新变化和新发展。与此同时，一个"城市写作"群体呈现出来。他们没有知青作家那样的农村经历，也没有过去那种认为写农村比写城市更深刻更进步的传统观念，他们恰恰成长于中国城市化浪潮兴起之时，城市占据了写作的首选位置。"伤痕文学""反思文学""改革文学"多半讲述城里发生的事，但对于"现代人"与"现代化"的关注淹没了对于都市本身的注意；"知青文学"对都市有所涉及，但流露更多的却是对城市的陌生感和对乡村的眷恋情，它关心的是返城"知青"而非所返之"城"；"先锋派"与"新写实"小说对城市也有表现，但他们强调的是现代人的境遇而非现代都市。当然，"十七年"文学中也有为数不多的涉及都市的小说，如《百炼成钢》《上海的早晨》等，但这里的城市仅仅是外壳、是场景而不是对象；20年代末到40年代出现于上海的城市文学，诸如丁玲、张资平、叶灵凤、曾今可、章克标、刘呐鸥、穆时英、施蛰存、张爱玲等人的创作，应该说主要以都市为表现对象，然而它主要局限于当时中国一座极其特殊的城市之内，缺乏普遍性，而且在那样一个内忧外患的时代又显得不合时宜。只有到了90年代，意识形态作用弱化，市场经济功能强化，都市景观原形毕露，城市文学才真正兴起。

一片开放的城市空间展现在写作者眼前：城市的诱惑与无情、城市的繁华与孤独、城市的机遇与冒险、城市的自由与禁锢……城市时代选择了他们，他们也不失时机地抓住了置身于其中的城市，从而开辟出一片五彩缤纷的都市化景观。

广州的张梅对城市情有独钟，她有着切实的都市体验，并采取一种独特的散点视角将其表达出来。《殊途同归》就对城市本身、对城市亚文化群体进行了嘲弄性书写。所谓的"文学爱好者"、自称"诗人"的人们构成这个城市的一道奇景。圣德通常以城市弄潮儿的身份自居，为了把理想和文化灌输给市民，他决心把《爱斯基摩人》办成一本像当年陈独秀主持的《新青年》一样具有启蒙意义的思想刊物，他要使全体撰稿人都成为社会的前驱。然而，撰稿的人们却在城市中迷失了自己——深沉崇高、夸夸其谈、寻找痛苦、出国热、钢琴热、气功热、性文学热……本来推崇个性化，现在却都染上了同一化的毛病。所有人都焦虑不安，所有人都像明天就是世界末日那样及时行乐，所有人都将是"殊途同归"。《蝴蝶和蜜蜂的舞会》中，那群少女的日常生活主要是参加或操办各种各样的舞会。她们如无根的浮萍，快乐而飘忽，化好妆后等着男孩子接去游玩、看电影、吃夜宵、野餐、游泳、调情，尽情地享受着生命的乐趣，过度地挥霍着青春的激情。她们的确属于"蝴蝶"和"蜜蜂"之类。小说中姐弟两个的对白具有代表性——弟弟心痛地说，姐姐，你太多欲望了。姐姐说，你不爱女人吗？弟弟说，我爱水一样的女人，可现在的女人个个欲火烧身。《错觉》中的敏雨，深深知道大多数男人所迷恋的是女人而不是具体的张三或李四。然而，她最终喜欢上的难免又是一个骗子。等到女友揭出骗局后，敏雨却莫名其妙地与女友疏远了。实际上，这已经触及人物的深层内心世界和复杂矛盾的心态。《孀居的喜宝》中的喜宝，住在一座豪华复式公寓中，由于先生富有而不再去上班。她在家看时装杂志和言情小说，每天在大厦游泳池游泳，然后跟先生出席各种酒会。先生遭遇车祸后，喜宝失去生活的重心。虽然打算重新生计，她又茫然无措。面对广州这样一个巨型的"桑拿浴室"，几近令人窒息。激情与盲动操纵了人们的心智和灵魂，人人都成为梦想快速发财的"寄生虫"，这就是城市的状态。城市没有理想，只有幻象。喜宝终于悟到："我们都抓住了世界的本质，我们都爱物质文明，我们都不作茧自缚。"

张梅的小说主要以广州这座远离政治中心且商业气息浓郁的大都市为对

象,她常常以一种沉着冷静的叙事笔调写到广州的茶楼、酒店、花市、时装店、老城的骑楼和街道、大排档、夜总会、保龄球室、桑拿浴……她还善于将都市化景观交织到自己的心灵变化之中,在诸多文本中,表达出现代都市的一个典型性存在——冷漠。人们在混乱不堪、充满欲望的都市里表现出一种貌似智慧的狂热、骚动与贪婪,但这一切都可能因为一次通货膨胀、一次意外事件而消失得无影无踪,唯有冷漠却挥之不去。《这里的天空》中,在"我"眼里,城市人都是暧昧的,人群中找不到一张诚实的脸,而"我"进入城市的经历,也只是懵懂的生活。《爱猫及人》中的慧芸,有母亲、丈夫、姐姐、同事,但没有朋友。她有一个宗旨,就是我不害人,人不害我。自从收养的母猫生了七只小猫后,便有朋友不断联系,询问猫的事情。对慧芸来说,从捡猫到养猫到送猫,想来恍若隔世。等到猫死之后她方才悟出生活:那些猫儿才是她的朋友,是上天要它们来陪伴她的。她因猫生欢,因猫生怨,而又爱猫及人,恨猫及人。《冬天的大排档》中的沈鱼,失去丈夫,内心寂寞难以排遣,于是来到大排档,回到朋友间。然而,热热闹闹的背后,却充满透彻骨髓的凄凉。当沈鱼说到"虽然丑,但不要老"的时候,朋友接着说的却是"虽然老,但不要寂寞"。《摇摇摆摆的春天》中的草鸣,自认为是一个有灵性的人,然而却与这个没有灵性的世界格格不入。当她把"美和欢乐"的情景不厌其烦地讲述给丈夫、保姆、同事们时,得到的却是让她不寒而栗的冷漠。殊不知,城市需要的不是美,而是刺激。她相信世界万物都有灵魂,但问题是,"现代都市正以它的喧闹驱赶这种灵魂"。张梅的小说集《酒后的爱情观》淋漓尽致地展现了一座忧郁的城市,属于"南都女性'浮世绘'",是城市小说,又是女性小说。"作者把那个最欲望的城市和多姿多彩的女性结合得颇为完好,小说的画面充溢着都市与女性之间的混化气息","以女性为落脚从不同侧面展示了城市当下的存在状态,同时以城市当背景又浮雕般地凸现出形色纷繁、姿彩各异的女性生存形态"。[①] 而且,把笔触投入到女性的内在世界,透入到城市的深度现象界。显然,这里的"女性"不是"女权主义"意义上的女性,而是"都市景观"意义上的女性。

丁天对城市也有独到发现。《幼儿园》显然脱胎于报章的社会新闻,故事

---

① 邵建:《南都女性"浮世绘"》,张梅:《酒后的爱情观》,作家出版社1995年版,第354页。

又像产生于剪报。幼儿园教师林丽丽为了惩罚儿童小坡,将其关进地下室。结果却由于其他事务而离开,忘记关人之事,一去五天,导致儿童死亡。作者自己曾言,这篇小说采用了"新新闻主义或者说非虚构小说的那种形式完成了它"①。《数学课》的情节也颇相似,一个叫李园的女学生,由于家庭原因而没有按时完成数学作业,而被数学老师未加分别地赶出教室,结果这样一个本来好端端的女孩跳楼摔断双腿,而且成为反面教材。类似上述这种借助社会资讯进行创作的方式,恰恰显示了城市文学写作的特殊语境,因为只有城市才能提供出那么多的媒体事实。刘继明的《失眠赞美诗》从一个富于象征意味的现象"失眠"入手,制造了城市永远的保留剧目——狂欢。俾城的失眠者越来越多,足以构成一个协会。外来的失眠者楚博士一鸣惊人,论证了"失眠"并不是一种病症,而是一种清醒、使命感和焦虑的产物。他指出:只要这世界上还有失眠者存在,人类就有获救的希望。但令人啼笑皆非的是,失眠大师终于没有抵过催眠大师。后者论述了"失眠"恰恰是"欲望"得不到释放和满足的结果,楚博士本人也在一位妓女的陪居下结束了"失眠","变得又白又胖,肤色健康红润,步履矫健有力",成为催眠大师最好的例证。资讯式和狂欢式的表现,都是都市景观的特有叙事。

　　市场经济的发展与推进,社会信息的泛滥与繁殖,全球资讯的瞬间抵达与无孔不入,乡土中国正在经历迅猛的城市化浪潮。邱华栋的小说则更为典型地、直接地呈现了都市景观,他的"都市新人类"系列即是围绕北京这座国际城市而展开。《环境戏剧人》一开始即表达出对于城市的感觉和体验。"我"总是觉得像一粒灰尘漂浮在城市上空,就像两个骗子一样互相提防,而又不得不互相信任。这座城市给了"我"一个"戏剧人"角色,让"我"还能够在它巨型手掌的夹缝间生存下去,但它随时又可能一下子把"我"掐死。每天,当"我"和戏剧人伙伴们穿行在日新月异变化的街道,像某种呕吐物那样,在城市的口腔和牙齿间流动不已时,"我"无法拒绝那些日益长高的各种饭店、大厦、写字楼、购物中心、超级商场以及欧美快餐来威压我们。如同人性是深渊一样,这个世界也是那么广大、骚动不安而又神秘非凡,这座城市的下面掩盖了多少秘密?《乐队》则一开始展示出城市酒吧的氛围——到处都是地中海香水味儿、腋臭、烟味儿和光线、情欲、爱情、忧伤、鸡尾酒、愤怒和爱尔兰啤

---

① 丁天:《剑如秋莲》,花山文艺出版社2001年版,第258页。

酒交相混杂的气息。这里是黎明前的山洞，而外面的黑暗早已浸湿了整座城市，看上去像是一个灯火通明的垃圾场，它在黑暗之中震颤与喘息，并疲惫地转动。《时装人》中的"我"属于城市幽闭症患者，已经不习惯在生活的洪流中与人面对面相遇，而只喜欢窥视。因为生活变化多端、转瞬即逝，已经没有任何永恒的事物。"我"通过望远镜来窥视——有距离地窥视并能触摸生活，这使"我"心安理得又具有安全感。人的一切行为、动作、姿势、语言、思想，都能够通过窥视而了解。"我"发现了城市中的"时装人"——她们大多数是女士，而且都非常迷人。她们一般以小群体的形式，总是出现在最喧闹和人最多的地方。她们在搭起的台子上随着节奏音乐表演，扭动胯部、表情安宁，走动或者凝止，不断地变换姿势和衣着。所谓的个性已经在城市中消失，时装暂时将人的个性和灵魂固定，成为彼此交流的符号。城市到处都是人与人短暂的会面，而后迅速地告别。《公关人》中的W在成为成功的公关人后，却离家出走，选择自杀。"我无法承受我每天都在与几十个上百个面具人打交道的现实，而同时我本人也已是一个面具人，没有深度的人，假设人。"① 对人的从"爱"到"厌弃"，公关人经历了艰难的转换。职业生涯已将他变成橡皮泥人物，遇见谁他就成为谁，没有一个角色是真实的。面带一成不变而又瞬息万变的微笑，无论是漂亮的小姐还是英俊的先生，都戴着面具在工作。《直销人》中的"直销人"严谨而又不辞辛苦地美化我们的生活，一切都是先使用、再付款，不满意可以退货，甚至主动为家庭装上令人尴尬的摄像机。然而关键问题在于，他们已经完全不顾主人的存在。"我觉得我已没有了我的生活，我已事先被规定、被引导、被制约、被追赶，包括像那架摄录机一样被窥视，我能有我的生活吗？"② 《新美人》中的"新美人"，是城市中出现的新种族。她们出入于豪华场所和豪华车辆，漂亮、冷漠、花枝招展而又暗藏机关。她们像警觉的蛇一样盯住成功的男人们，追求的就是享受、金钱、地位和肉体的快乐。她们顽强不屈地击垮天生弱点的男人，仿佛天生就是为了打败成功男人才降生，像是邪恶的花朵漂浮在铺满灰尘的、像轮盘一样不停转动的这座大城市。《持证人》则展示了都市生存的永恒法则——必须持有证件。这个世界已

---

① 邱华栋：《都市新人类》，中国广播电视出版社1997年版，第135页。
② 邱华栋：《都市新人类》，中国广播电视出版社1997年版，第146页。

经变成持证人的世界，倘若没有有效证件，就有理由被怀疑、被拒斥、被驱逐，被禁止参加一切社会游戏。人从一出生，所有的证件将伴随一生。否则肯定会被排斥在社会之外：无法结婚，无法找到工作，甚至死亡也无法下葬。《眼睛的盛宴》描绘了城市的假面舞会：每一个面具后面，只有那双眼睛闪动，其余全都是被遮蔽。每个人都把脸藏在面具后面，用眼睛打量与试探别人。乐曲轻快动听，可我们都是用面具遮住灵魂的人。《城市航船》则在一定程度上发现了城市的全部秘密：城市是由各种各样的聚会构成的。各种人际的网络，大圈子套小圈子，互相碰撞与重叠、抵消与再生。城市人际关系的复杂与封闭造成了某种神秘，圈子边上又有边缘人，边缘人又在构成新的圈子，如此循环往复，无休无止。而一个外乡人来到城市，要有所打算的话，就必须要凭着聪明和智慧进入圈子，并去抓住那些由圈子提供的机会。这就是城市景观的活力所在。邱华栋抓住了生存其中的城市，清晰地展示了一部"城市病理学"。他所处理的"是都市的繁殖与增长过程，以及都市人的追逐与寻找，并由此引来的焦虑与狂喜。城市不是背景，不是对象，它本身就是命运，就是主角，并以一种类似于物神本身的形象存在于大众的视野当中"①。

邱华栋的笔下，"对城市的感觉确实是矛盾的，既想进入又想拒斥，既想拥抱它又感到害怕，既想融入它又想疏离它"②。都市不仅是巨大的物质存在，更是一种心理状态。《手上的星光》中的描述颇有代表性：这座城市以其广大无边著称于世，灰色的尘埃浮起在那由楼厦组成的城市之海的上空，而且它仍在以其令人瞠目结舌的、类似于肿瘤繁殖的速度扩展与膨胀……这座城市几乎能够包容一切，它容纳各种梦境、妄想和激情，最保守的与最激进的，最地方的与最世界的，最传统的与最现代的，最喧嚣的与最沉默的，最物质的与最精神的，最贫穷的与最富有的，最理想的与最现实的，最大众的与最先锋的，仿佛是一切对立的东西都可以在这座城市里存在并和平共处，互相对话、对峙与互相消解，从而构成了这座城市奇特的景观。

城市化进程为文学创造了新的存在方式和文化空间，文学获得了一种独特的都市景观叙事。同样明显的是，目前的都市创作太多表面化、现象化展示，

---

① 刘晖：《嘹亮的期待》，邱华栋：《都市新人类》，中国广播电视出版社1997年版，第7页。

② 林舟：《穿越都市——邱华栋访谈录》，《花城》1997年第5期。

并且粗鄙有余，又过分经验化，缺少应有的变化和情感震撼，也就无形中减弱了对都市生活的穿透力度。诚然，中国城市正走向成熟，都市文学方兴未艾，它无疑有着广阔的前景。然而，创作上贫乏的想象、模式上的雷同以及无谓的伤感都是存在的问题。同时，中国都市文学也亟待开拓视野，克服格局狭小的状况，不能把眼光仅停留在市场化的初级阶段，也不能仅驻足于资本原始积累时期的城市，它应进行更有广度与深度的探索。日益发展的都市为写作者提供了充满可能的创作空间，如何切实有效地挖掘这片资源，当是文学面对的挑战。

（原载《山东文学》2013年第10期，收入本书时标题有所调整）

《独药师》：文明的赓续与断裂

张炜的长篇小说《独药师》①是 2016 年齐鲁文学的标志性作品，也是 2016 年中国当代文学的重大收获。这部小说的"养生"主题，在张炜 2008 年写成的文化散文著作《芳心似火：兼论齐国的恣与累》②中已经多有提及。其中的"齐国怪人""不熄的丹炉""徐福""向东方""安静的力量""一些不严肃的人""许多狐狸""怀念齐国"等篇章，围绕"养生""长生""怪力""乱神""爱欲"等核心命题进行理性辨析和感性描绘，突显了不同寻常的齐文化支脉。基于源远流长的齐文明精神资源，回望世纪之交中国结构的未有之变局，《独药师》将"养生"主题扩展至与"革命"和"爱欲"的交错关系。作品以半岛地区养生世家第六代传人季昨非为中心，通过与对手兼导师邱琪芝的对应讲述了"养生指要"，通过与兄长兼领袖徐竟的对应讲述了"革命秘辛"，通过与护士兼恋人陶文贝的对应讲述了"爱欲笔记"。而且，"养生""革命""爱欲"三者之间的关系又是错综复杂地交织在一起。

半岛地区的季氏家族实业发达，因与革命党的密切关系而被喻为"革命的银庄"，同时又是养生世家，承续了东方长生术的流脉。到了第五代传人季践，实业依旧发达，而养生术却走向末路，甚至自身都走向了养生的反面。如其临终所言，世上再也没有比死更荒谬的事情了，只要不犯错都可以避免。而且，

---

① 张炜：《独药师》，人民文学出版社 2016 年版。
② 张炜：《芳心似火：兼论齐国的恣与累》，作家出版社 2009 年版。

人逢乱世之时最值得做的只有养生一事。然而事与愿违，面对风起云涌的革命风潮，即便养生世家也难以置之度外。革命是乱世，本来要养生，却染指革命，必然影响养生。父亲作为第五代传人，并不怀疑半岛地区几千年的养生术，认为永生水到渠成，因为出生即意味着永生。而抵达这个目标，首先要做到不犯错。然而只要是人，就没有不犯错的。本来应该专心致志于养生的父亲，却只活了让家族蒙羞的年龄，这是对独药师而言不可饶恕的寿命。作为第六代传人的使命之一，就是要理清父亲所犯错误的性质与细节，以避免重蹈覆辙。显然，在养生的立场而言，父亲所犯的错即是革命，是世俗性的"革命"阻碍了超越性的"养生"。即便季昨非全然理清了其中的缘由，也难以避免革命的熏染，与兄长徐竟的内外牵连就说明了这一点。即便声称"养生与革命水火不容"从而全身心地投入养生的邱琪芝，也最终牵涉进革命浪潮而被火铳击中离世。革命面前，包括养生在内的一切都无法置身事外。在养生方面构成竞争的季践和邱琪芝，最终的命运殊途同归，都没有摆脱革命力量的左右。

除了"革命"的影响，独药师所面临的另一重屏障便是"爱欲"的侵袭。用邱琪芝的话来说，这是人生必要经历的一个阶段，与其回避退缩不如迎难而上。在他看来，即便怀抱重振养生世家的雄心和使命，也不能跨越"爱欲"的屏障，否则必然前功尽弃。于是，也就有了与"鹦鹉嘴"的关系，有了与"酒窝"的关系，有了与朱兰的关系，直至寻找到麒麟医院的护士陶文贝。正是在寻求突破"爱欲"的过程中，季昨非逐步超越了根深蒂固的前辈观念：遭逢乱世，人真正可做的、最有意义的、最紧迫的事情就是养生。进而他深刻地意识到，乱世之中还有一件值得做的事情，那就是爱。而且从另一面证实了自己的猜测：父亲因为失去最爱的母亲，也就不再致力于养生。因为一旦没有了爱，也就可以铤而走险浪掷生命了。至此也更加明白了父亲的命运，既来自一个独药师的持守与信念，来自一种血脉遗传，也与充盈心间的爱有关。既然自己的所爱已经离去，那么继续所谓的"养生"也就失去了意义。所以，与其说父亲的"早夭"是由于"养生"遇到了"革命"，倒不如说是由于"爱欲"超越了"养生"。即便如最为敬业的养生大师邱琪芝，也坦然承认爱的力量。虽然终生信奉"人生在世唯有养生"，但在爱力面前依然坦言为爱而死的特殊价值。事实上，在养生世家的谱系中，接近于成为仙人的祖先终究也难逃"爱欲"的屏障，其真相是为爱跳崖身亡而并非传说中的一跃成仙。

不可否认，"革命"和"爱欲"势必并且已经影响到"养生"，甚至成为养生的对立面和大忌讳。然而，彻底弃绝或者从来没有"革命"和"爱欲"，即便"长生"又有什么意义？人的存在本质是关系，人是生活在世界关系中，"一个人"的"长生"便是最大的痛苦，"一个人"的"永生"与死亡又有何异？"独药师"为什么总是有意无意地放弃"长生""永生"式的"养生"，原因或许就在这里。与其说被动性地卷入了"革命"和"爱欲"，倒不如说是主动选择的结果，这是"独药师"的宿命。

或者反过来说，恰恰因为"革命"和"爱欲"的强势，使得"养生"乃至"长生"失去可能性甚至永远不复存在。几千年的文明血脉，至此发生完全的断裂，这才是最为可怕的问题。正如邱琪芝无比痛苦地指出的一个事实：整个半岛已在长达一百四十年间没有出现过一个真正的仙人。在阅读过程中，我一直思考，张炜写出这样的一个"养生"故事，究竟意欲何为？迟迟不敢妄下断言。至此才发现，原来是对一个文明的悲叹，是对文明赓续的热切期盼和对文明断裂的无限哀婉。因为，其间蕴含着民族生生不息的根本精神。在这个意义上能否可以说，《独药师》又是一曲文明断裂的挽歌？在无法赓续的历史面前，文明就这么断裂了，而且永无赓续的可能，这才是《独药师》的价值所在，也是作者的良苦用心。退一步而言，"养生"并非一定"永生"或者并非为了"永生"，但可能"长生"；即便不能"长生"，也力求"重生"。而"重生"，理应成为这个世界的普遍价值，当然也是民族精神和文学精神的根本。

（原载《大众日报》2016年12月9日"文化视界"）

《乾道坤道》：世俗与神圣之间

一

宗教与文学作为人类重要的文化和精神现象，在历史渊源、思维习惯、表现方式、关注对象、精神作用等方面存在诸多相似之处。由于各自的特性和关系，二者又互为影响。正如德国神学家库舍尔所谈到的，这种影响"一方面可以打开对宗教感兴趣者的眼睛，让他们看到在文学领域实际上可以发现一块独创性的语言练习、创造性的想象和勇于反省的绿洲，这片绿洲将为那些古老的宗教问题注入新的时代活力；另一方面，对于文学感兴趣的人们则可以传递信息，告诉他们，不管是肯定的还是有争议的宗教，都一再成为文学创作的一个永不枯竭的源泉"①。从这个意义上说，赵德发的《乾道坤道》②打开了"宗教感兴趣者"和"文学感兴趣者"的眼睛，为我们描绘出当代中国独具特色的道士群体形象，同时提供出道教思想与文化对于个体生命存在和人类社会发展的参照价值。作品以其文学形象的塑造和文化精神的阐扬，让我们重新思考人生意义、道德伦理与社会承担。这些看似抽象的问题瞬间鲜活起来，它们不仅仅属于形而上的思维，更应该属于形而下的生活和故事。在伴随文本体悟人生境

---

① ［德］汉斯·昆、伯尔：《神学与当代文艺思想》，徐菲、刁承俊译，上海三联书店1995年版，第55页。
② 赵德发：《乾道坤道》，《中国作家》2011年第11、12期；长江文艺出版社2012年版。

界和灵性修养之时，现世与永恒、经验与超越、世俗与神圣的跨界问题显得尤为醒目。面对无限的偶在的世界，人之有限性的生命，恰恰存在于世俗与神圣"之间"，而这"之间"的状态又恰恰表达出人生的过渡和生命的向度。

　　道教是华夏民族土生土长的传统宗教，不了解道教就无以了解中国社会和汉语文化，更不会理解中国人的生活方式和精神气质。而且，随着中国国力与文化影响力的提升，道教信仰已经逐步走向世界。《乾道坤道》正是立足于民族性与世界性的语境而展开丰富的文本叙事。就文化意义而言，宗教主要有四种基本要素组成，并且，按照各自关系和作用，又分属于一个系统结构的四个层次。外层是宗教的建筑和器物，如教堂、寺庙、道观、雕塑、图画、祭神用具等，以及祈祷、祭祀、礼仪等行为活动。第二层是宗教的组织和教规、戒律、法典、制度。第三层是教义、神谕、训诫、经文典籍等宗教意识。深层是虔诚、庄严、圣洁的宗教感情。可以说，这四个层次的内容在《乾道坤道》中都有鲜明的体现。作品以主人公石高静道长的生命历程为核心，以其海外传教、临危受命、历尽曲折、重振南宗为主线，结构起人物错综、情节缜密的故事讲述。

二

　　道教从创始之日起，就具有强烈的生命意识。在对生命的局限不断发出感叹的同时，便不懈地探索生命安顿与养护的方式。道教对此生的重视，对延长生命的追求与实践，在世界宗教之林中独树一帜。在海外传播道教，更是要从"贵生"入手。正是基于"天不假人，徒唤奈何"的不长寿的家族宿命，留学美国的石高静从"基因研究"和"性命双修"两方面寻求突破，以期实现与见证道门"我命在我不在天"的一贯理念。面对科学探秘与宗教修行，即便身在国外，他依然保持勤勉、谦卑、敬畏和乐观。他时刻践行紫阳真人的"以事炼心"，把科学工作当作修行，为人类做功德的同时磨炼心性。此外，他还毫不松懈地修习丹功，以葆身体康健，把二者圆融结合。石高静每次走到树立在迈阿密大学人类基因研究中心面前的DNA模型旁边时，都会想起老子的话。"两千五百年前的老子，到底长了怎样的慧眼，竟然把宏观宇宙和微观宇宙看得这么透彻，描述得这么传神？是啊，自然大道，从初始化的本一阶段开始，而后成二，成三，产生天地万物的不同级次，形成大道包容下的千差万别，而其中的'精'、'精'中的'信'，大概就体现在这个奇妙的DNA双螺旋结构上。"在他这里，其实宗教就是生活。然而，生活总不会一帆风顺。师兄应高虚赴美相见，拔簪相托，石高静坚决辞请。但师兄的突然羽化和临终嘱托，又使其无法推却而临危受命，放弃海外成就而立即回国，显示其信仰弥坚。可是殊不知，重振南宗祖庭的使命何其艰难与曲折。面对二师兄卢高极的无尽贪欲，石高静秉承道门的顺其自然、与世无争，另辟蹊径、闭关修行而道业日精，最终跨越生死界限；同时，即便面对"鸠占鹊巢"的结局，依然积极作为、顺势利导而重建道观，最终邪不压正，实现承续南宗道统的使命。在生命的超越与使命的达成中，石高静功德圆满。究其根源，则是道门的"去积返虚"。世俗之人被欲望所牵引，形成积压而心意不通，只有去掉"块累"才能返归"心体"，而达到空灵无尘染的状态。这是一个超越世俗而获得玄机进而达致神圣的过程。"虽然道教信仰的出发点是为了延年益寿、得道成仙，然而修道的思想和方式却是以'天人合一'为核心精神的止恶扬善的伦理诉求。"①"欲修仙道，先修人道"，现世如何为人是生命升华的前提，这样就将神圣信仰与世俗伦理天然结合，对于个体生命与人类生存也就有了全新意旨。

在石高静身上，体现的正是科学理性和宗教精神的合二为一。整个世界历史进程中，理性与宗教始终是社会发展的两个支柱。这是面对世界和生命、探究本原和终极的两种理路。二者的和谐互补，方能实现相对有限性的生命在这个相对无限性的世界中的存在意义。20世纪以来的中国文化，对立思维绵延不绝，《乾道坤道》提供出可取的融合思路。时至今日，汉语思想必须超越中西之争、传统与现代之争，因为事实并不以此为依据。人与真实的相遇，应当立足于历史文化语境中对生存论的本己体验和理解，其背后隐藏的是个体安身立命的根据问题。

卢高极是作品塑造的道门中人的反面形象，其最大特点是贪婪。他的生存追求，是人之三欲：权势、金钱、情色。为了获得无限的权力，他不惜违背教规，专设神堂为官场中人祈祷官运，美其名曰"创新"，而且不惜损害徒弟甚至女儿为代价。在道权结合中，他得到简寥观住持职位，并明枪暗箭、不择手

---

① 卿希泰主编：《中国道教思想史》第一卷，人民出版社2009年版，第14页。

段试图霸占逸仙宫,以实现其统领琼顶山道教的野心;为了攫取更多金钱,他弄虚作假,不惜雇佣俗人搞出"七仙女"演出活动,假借宗教外衣举办本命年转运法会以收敛钱财;为了满足情欲,他试图以双修之名诱骗、占有自己的徒弟阿暖。在道家看来,人有本能的欲望,这种欲望如果超出正常范围,就会膨胀为占有欲,就会导致心意不宁、无法解脱。卢高极正是如此。他不但无法修成正道,连伪道士也难以为继:在江道长的众望所归中,他败走逸仙宫;在老睡仙的巧妙计谋中,转运法会被瓦解,以闹剧收场;进而,被自己的徒弟和同行识破真相而离弃。宁可不相信神圣,也绝不可相信"伪神圣"。"穿了道服也不一定是真道士",卢高极以神圣之名而行极端世俗乃至庸俗之实,以宗教方式攫取个人私利,彻底偏离道门精神,如此修成的只能是自食恶果。

在卢高极身上,反映出中国文化长久以来争执不休的"正邪之辨"和"神人之辨"。从神到人,再从人到神,人间伪神层出不穷。基于对伪神的怀疑、幻灭与颠覆,兴起人文主义大潮。然而,人文尚未达至理想,便迅速返回到世俗平面。瑞士神学家汉斯·昆提出区分宗教和伪宗教的标准:"宗教不把相对的、有条件的存在或人视为绝对权威,而只把唯一的神视为绝对权威,对这位绝对神的信仰才是真正的信仰。"① 他由此得出结论,中国的道教是真正的宗教。人永远不会成为神,人言永远不会成为圣言,在中国文化价值重建过程中,道教提供出富有针砭性的参照向度。

三

祁高笃是介于石高静和卢高极之间的人物,一方面流连于世俗生活,另一方面又心存神圣因素。从世俗角度,他是商界精英、成功人士;从道门角度,他偏离了生命的本真方向。在欲罢不能、堕落放肆的世俗生活中,他不断反躬自省,"尽贪世上无穷色,忘却人间有限身","让后人多送我唾沫"。他留下遗嘱,把世俗遗产献给神圣事业,以重建逸仙宫、重振南宗而实现消业。这一形象在作者笔下被赋予深刻意蕴,发人深省。道教不仅重视有限生命的延续,还极为关注生命形态的转化:可以从低级走向高级,也可以反向回落。如果没有

---

① 刘小枫:《走向十字架上的真》,上海三联书店1995年版,第357页。

切实的修行，不但不能保持本来形态，而且可能沦为异类。对于有限个体而言，这一精神足以让人警醒。

就中国文化的整体发展而言，道教的神圣性之于生活的世俗性确实呈现出一定程度的边缘化。但是在关于生命价值的思考中，神学的视角越来越显示出无可替代的意义。"因为在世俗的领域里追索价值，我们最终只能发现一切'价值'都充满了相对性。"① 对于面临精神危机的祁高笃们，通过世俗的功德无法将自己救出深渊。最终的"忏悔""消业"和"救赎"，也必须寻求终极价值作为支点。虽然，本土语境中否定神性存在的声音要比理解和信仰神性存在有着更为强大的文化支撑和现实力量，但问题的关键在于神性因素对个体而言是无意义、有意义还是意义重大。

除了石高静、卢高极、祁高笃，《乾道坤道》还贡献了大量神色各异的人物形象：应高虚的忍辱负重、老睡仙的大彻大悟、江道长的神机妙算、左道长的凛然正气、沈嗣洁的苦行苦修、阿暖的情义感恩、露西的率性自然、麦高的诚实守信、荣安凤的忠贞不渝、老阚的世代道缘、康局长的左右为难、米珍的舍利求爱、阚敢和燕红的迷途知返、任由的见利忘义……作者多次谈到，要让自己的写作"贴近中国文化之根"。其实，从农村写作到宗教题材，都恰恰属于中国文化之根。两个看似不相关的领域，却有着内在的一致性，就是对人的关注。写人生、写人心、写人性，是作者坚守的使命。其间蕴含的是悲悯之情与博爱之心，释放的是善意与良知，让人感受的是心灵的抚慰和精神的力量。人性之善还是恶的诘问，或许永恒存在，但二者的转换对人而言却意义深远且更为本真。

受到延续生命、修道成仙愿望的强烈推动，道门中人对于人的生命存在和外在环境的关系有着非同一般的深刻体认。要实现终极追求，就必须感知环境，他们随时随地密切观察人生和现实，并力图从中判断生存环境的变迁，进而思考环境变迁带给人的生存影响。② 《乾道坤道》中涉及大量违背自然、破坏自然与违反人性、扼杀人性的情节表达和人本反思。"祖师们讲，人类在世间的一个主要责任，是助天生物，助地养形。可现在，有些人反其道而行之，

---

① 杨慧林：《圣言·人言：神学诠释学》，上海译文出版社2002年版，第240页。
② 卿希泰主编：《中国道教思想史》第四卷，人民出版社2009年版，第331页。

真是可悲至极啊!"水土和空气的双重污染导致的铅中毒事件的频繁出现、盲目过度地修建水库恰恰是"道之反";"大树进城现象"也是违反自然的事情,"现在几乎所有的城市都大搞绿化,嫌小树苗长得慢,就买山里的大树来栽,掀起了一场轰轰烈烈的'大树进城运动'。……这些树在山里长大,到城里能够适应吗";在"血汗工厂",工人们日夜劳作,"过劳死"、心理疾患成为普遍现象,"天之道,损有余而补不足,人之道则不然,损不足以奉有余","血汗工厂"正属于后者;"金融危机"的发生,与"不知足"之祸也不无关联:"一个社会如果老是千方百计地刺激人的欲望,对穷奢极欲的生活方式给以正面评价,那么这个社会一定不是一个健康的社会……老子说,祸,莫大于不知足",如此等等。文学这片绿洲,不仅确实为古老的道教注入新的时代活力;而且,以道教为代表的传统文化有效地提供出反思现代性的力量。合乎大道还是违背大道,已经成为关系地球家园存废的根本问题。人类和世界正面临中断还是持续的选择,而最佳途径就是石高静所讲:明乾坤大道,过自然生活,保人类健康,让地球长生!

四

从主题意旨来看,《乾道坤道》关注的核心是人性和自然;从艺术方式来说,文本呈现出的是朴素和谦卑的叙事情怀。作者坦言这是经验之外的写作,其间的阅读、观察与访谈是必修的功课。其实,这不仅离不开对于生活的观察,更离不开对于生命的体验。就文学创作而言,关键不在于观察、经历生活的广度和宽度,而在于体验、把握生活的深度和高度。生活必须进入自己的生命,并成为自己的可能命运。按照刘小枫的阐释,"没有担当命运,没有与命运碰撞,没有进入自己的内在反思,观察就是过目无心、视而不见、熟视无睹,反映就只是高超的技巧加上浅薄的内容";"艺术并不仅仅是反映,更重要的是造就一个有意味的世界,人们可以在其中得到安宁的世界"。① 当代中国文学不乏"高超的技巧加上浅薄的内容",而如何造就"有意味的世界"和"安宁的世界"理应引起重视。前者是创造,后者是接受,二者构成一个完整

---

① 刘小枫:《诗化哲学》,山东文艺出版社1986年版,第181页。

文本。可以说，《乾道坤道》在某种程度上提供了这样的双重世界。"一个内心中一无所信的人竟能给世界带来光亮，显然是不可思议的事。我们有理由首先要求诗人进入一个意义世界，否则他不可能展示一个意义世界。"① 在此，说作者获得文化意识的自觉和价值信念的转变应该也不为过。

面对人的有限性、语言的局限性和阐释的受限性，必须确认生命和世界"奥秘"存在的真实性。道教是迄今为止对生命最为关注的中国传统宗教，实际是一种具有中国特色的生命伦理。其重要价值和终极追求，就在于能够为实存的人类提供一种超越性的永恒参照。因为，如果失去如此的绝对本源，一切存在就会丧失判断善恶美丑的标准，一切都会成为可能。人的本性倾向神圣，而生活又要立足世俗，介于世俗与神圣之间或者二者的不断转换构成人的本真的存在状态。当代中国文学对人的终极性意义的关注和探索还很不够，道教文化可以更为自然且有效地成为文学创作的思想资源或精神资源。在这个意义上，赵德发的《乾道坤道》在当代中国文学生态场中就显得弥足珍贵，并且以其对人与世界的终极关怀而成为独特文本和经典之作。可以认为，道教文化和文学艺术在内在精神实质上蕴含着同样的价值取向。进而言之，文学使命和宗教诉求之间能够达成同构关系："二者的根本价值都在于寻求精神对肉身的超越、有限向无限的延伸、必然向自由的趋近；质言之，这正是从'真实'对'终极真实'的追求。"②

（原载《东岳论丛》2013年第3期，收入本书时标题有所调整）

---

① 刘小枫：《拯救与逍遥》，上海人民出版社1988年版，第58页。
② 杨慧林、黄晋凯：《欧洲中世纪文学史》，译林出版社2001年版，第6页。

《人类世》:"人类中心主义"的转换与超越

在庆祝建党95周年大会上的讲话中,习近平总书记再次明确提及"推动形成人类命运共同体和利益共同体",而且鲜明地表示"中国倡导人类命运共同体意识"。① 从文化理论角度而言,"人类命运共同体"主张及其阐述具有显然的超越性,这不仅是治国理政新理念、新思想、新战略,其实也是基于中国与世界关系发展中的文化自信、文化转向和文化对话的关键命题。而向来以文化资源作为内在支撑的文学创作,往往也会有意无意地敏感着时代的突出问题、呼应着文化的自然走向。从这个意义上说,赵德发的长篇小说《人类世》恰恰在文学层面上呈现出"人类命运共同体"的意识和特征。

从理念层面和地质变迁规律而言,"人类世"必然要走向终结,但关键问题是如何促使"人类"不断地来延续这个"人类世"。这已经越来越成为"发展"的题中应有之义。在这个意义上,《人类世》足以提供充分警醒的作用,这是文本之外的现实启示。从文本本身及其文化延伸来看,《人类世》的核心意旨便是对于"人类中心主义"的转换和超越,具体而论至少包括密切相关的"现实忧患意识""文明共生意识""全球对话意识"和"人类终极意识"。

---

① 习近平:《在庆祝中国共产党成立95周年大会上的讲话》,人民出版社2016年版,第20—21页。

一、"人类世"的现实忧患意识

19世纪俄国文学大师果戈理曾经谈到，如果艺术作品里没有今天社会围绕着转动的那些问题，如果里面不写出今天需要的人物来，它在今天就不会有任何影响。其实，赵德发的文学创作从一开始就在关注"今天社会围绕着转动的问题"和"今天需要的人物"。以《缱绻与决绝》《君子梦》《青烟或白雾》为代表的"农民三部曲"，全景涉及百年来中国农村生活的多元层面，力图表现百年来农民命运的悲欢离合与苦难追求，具有"为中国农民立传"①的味道。尤其是《君子梦》，集中书写儒家文化在当代中国农村的原生状态和时代变迁。老族长许瀚义的"君子梦"，主要体现于其"八不得"的族规。继任者许正芝的"君子梦"主要体现于其"修身齐家治国平天下"的宏伟抱负，而且不仅自己做君子，还要让众人都做君子。与上代族长通过施加"耻辱"而实现惩罚的方式不同，许正芝是通过自我反省并践行耻辱而实现"责人之心责己"的古训，不是将惩罚加诸他人而是施加于自身。再任者许景行则把"君子梦"与"革命"和"斗私批修"相结合，重点从"治心"入手，建设"公字庄"。然而，一方面是"君子之道"和仁义之风范，另一方面是"人心不古"和利字最当先，"君子"不断面临"小人"的考验。"君子"之路何其艰难，许景行终其一生都在探究人的内心，探究天理和人欲的关系。"君子梦"本应是理念性的，而非行动性的，但中国文化的"实用理性"又要求其不断转化为"现实"。"理论有其本身的价值，为什么要联系实际？"②"君子梦"虽然不一定培养出"君子"，但却一定程度上能够制衡"小人"，从而使众人能够成为"众人"而不至于沦为"小人"。反过来，如果想让人人都当君子，结果就会在培养出君子的同时也培养大量的伪君子。"而一个充斥着大量伪君子的社会，甚至比一个充斥着大量小人的社会更难收拾！"③所以，"君子梦"并不为成就"君子"，而是为还原"众人"并减少"小人"，或许这恰恰是"君子梦"的最大现实意义。

---

① 赵德发：《写作是一种修行：赵德发访谈录》，安徽文艺出版社2014年版，第233页。
② 李泽厚：《李泽厚对话集：八十年代》，中华书局2014年版，第34页。
③ 赵德发：《君子梦》，安徽文艺出版社2014年版，第2页。

以《双手合十》《乾道坤道》为代表的"宗教文化姊妹篇",则分别从当代汉传佛教和当代道教文化入手观照现实。前者以佛教"戒律"和"前世来生"为参照,展现佛门弟子及其门外众生的欲望和修行;后者以道教"成仙"和"现世重生"为旨归,展现道门中人及其门外众生的神圣和世俗。以《乾道坤道》为例,受到延续生命、修道成仙愿望的强烈推动,道门中人对于人的生命存在和外在环境的关系有着非同一般的深刻体认。要实现终极追求,就必须感知环境,必须随时随地密切观察人生和现实,并力图从中判断生存环境的变迁,进而思考环境变迁带来的生存影响。① 作品中涉及大量违背自然、破坏自然与违反人性、扼杀人性的情节表达和人本反思。如此看来,以道教为代表的传统文化可以有效地提供出反思现代性的力量。

现实主义创作中的作家主动去关注现实,不仅仅是为了获取素材,更是为了投入现实,在现实中思索社会围绕着转动的那些问题。只要不回避,就不能不承认当代中国迅速发展过程中确实存在着相当严重的社会问题。在这个意义上,如果说《君子梦》是以"儒家"的视角、《双手合十》是以"佛家"的视角、《乾道坤道》是以"道家"的视角去关注现实,那么承续此前并进而发展,《人类世》则是以"人类"的视角去关注现实。

相对于此前目力所及的"宗祠""寺庙""道观"等域内场所,《人类世》将目光聚焦于开放的海滨城市——海晏,这实际上同时为"人类"视角的设置和"世界"视野的构建提供了必要的空间。从美国返回的孙参,不仅建立起自己的参孙大厦,砸下第一枚"金钉子",而且决心"立虹为记",填海造地建设彩虹广场,以期砸下第二枚"金钉子"。然而,为满足人的私欲而进行的过度开发,即刻伴随的是一连串负面的连锁反应。炸山填海这样的疯狂举动,不仅完全破坏了区域自然生态,引发出地质灾害,导致房屋开裂或倒塌、养鸡场损失惨重、天然浴场被毁甚至沙滩和渔港都将消失而使渔民生活难以为继,而且更为触目惊心和无法弥补的是,老姆山这样的世界地质学研究的典型标本将不复存在。这里毁掉的与其说是地质大学焦石教授的学术生命和毕生事业,倒不如说是对人类社会可持续发展的可能性探究的毁灭。

一方面是无尽地攫取资源,另一方面又是大量地制造和加工垃圾。在被垃

---

① 卿希泰主编:《中国道教思想史》第四卷,人民出版社2009年版,第331页。

圾垫起的荒场中，捡垃圾者往往奋不顾身甚至充满争斗。凭借一股"狼性"而从葫芦湾垃圾场拼打出来的孙参，时刻不能忘记姐姐被垃圾吞噬的场景，不断用姐姐的请求作为警醒："别做垃圾人，做人上人。"① 然而，即便事业有所成就，也无法阻止母亲王兰叶似乎与生俱来的"垃圾情结"。在母亲眼中，垃圾是永远捡拾不完的金山和银山，甚至早就已经和生命融为一体。在垃圾堆里，充满着母亲对未来生命的希望和对现世生命的寄托。为了成全母亲"坐在家里捡"的"福气""享福"和"造福一方"，洋垃圾的进口也成为顺其自然的事了。《人类世》自始至终贯穿着"垃圾"问题，已经成为某种深刻的社会和人生的隐喻。从孙参的出身于垃圾、母亲的伴随着垃圾到穆丽儿的追踪调查垃圾，作品聚焦于人类社会发展中的一个绝对性痼疾，让我们在悲叹人生命运的同时也不得不直面人类现实。

与诸多的原始积累方式一样，孙参通过过度采沙而实现了自己的资本积累，但留下的榆树滩的大坑却成为吞噬生命的罪恶之源。"一直像一面镜子似的晃在他的心中，说是一面照妖镜也不为过。"② 即便意识到这样的"原罪"，但面对恶性竞争和利润降低之时，他依然采用投机手段而制造新的罪恶。他要求砼厂厂长"去海里取便宜沙子"，明知海沙含有的超标氯离子会腐蚀钢筋也在所不惜。不唯如此，地方领导为了留下自己的执政"脚印"，也会逆势而行继续兴建产能过剩的钢铁项目，不仅带来百姓的"被拆迁""被上楼"，而且致使财政捉襟见肘，空气污染更加严重，可谓贻害无穷。伴随唯利是图、唯经济论而来的还有人的心态问题，即便当年村里的"赤脚医生"、现在的卫生室负责人也无奈地放弃了本来的使命。"原来他相信通过救死扶伤，能够解除人的病痛；通过宣传'病从口入'等保健知识，能够预防一些疾病的蔓延，但现在看来并不奏效。因为，现在的'病从口入'是很难防范的，你吃的东西，无论是肉，是菜，还是粮食，都不安全了。另外，也不只是'病从口入'的问题，'病由心生'的现象更为严重。好多人心烦，心焦，心累，时间久了就会得病，而且会得癌症之类。"③ 孙参的"精子畸形"和母亲王兰叶的"中期肺癌"已经能够说明问题，长此以往，外在和内在的因素必然会加剧人类断子绝孙的危

---

① 赵德发：《人类世》，长江文艺出版社2016年版，第36页。
② 赵德发：《人类世》，长江文艺出版社2016年版，第150页。
③ 赵德发：《人类世》，长江文艺出版社2016年版，第201页。

险。另外，地球变暖、台风肆虐、雾霾连天、大河断流、浒苔聚集、农药过度等诸多问题也在在呈现出来。

《人类世》密切关注时代，独到把握人生，从社会理想角度出发，以明确的是非判断对不完善的社会现实提出自己的看法。作品理性地批判现实，展示人在历史中的命运。这种批判不是为着简单的揭露，而是基于社会进步、民族复兴和人类生存的立场进行的反思。《人类世》的现实精神，具有主体介入的批判自觉与悲剧意识。同时，显示出作者植根于内在的以时代责任感与历史使命感为核心的忧患意识。对于"围绕着转动"的社会问题不是熟视无睹，而是试图探索并寻求问题发生的深层内涵。从这个意义上说，《人类世》不仅是对同类现实题材的超越，也在实现着对于时代发展的某种超越。

二、"人类世"的文明共生意识

以文学的方式呈现出时代发展中的问题，表达出深沉的现实忧患意识，进而以文学的方式提供出可能性的建设思路，是赵德发创作的一以贯之的路向。"从传统文化中寻找创作资源，用小说予以表现，是我给自己制定的一个写作方向。传统文化是我们的精神脐带，当今一个最普通的中国人，哪怕他根本不知道'儒、释、道'为何物，但他的思维方式、处世态度都不可避免地受到这些文化因子的影响。……文学要深刻地表现中国，写好中国人，不从传统文化出发是不行的。另外，我们现在正致力于文化重建，在大力弘扬社会主义核心价值体系的同时，也要充分发掘、扬弃中华传统文化，使之成为文化重建的重要材料。"①《君子梦》从儒家文化入手，通过"民国时期""革命年代""改革开放"三个历史阶段，表现儒家文明在农村的传承和流变、机遇和挑战。"天上星多月亮少，地上人多君子稀"，倾尽一生都在探究天理和人欲关系的许景行，最终悟出了超越"君子梦"的"天理"之道："真正的天理，应该是和谐——人与人之间的和谐，人与自然的和谐，另外，还有人们内心的和谐。"②《双手合十》从佛教文化入手，通过对寺院宗教生活和僧人内心世界的展示，

---

① 赵德发：《写作是一种修行：赵德发访谈录》，安徽文艺出版社2014年版，第117页。
② 赵德发：《君子梦》，安徽文艺出版社2014年版，第520页。

表现当代汉传佛教在变革时代的文化景观，进而在僧俗两界中不断追问人生的终极意义。倾尽毕生都在探究佛教与现代社会关系的慧昱法师，最终悟出了超越"佛学"的"佛法"之道："平常禅"，"应该从这个角度阐释禅法，使之成为禅人的修行要领，并让禅以平常的姿态走向社会，走进民间……禅以明心见性的简易之道解决人类文明、个人生命的终极关怀，统一了现实与超越、世间与出世间，最能适应现代人的需要"。①《乾道坤道》从道教文化入手，独具特色地描绘出当代中国道士群体形象，提供出道教思想与文化对于个体生命存在和人类社会发展的参照价值。正是基于"天不假人，徒唤奈何"的不长寿的家族宿命，留学美国的石高静从"基因研究"和"性命双修"两方面寻求突破，以期实现与见证道门"我命在我不在天"的一贯理念。对于人类和世界所面临的中断还是持续的选择，石高静道长指明了最佳途径："明乾坤大道，过自然生活，保人类健康，让地球长生！"②

相对于上述的"儒、释、道"精神，《人类世》则特别突出地表现了基督教文化的成分。其实早在《君子梦》中，基督教就已经得到了相当的展示，即便在儒家思想谨严的律条村，也已经萌生出众多教徒。因入教而又带来了家风民俗和良知公序的切实好转，显然优越于种类繁多的"律条"要求，反而收到了此前一直努力而不能达到的效果，真正实现了从外在约束到内心自律的转换。在1999年的一次关于《君子梦》的访谈中，赵德发谈到了对于传统伦理文化的"扬弃"态度："对积极的东西要发扬光大，对消极的东西要坚决摒弃。全面肯定或是全面否定，都是错误的。近年来有人常讲，二十一世纪的世界，儒家文化将居主导地位。我认为这是更具规模、更为可笑的'君子梦'。……现在我们要做的不是一厢情愿地做美梦，而是继承、汲取人类文明的所有优秀成果，建设起一套全新的思想文化体系，这样才能在地球上站稳脚跟。"③ 与此一脉相承并最终呼应，《人类世》的创作将"儒、释、道、耶"并存，即便还不能说构成作品的主导宗旨，但已经呈现出鲜明的文明共生意识。

出身卑微的孙参留学美国，因为一次掀起车头拯救宠物的举动而被称为来

---

① 赵德发：《双手合十》，安徽文艺出版社2013年版，第400—401页。
② 赵德发：《乾道坤道》，安徽文艺出版社2014年版，第357页。
③ 赵德发：《写作是一种修行：赵德发访谈录》，安徽文艺出版社2014年版，第13—14页。

自中国的力士参孙。在回国之后建设参孙集团的过程中,又将留美期间偶然接触的所谓"成功神学"实用性地引入企业文化。即便根本没有信仰,却充分运用其包装效果。他不仅要求自己,也要求员工一律佩戴十字架。他声称参孙集团的成功,是"成功神学"指引的结果,而且,每天早晨都要面朝大海集体念诵经文。海晏商界的这支"十字军",自然引起人们的好奇乃至好感,参孙集团日益壮大,也就有了更加狂妄的"填海造地"和"立虹为记"。在这里,基督教的信仰精神被巧妙地嫁接到中国文化的实用理性中:"佛家讲,释迦牟尼教给人们八万四千法门;在基督教这里,主也向人们指明了进入天国的无数阶梯。成功神学就是一条光明大道!只要你有信心,你就可以变成百万富翁;只要你和上帝有一个好的关系,你就会成为事业上非常成功、身体非常健康的人。在成功神学的教义里,贫穷是一种诅咒,平凡也是一种诅咒,所以,我们要远离贫穷,拒绝平凡!……参孙集团公司的成功,就可以为上帝的神力作见证。"① 在这样的功利性信仰和实利性原则支配下,孙参开始了自己的商业帝国的规划。但他又绝非一介武夫,而是有勇有谋。他对于柳秀婷居士"刻经"的补偿,对于"炸山"时的远离现场,面对村民损失的充分赔偿,面对竞争对手郭小莲明争暗斗的态度等等,都显示出其两面性的人生。尤其对母亲王兰叶的"垃圾人生"和"垃圾哲学"的无奈迎合及其合理的晚年要求、对恋人田思萱的情感态度及其"代己赎罪"行为的觉醒、对爱人真真的情感需求及其善意批评自己的完全接受,都表现出孙参的真实性情及其合乎人性品质的一面。非常明晰的是,孙参始终对自己抱有异常清醒的意识:"若干年后,孙参建起参孙大厦,带领他的'十字军'在商场崭露头角,口口声声说他的财富是上帝赐予,他身上似乎散发着神性的光芒,但他明白,自己身上从来就没有神性,有的只是狼性,是当年葫芦湾垃圾场萌生出来的。"② 不可否认,孙参身上兼具"狼性"和"神性"的双重特性。正因为如此,也才有了孙参的最终忏悔和良知回归的可能,只是要等到一个合适的契机。

其实,海晏不只有一个商业性的参孙集团,还有一个文化性的三教寺。三教寺古已有之,而今为发展旅游业获得政府重修,并委派了各自的"教主",

---

① 赵德发:《人类世》,长江文艺出版社2016年版,第10页。
② 赵德发:《人类世》,长江文艺出版社2016年版,第33页。

分别是代表儒家的田明德老师、代表佛家的木鱼法师和代表道家的冀怀德道长。即便围绕三教教主的座次问题一直争论不休，即便三教亦难免不断被世俗化的可能，也不能不注意到三教文化在社会发展中所发挥的有益建构作用。比如计划并已经实施的《论语》《金刚经》《太上感应篇》的刻经工程，虽然由于外力而被迫中断，然而亦不能否认其希图教化一方的大功德。或许正如作品中借由赵德发的文章所表达的主旨那样，"在三教寺酿一缸酒"。文章梳理了三教合一的源流，叙述了海晏三教寺的来历，讲了对于教主座次问题的争执。"三教教主如果不计较谁先谁后，在三教寺内随缘就座，也会心心相印的。这个心，是向善之心，仁爱之心，慈悲之心。良心，良知，应是三教的最大公约数。"① 所以，顺势提出"取儒释道三家精华，在三教寺酿一缸酒"，以便"让东西方来客尽情品尝"。② 尽管"三教经典挡不住一个参孙集团"，③ 但亦不能否认三教寺恰恰构成对于参孙集团的某种制衡性，也就是文明意识对于商业因素的纠偏作用。历史的发展总是合力作用的结果，如果连这样的基本制衡和纠偏也没有的话，人类社会发展的负面性将更为突出。

如果说凭借《君子梦》《双手合十》《乾道坤道》分别表达了儒释道的精神，那么《人类世》则至少提出了三教文明的共生思路。而且获得进一步开放性的融合，又力图将基督教文明融入其中。追随并深爱着孙参而来到中国的真真，面对孙参的欲望无边和精神焦虑，面对环境污染的不可逆转，毅然决定离开，而且以赤子之情直指孙参的思想深处："你的精神也畸形。你不信上帝，不信基督，却偏偏要装出信的样子，去骗基督徒和对基督有好感的人。你胸前的十字架，其实是一个作假的摆设，骗人的道具……"④ 此时的孙参"心如刀绞"，痛恨自己"是地地道道的垃圾"。待到离别送行之时，真真的醍醐灌顶更是让孙参陷入彻底的"悔恨""羞耻"和"忏悔"中。"你就是个撒旦！你为了做大生意，为了能在海晏市竖起你所说的'金钉子'，做出了多少坏事，伤害了多少人！……你不能再这样下去了。我离开你以后一直在想，你的精子为什么畸形，为什么不能生育后代，难道没有上帝的旨意在里面？退回去几千年，

---

① 赵德发：《人类世》，长江文艺出版社2016年版，第208页。
② 赵德发：《人类世》，长江文艺出版社2016年版，第208页。
③ 赵德发：《人类世》，长江文艺出版社2016年版，第18页。
④ 赵德发：《人类世》，长江文艺出版社2016年版，第259页。

如果世上再发大水，上帝选定某个子民再造方舟，他能让你上船做人种吗？等到大水退去，上帝再次与人类立虹为记，那时你在哪里？"① 此时的孙参，跪倒在地，满含热泪，真诚忏悔，并双手接捧十字架。真真的缱绻与决绝，促成了孙参的悔悟与转变，也为罪恶的弃绝和良知的回归提供了契机。无须再度怀疑孙参的行为和内心，抛开包装的色彩、皈依上帝的怀抱已经是其必然的选择。这里，儒释道文明试图解决而不得的局面，不能不说在基督教文明中获得了实质性进展。显然，这里并非基督精神因素的过分突显，而恰恰是文明共生意识的自觉表达。

三、"人类世"的全球对话意识

自20世纪90年代以来，"全球化"已经成为最为显著的国际命题，究其本质即是"全球对话主义"②。长期以来，汉语学界和西方学界在讨论中国问题时常常强调"中国特殊论"，甚至已经成为某种普遍性的立论前提。然而如果从作为方法论的"全球对话主义"立场来考察，这种论调值得怀疑并应当警惕。因为在一个"全球化"时代，可能根本就不存在什么单纯的所谓"中国问题"，一切"中国问题"都是"全球问题"。作为文化构成的重要部分，文学也在面对并在不同层面回应着"全球化"的趋势。在谈到"小说意味着什么"的话题之时，赵德发通过自己的创作明确传达了文学在"全球化"语境中的处境。"在全球化大旗高高飘扬的今天，一个作家应该勇敢地面对这种冲击，在冲击中鉴别，在鉴别中取舍，在取舍中强壮自己。这种强壮，首先是应该具备'全球眼光'，多关注那些人类共同面对的问题……这样，我们中国作家也许能写出一些世界级的大作品、能与全人类对话的大作品。"③ 这种自觉的"全球对话意识"，在《双手合十》中的慧昱法师的悟禅和《乾道坤道》中的石高静道长的修道过程都有所表现，而在《人类世》中则更加鲜明地体现出来。

面对达那岛要被海水淹没的命运，真真决心追随孙参到中国去"做千万人

---

① 赵德发：《人类世》，长江文艺出版社2016年版，第272—273页。
② 金惠敏：《全球对话主义：21世纪的文化政治学》，新星出版社2013年版，第20页。
③ 赵德发：《写作是一种修行：赵德发访谈录》，安徽文艺出版社2014年版，第22页。

的母"①。殊不知,来到中国的真真所面临的可能是比在达那岛更加严峻的境遇。人际关系的处理还在其次,先是身体对于自然环境的不能适应,继而遭受无法实现"做千万人的母"的精神打击。除了不能被孙参母亲王兰叶接纳,真真还时刻面临雾霾等因素诱发的皮肤过敏,尤其面对孙参不断进行的对于上帝的"成功见证",真真决心毅然离去。"在这样的地方,我即使有了成千上万的后代,也就有了成千上万的担忧。"②并且直指孙参的虚伪和欺骗,不仅"精子畸形",而且"精神畸形",那就是唯利是图。正如二人间的对话那样——"参,你并不爱上帝""我爱上帝是有条件的""什么条件""他给我成功,我就爱他""你爱他,并且爱人类,才能成功呀""人类,哪能都爱。有些人值得爱,有些人不值得爱""不,基督就是爱所有的人类""基督是基督,我是我"。③ 然而,孙参的商业道路也并不顺利,负面性的"帖子"就揭示出关键性的问题:"南太平洋岛国酋长的女儿之所以跟着孙总来中国,是因为海平面上涨,那个岛国将被淹没。全球的海洋都是连通的,难道人工垫起、仅仅高出水面几米的彩虹广场,就能逃脱被淹没的命运?他们还要建磨盘大道,踏着历史走向未来,彩虹广场的未来是什么?是沉没,是陷落!"④ 这里,即便是竞争对手所为,却也是事实存在。真真的"做千万人的母"的理想及其虔诚的基督信仰精神,恰恰构成与现实矛盾的参照。正是这种"他者"视角的确立,构成对于"自我"问题的反思,而这又是全球对话意识的基础。

当年的孙参留学美国期间,与房东女儿穆丽儿相遇,也因为两人关系而被动回国。本以为两人再无纠葛,殊不知若干年后再次相见,只不过境遇都已经发生根本改变。作为环保人士,穆丽儿追随焦石教授到中国调查洋垃圾去向,不仅揭露了海关检查中的徇私舞弊,更是寻找到进口垃圾的老板孙参,并向其表达了身为人类而对地球应当负有的责任。尤其是面对太平洋上漂浮垃圾形成的所谓"第八大陆",连孙参也感到了触目惊心。"人类如果不约束自己的行为,将垃圾随便丢弃,无论是海洋还是陆地,都会变得面目全非。"⑤ 而且,

---

① 赵德发:《人类世》,长江文艺出版社2016年版,第86页。
② 赵德发:《人类世》,长江文艺出版社2016年版,第258页。
③ 赵德发:《人类世》,长江文艺出版社2016年版,第178页。
④ 赵德发:《人类世》,长江文艺出版社2016年版,第151页。
⑤ 赵德发:《人类世》,长江文艺出版社2016年版,第292页。

进口的有毒电子垃圾也会直接损害健康。与真真守持的坚定的信仰信心有所不同，穆丽儿则是身体力行："人类为了满足欲望，疯狂发展，把地球糟蹋得一塌糊涂。面对人类的贪婪，上帝却一直保持沉默。所以，我和我的同伴认为，能够拯救地球、拯救人类的，只有我们自己。我们必须组织起来，而且要说服越来越多的人，共同维护世界的和平与清洁。"① 对照而言，这已经让作为基督徒的孙参无比惭愧。虽然为了达到获取儿子信息的目的，孙参答应不再进口垃圾并提供相关情况，但也不能不说，穆丽儿的实际行动也的确影响到孙参的判断与选择。否则，面对的或许就是迅速的"末日"："人类将成为地球的垃圾，地球将成为宇宙的垃圾。"②

通过真真的"做千万人的母"的理想和穆丽儿的环保主张及其实践，《人类世》将"中国问题"和"世界问题"切实自然地沟通起来，并试图以"全球对话意识"寻找到解决问题的思路和途径。"世界"不外于"我们"，"我们"就在"世界"之中。如果说《双手合十》《乾道坤道》中的"全球意识"主要侧重于触及理念对话的层面，那么《人类世》中的"全球对话意识"则已经迫切面对并深入思索严峻的具体问题。这已经不是单纯的所谓的"中国问题"，而是与所有民族密切相关的"全球问题"。延伸开来，在这样的全球化语境中，理应发挥中国作为全球性大国的责任。正如习近平总书记所强调的，"积极参与全球治理体系建设，努力为完善全球治理贡献中国智慧"③。而且，作为负责任的大国，尤其要为"全球意识形态"的建构提供切实的"中国方案"。

四、"人类世"的人类终极意识

如果说《君子梦》《双手合十》《乾道坤道》侧重于从个体拯救的层面关怀生命的终极意义，那么《人类世》则是从地球危机的高度关注人类世界的终极命运，从而实现了跨越性的视野转换和人类终极意识的有效建构。这又主要体现在焦石教授对于"人类世"的考察、辨析、创作和传播的历程中，而且这样

---

① 赵德发：《人类世》，长江文艺出版社2016年版，第292页。
② 赵德发：《人类世》，长江文艺出版社2016年版，第297页。
③ 习近平：《在庆祝中国共产党成立95周年大会上的讲话》，人民出版社2016年版，第20页。

的"人类终极意识"已经对于"人类世"的发展产生重大深远的意义。

焦石的"人类世"研究是与孙参的商业帝国建设并行的另一条核心线索，不仅形成必要的制衡性，也是对于"人类中心主义"发展的超越。本来以老姆山作为地质学关键点进行倾力研究的焦石，满怀希望砸下自己的"金钉子"，但是孙参的炸山填海行为彻底毁掉了这一典型标志。虽然焦石悲愤异常，却仍然矢志不渝，继续倾心探索。在焦石看来，尽管"人类世"尚未最后界定，但不可否认的是，人类已经从根本上改变了地球的形态，这一概念必然是地质学上的又一次飞跃。只不过，这次"飞跃"带给人类自身更加可怕的后果。"人与自然的相互作用加剧，人类成为影响环境演化的重要力量，地球在短短的二百年间被迅速改变。"① 岩石圈里积累贮存的资源将要消耗殆尽，城市圈建设改变了地球的形态，水圈的变化带来了水质的改变，大气圈的变化带来污染和碳排放过量并导致南极上空的臭氧空洞，生物圈的变化导致地球物种的急剧减少……"人类世大灭绝"正在进行中，而且关键因素在于人类自身。况且在当今世界，人类对于核技术的掌握又成为一个决定人类世持续时间的重要因素，无疑更加加剧了问题的严重性。正如焦石所言："人类世的上限与下限，应该各有一颗金钉子。上限的那一颗，已经存在于世界上的某一个地方，有待地史学界寻找，去确认。寻找并确认人类世终结的那一枚金钉子，就不是我们的事情了，甚至也不是人类的事情了。"② 所以，当务之急便是警醒世人，不能让人类世过早终结。

然而焦石的"人类世"研究与教学，在当今"人类"视野中又被认为"不合时宜"，也就是所谓的"与时代主旋律不合拍"，因为这是一个"发展"的时代。一方面是"培养找矿人才，把地下的资源赶快挖出来，推动经济建设"，另一方面又是人类的可持续性："当今人类对于'发展'的极度强调、极度推崇是没有道理的，是一种疯狂的、危险的、愚蠢的、自掘坟墓的行为！"③ 显然，人类终极意识就是以这样的充满悖论的方式无比尖锐地表现出来。面对学院课堂被禁的处境，焦石教授走向社会讲坛，继续展示人类世的乱象，传播人类世的理念。结果可想而知，再次被媒体嘲弄。于是，"不让上课""不让上

---

① 赵德发：《人类世》，长江文艺出版社2016年版，第141页。
② 赵德发：《人类世》，长江文艺出版社2016年版，第144页。
③ 赵德发：《人类世》，长江文艺出版社2016年版，第221页。

街"的焦石转而进行田野调查和《人类世》专著的写作，继续践行自己的普世关怀。最终，既有翔实论据更有缜密论证的《人类世》书稿得以出版，并以此展开"人类终极意识"的后续行为。而且，逐步引发关于"人类世"的铺天盖地的讨论，修订地质年代表也就只是时间早晚的问题了。

《人类世》正是以地质大学焦石教授"《人类世》的研究和创作"为内在契机，贯穿起"人类世"的百态世象和芸芸众生。其中的主人公孙参又是构成世象和众生的核心人物，其善恶并存、毁誉参半又终于良心发现、良知回归。"人类世"引发了地质历史的改朝换代，"人类"自身从根本上改变了地球的形态。对于"发展"的极度强调带来"人类世"的乱象杂生，"人类"正面临让"人类世"过早终结的危险。作品文化底蕴丰厚，儒释道及基督教文明相生，提供出有限人类时空的无限超越性参照。作品气象博大，呈现出大忧患和大悲悯，弃绝了"人类中心主义"的习惯逻辑，托起了"人类终极意识"的自觉关怀。

在"天地人神"的世界四维结构中，人被赋予了关系性的意义，成为"神"的呼应对象。作为"神"的对应性存在，"人"也就获得了主体性；作为"神性"的对应性存在，"人性"也就具有了相应的价值。可是在人类世界的发展过程中，"人性"不断地抛弃"神性"，构筑起"人类中心主义"，时至今日，理应到了转换与超越的时候。面对"人类世"，"人类"不再成为中心，而必须建构起具有反思性和制衡性的对应层面。在这个意义上，赵德发的《人类世》亦提供了相当的参照价值。进而从文学本质来说，文学关注"人"，就要关注人的"三性"，就是要从"兽性"中掘取"人性"，从"人性"中汲取"神性"。这样看来，"人性"仅仅是过渡阶段，是从"兽性"到"神性"的中间环节。如果没有"神性"的尺度，不用说达到"神性"的境界，恐怕就连"人性"的目标也难以实现，甚至会一直停留于"兽性"的层面。其实，《人类世》中的核心人物孙参就具有这样的象征意义和典型特征，其"狼性"行为、"人性"回归和"神性"因素的"三位一体"及其转换就证明了这一点。所以说，设置"神性"的标准，不是为了达到"神性"，而是为了获得"人性"，总不至于始终沦落在"兽性"。从这个意义上说，文学表现"人性"，总是不能离开"神性"的立场；文学是"人学"，总是要有"神学"的参照。这也是文学的永恒魅力之所在。

（原载《当代作家评论》2017年第2期，收入本书时标题有所调整）

论路也诗歌的"内向性"及其诗学精神

记不得在哪一次访谈中,路也自述写诗是源于生命的需要,可以使自我从自身内部产生一种力量,以抵挡粗陋的外部世界。面对重重矛盾和对立的现实生活,路也的诗歌不是采取直面的方式,也不是采取回避的态度,而是着力于如何让一个异在的世界成为属己的世界。相对于由内而外的写作路数,路也的诗歌具有鲜明的由外而内的路向,呈现出"内向性"的特征。延伸开来,通过"向内转"的主体性展现而使得主客体分裂的世界诗意化,从而显现出表面叙事实则抒情、表面经验实则超验的浪漫化的诗学精神。

一、人生向诗的转化

作为与现实世界的对照,诗的世界具有超越现实的力量。生活在经验世界里的感性个体,总是面对各种偶然的外在障碍,如果不能实现向诗的转化,人生的分裂状态就难以弥合。或者说,只有在诗意化的世界里,现世人生的普遍有限性才会得到超越。无论面对的是各种困境还是各种情感,归根结底都是有限的个体生命如何在无限世界中寻找自身意义并获得自我安慰的问题。其实路也的诗歌中,显然不乏各种困境,也不乏各种情感,但关键问题在于,诗人不是将其进一步强化,而是将其加以诗化。所谓的诗化,又并非通俗理解的软化，而是走向生命的真，正如诺瓦利斯所言的"越富有诗意，就越真"①。

"面前有多少路，就该有多少歧途"，这是路也诗作《在南郊》中的一句。其实，这也构成其诗歌世界的普遍命题。"要在悬崖边，把身体里的油门踩到最大/要像古庙檐头的瓦楞草那样有着远远的寂寥/要跟蒲公英并排坐上坟头，开出的小花如地下幽魂/爱变成癌，歌变成哭，要准备一部《金刚经》/已耗费了很多纸来写疼，还是没有写尽/最后干脆把纸页当成南墙，一头撞上/这条短短的命多么耗电，心头的灯盏一点也不省油。"(《在南郊》)在这里，"悬崖""寂寥""坟头""幽魂""癌""哭""疼""南墙""短短的命"等语词集中出现，不能不让我们深刻体味个人的命运与世界的深渊。而且，相同的或者类似的语词在另外的诗作中也总是不断地显现，比如《山垭》中的"山垭"和"崖根"以及"黄昏"，《山径夜行》中的"山峦"和"黑暗"以及"不安"《山行》中的"山行"和"瓦屋"以及"余生"，《南风歌》中的"南风"和"衰败"以及"安魂"，《盘山路》中的"盘山路"和"退路"以及"孤独"，《信号塔》中的"信号塔"和"独身"以及"虚空"，《山间坟茔》中的"旧坟"和"末路"以及"灰烬"，《山中信札》中的"末路穷途"和"孤坟"以及"欲望"，《废村》中的"废弃"和"前生来世"以及"乡愁"，《望山》中的"遥望"和"相依为命"以及"绝交书"，《青砖灰瓦的楼》中的"父亲"和"母亲"以及"短短的命"等等。对于生命困境的极致表现——疾病乃至死亡，路也总是不惜笔墨。人尽管可能战胜许多外界的力量，但对此却无能为力。"刀子、剪子、钩子、扩充器、止血钳/不锈钢闪烁着饥饿的光/就在那里//碘酒挥发出抵抗的气味/棉球和纱布在出汗，有不近人情的洁白/都在那里。"(《手术》)"有血有肉"的身体，无法抗拒自然的限定及其人为的设计；"隐秘之处"斜对着屋顶甚至苍穹，等待着的也只是一张报告单。"把一册册病例按时间顺序排好/我意识到：每个人病例最末一页/都应是一份死亡通知/不管实际上是否存在。"(《病历》)进而，诗人把人生比为"一座医院"，把时间比作"门诊和病房的长长走廊"，"手术室"代表了人生的转折点，亲人和爱人以及距离太近的人像药一样"对我们施以温柔的伤害或者有毒的抚慰"，而把病历一册一册加起来就相当于"人生传记"。与此相关的话语也在《心脏起搏器》《手术室走廊》

---

① 刘小枫：《诗化哲学》，华东师范大学出版社2011年版，第28页。

《ICU 病房》等诗作中有所表达。因此，面临着一个冷冰冰的客观世界，只有通过个体灵性的彰显才能让生活充满继续下去的意义，才能明白什么是真正的"向死而生"。诗人写道，"我的体内/有一个死。"（《我的体内》），而且冷眼旁观着"我"却默无声息。"它还在那里数数/数时间，也数空间/计算着我的页码/丈量着我的旅程/还瞄准我的心脏/调着十环的焦距/而何时引发，不会通知/何故引发，不会解释。"（《我的体内》）其实，这就是生命的根本特征。即便技术时代，依旧茫然失措，并不能确证人的意义。在众生存在中，只有人能够观照死亡。我们只知道生命的结局，却永远不清楚生命的过程，唯此也才有了生命的可能时空及其所谓的追求和理想。"我的体内/有一个死/它离得很近，我并不伤悲/只是偶尔会驻足/仰望头顶上的蓝天。"（《我的体内》）只有在这样的诗意中，人才能活下去。人之为人，并不在于能够改造这个世界，而在于能够赋予置身其中的世界以及自身以审美的意义，进而把自己的有限生命创造成有意义的生命存在。

既然自我的生死这样的人生根本问题都得以获得诗化，那么密切相关的那些放不下的沉重感情或者相对之外的亲情、友情、爱情等等也就更加地可以直面书写。尤其往往极力隐藏的悲伤和焦虑，至此亦无须刻意回避，也就自然流露于字里行间。比如《四年祭》中的诗语，从植物的分株到"对他培土动作的记忆"，从石英表的依然走动到"他生活在时间之外"，从一切的易主到物是人非，从放大的黑白照片到灵魂的四四方方……"我在没有他的人世间活了四年，继承他的储蓄和残疾/偏安汉语边陲/心在城北，身往城南/天天给他写信，从未得到过回音。"（《四年祭》）比如《遗传》中的"他的基因在我的血液里低语/……有我在，怎能说，他那条短短的命/已消失？"他的身世复杂而错位、他的经历波折而动情、他的躯体破烂而随风逝去、他的精神失去庇护而曝光，一切仿佛更加醒目……"为防不测，他拷贝一个小一号的自己，留在人世/把命给了我，把魂寄于我，让我替他往下活，凭什么说/他已经死去？"（《遗传》）正是通过死，才能认识生。死并非死亡的那一个时刻，而是生的构成因素。在《城南哀歌》中，这种感情继续发酵。"父亲像诗人一样，没能活到自然死亡/在街道的纵横脉络上占卜命运/骑自行车去撞汽车/去世将近九年，我一直假装他还活着/把自己当成有父亲的人，而不是半个孤儿/固执地相信，终有一天我还会在尘世的某个拐角处/突然遇见他。"（《城南哀歌》）直至《山中墓园》《与母亲同行山中》等,那份刻骨铭心的情感才不得不逐渐释然。"他下葬那天,天气晴好/等到达墓地时,一阵风却吹破了云天/石匠的敲打声惊扰地府/从地球上钻个洞,安放进我的父亲。"(《山中墓园》)无可奈何,来自土地的终究要归于土地。"母亲找到山韭和苦荬菜,像找到童年/她谈起十年前那场车祸/和我那死去的父亲/我佯装轻松,不让她看出我每天还在与父亲交谈//看,那亿万年的山崖,背着十字架/面对它们,谁都太年轻/父亲去矣罢了,跟亿万年山崖相比/六十岁跟一百岁没什么区别/我用与天等高的理论从哀伤里杀出一条血路,让母亲使然。"(《与母亲同行山中》)在相对无限的宇宙时空中,"就像我们从没来过"。面对无限性,有限性的人也只能如此。其实,其间还应该伴随着《打棺材》《盖棺》等书写过程中的相关确证。人生在世并非为了把握世界,而是不断地妥协,直至面对死神而一并彻底地妥协完毕。"脚边一株蒲公英,不介意生于何世/天空空无,并不透露天堂的消息/身影在斜阳里拉长又缩短,无可期也无所依/继续留在活人中间/不停地追问死亡,一直追问到死的那天。"(《山中墓园》)人之为人,仍然不同于自然实体。禀有生命并终有一死的人,才能面对有限与无限的终极问题,而发出永恒的"追问"。正是在这样的追问中,赋予本无意义的世界以人生的意义。其实也就不难理解在长诗《心脏内科》中的诗语表现,"心脏内科"的种种镜像,难道不是人生或者人性的种种关联吗?诗人最终把追思投向上帝,而显现出"天问"的特征。"请问上帝,人世茫茫,生死茫茫,天地茫茫,古今茫茫/宇宙之心/在哪个具体位置?"(《心脏内科》)在"天、地、人、神"之四维结构中,与"神性"相对照的"人性"也就确立起来了。

　　认识自己,其实质不是关于实在的知识,而是关于自己的生命及其价值的问题。人生向诗的转化,不是虚无人生,而是诗化人生;不是物性转换,而是审美现象。"实际上就是生活在世界中的人自己绘出的一个意义世界,一个与现实给定的世界截然不同的世界。只有居住在、生活在这个富有意义的审美世界中,人才不至于被愚蠢、疯狂、荒诞置于死地。"① 路也的诗歌世界,意义也在这里。正如《从今往后》中的诗语,"从今往后/守着一盏小灯和一颗心脏/朝向地平线/活下去……从今往后/恺撒的归恺撒,上帝的归上帝/方圆十余

---

① 刘小枫:《诗化哲学》,华东师范大学出版社2011年版,第180页。

里,既无远亲也无近邻/小屋如山谷,回响个人足音"。世俗的恺撒的世界和神圣的上帝的世界属于性质不同的世界,具有对照性而非跨越性。诗化人生拯救的不是哪一个世界,而是要拯救自身。

二、回归心性的"内向性"

在诗的世界中,诗人的外部生活和内在灵性往往具有对照性和互补性。也就是说,外部生活越是得心应手,内在灵性就越是贫瘠;反过来,外部生活越是无能为力,内在灵性就越是丰富。路也说,"我的人生就是由一大堆缺憾构成的,如果没有缺憾,就不会有现在我这个人。在家里人看来,我从小到大就没有做对过任何一件事,如果偶尔做对了什么,那也不过是对某个错误的更正而已"。① 然而幸运的是,人生正好不等于诗意,人生的"缺憾"恰恰造成了诗意的"完善"。越是受到生活力量的制约,反而越想彻悟有限生命之谜,使自我在无所适从中找到位置和归宿。针对生活世界中日益强势的功利态度以及由此而来的从内向外的写作路数,路也的诗思路线则是"向内转",从而呈现出由外而内、回归心性的"内向性"特征。

在路也的诗歌世界里,现世生活中的一切都很不可靠。即便竭尽全力地描摹外部世界及其诸类情感,仍然不可把握、充满困惑和深感不安,最终还是要回归自我的内心体验,并作出本原的或者延伸的价值判断。《大雪》中,诗人把茫茫大雪的发生归结为自己的昏睡。"这场大雪一定与我长时间的昏睡有关/安眠使得所有郁闷都化为水汽又结成了冰晶。"《风雪夜归人》中,"我"是风雪夜归人,最终面对着的还是自我。"等我回家并打开门扉的,只能是另一个我/她把灯掌上,把茶沏上,把窗帘拉上,把枕边书打开来。"《干杯》中,"我"和"你"的一杯接一杯的一饮而尽,只是为了一而再地确认自己是在活着。《巧克力邮包》中,从寄来的巧克力邮包而设计出人生的历程,终究却是为了那珍贵的"幸福"和"回忆"。"我要献出牙齿,在四十岁之前不惜让一口好牙掉光/我要献出胰岛素,五十岁之前患上糖尿病/我吸收热量,打算六十岁之前得冠心病脂肪肝,全线崩溃/为的是,能用居里夫人提炼镭的方法/从这两公斤里提

---

① 路也:《山中信札》"后记",中国青年出版社2015年版,第198页。

炼出一毫克的幸福/一微克的回忆。"《你的形状》中,"我"和"你"被隔开了,不仅因为"河山",更因为"怨恨"。《不再》中,"我们"不再相见和不通音讯,能够把握的或许只有结局。"我们对彼此的今后会一无所知,除了那唯一能确定的:/我和你,最终,都将死去。"《在增城吃荔枝有感》感受到了"吃的故事"和"爱情的故事":"其实所有的爱情都是昂贵的/都像荔枝一样容易腐烂,朝不保夕/为了保鲜,必须日夜兼程/使人筋疲力尽/并且累死许多匹马。"所以,还是要避免覆辙。"如今,谁也不是我的唐玄宗/我也只是我自己的杨贵妃/我走到哪里,哪里就是长安。"《旋转餐厅》中,虽然居高临下,依然回归自我。"不是餐厅在转,而是我的心在转/当我把脖颈转向西南/忽然瞥见,城边山下一幢旧公寓/在朝北的窗子里,有一张深居简出的脸。"《在泰山下》中,本可仰望泰山,不可一叶障目,却难逃内心的裂变。"我不会重于此山,只能轻如鸿毛/一片叶子遮挡住眼睛,就看不见整座山了/蚂蚁一样的我还企图移动它……我必须为今生来世/在内心举办一场封禅大典。"虽然终究一场空,却也有内心的追求。"这些年啊,我总是用竹篮打水,给瞎子点灯/为的是,让肉体情未了,让精神凌绝顶。"《灰楼纪事》《文学院》等篇章中,诗人则以"似非而是"式的反讽,彻底袒露生活的无奈、人生的错位和生命的悲凉。"此刻,大雪纷飞/大雪过后,白茫茫一片大地真干净/一生就要过完了,眼前一切都会消失的/灰楼也不例外,易主,搬迁,拆塌,再久远也不会永恒。"(《灰楼纪事》)"我来到这个世界上,是为了害偏头疼,吃脑清片/从得罪文学院领导开始,以每天一人的速度/直到把全人类得罪光/我来到这个世界上,被一个个方块字绊倒/发誓在离去之前/一定要为自己写下悼词,文情并茂。"(《文学院》)在人与自然、人与自我、人与人、人与社会的关系中,不管诗人的生活如何,不管诗人的身份如何,最终回归诗人的内心,以内心自我确证自我存在。或者说,诗人总是把自然和世界精神化,进而找出自我灵性的栖息之所,而并非让对方"为我所用"。

显然,相对于"外向性"的经验特征,"内向性"的主体特征在于体验。体验是从感性个体的内在感受出发的,"也就是从自己的命运和遭遇出发来感受着生活,并力图去把握生活的意义"①。路也诗作中不断出现的"疾病"元

---

① 刘小枫:《诗化哲学》,华东师范大学出版社2011年版,第225页。

素和相对私人化的"身体"信息，进一步强化了这种体验着的生活，更加彰显着诗人体验的内在性。《淡粉色》中，从"我有瑕疵""我有劳损""我有失败""我有错误"到"我有病"："我有病/有不为人知的悔、非实用的愁、温和的警惕/真空的紧张，以及抽象的疼痛。"《病历》中，"病历"不仅仅是病相的纸质记录，还是另一种履历表和档案。"在这里，看得见症状、化验、诊断、处方和疗效/隐约流露致病的外部直接原因/而对于病的最终根源：/那些狂喜、愤怒、绝望、不安/巨浪、漩涡和幽暗/只字不提。"《母亲的心脏》中，"那个最革命的位置""那片最慈爱的区域""那片最喜欢说教的面积""那个仿佛被别针穿插的地方"开始发生问题。"她那已跳动六十多年，其中已为我跳动了四十年的器官/——那个伟大的器官/此刻正因缺氧而悲伤。"《在河边》中，"母亲"把药方当信仰，"那药方里有半夏、桃仁和麦冬/还有孤独、宿命和苍茫/人生在中途，露出它的凉意和黯淡"。《城南哀歌》中，诗人淋漓尽致地展示出生命的悖论，以至于生生死死。"要恢复健康，先大病一场/要灵魂得救，先厌弃今世今生/要蒸蒸日上，先得破产/要聚首，先要生离别/要刻骨铭心，先挥一挥衣袖而去/要获得本质，当先给虚幻让路/要复活，必须先死去，涂上香膏裹上布，葬入坟墓。"这样的体验，显然不是被动的经验认识，而是主动的心灵感应和精神反思。而在这样的感应和反思中，又本质性地体现着生命的多层面和复杂结构。

面对生活世界的不确定及其非理性和偶然性，生命意义只能从自身出发才能获得解释。相对于"社会关系"写作的公共经验而言，路也的"纯粹自我"式的写作也在深度体验中不断敞开。《我一个人生活》《妇科B超报告单》《单数》等诗作中，既有诗人客观的陈述，更有融入生命深处的个体感受。尤其把对于"单数"与身体及其生命的关系，和基于这种关系的经验结合起来，从而真正透视自己的内在生活。"一个人从早晨过到晚上/还要一个人走向生命的尽头/布娃娃在书架上落满灰尘/跟我一样也没有配偶/我离异了，而她是老姑娘/我们同病却无法相怜//电话机聋哑人似的不声不响/谁能在夜深人静时拨通我的心弦/我连心跳的每一下都是孤零零的/在空荡荡的房子里引起回音//我是韵母找不到声母/我是仄声找不到平声/我是火柴皮找不到火柴棒/我是抛物线找不到坐标系/我是蒲公英找不到春天找不到风//我是单数，我是'1'/以孤单为使命/以寂寞为事业。"（《单数》）在这里，诗人以自己的命运去触及生活的本质，从自己的内在心性去建构存在的意义，进而把具体的经验事件提升到富有超验意味的高度，也就具有了接近人性普遍价值和终极关怀的特征。源自命运深渊中的"孤单"和"寂寞"，也只能以"单数"而存在。其实说到底，凡是真正意义上的生命个体，哪一个又不是"单数"形式呢？尽管表象有所不同，但其本质实则无异。

另外，路也诗歌的"内向性"体验又伴随着充满知性和灵性的思辨，也就使其体验本身就具有了穿透生活的力量。相对于流行性存在的高超技巧加上浅薄内容的诗风，路也的诗歌不经意间流露出不事雕琢的内在深刻。对于诗人而言，如果没有与命运的碰撞，如果不能进入内在心性，其实也就彻底失去了自己。这就要求人们返归本心，"认真体会什么是幸运与苦难、黑暗与混乱、价值与意义，并在内心反复琢磨自己的灵魂的去向；要求人们完全依靠自己对自身的命运、死亡感、遭遇的反省，通过自己的力量，替自己创造出现实世界不可能给自己提供的富于意味的东西；要求人们充分认识内心、充实内心，不至于在习惯、不假思索的理所当然、固定不变的例行公事中失掉自己的内在灵性。进入体验，才能摆脱贪欲与无聊、恐惧与冷淡的约束，企达审美的自由生活之境"①。借用这段话来阐释路也的诗歌世界及其"内向性"特征，也似乎确切而充分。

三、浪漫化精神的显现

总体而言，路也的诗歌显现出浪漫化精神的本质。即便是那些无比沉重的关乎个人命运的话题和触及普遍人性的问题，也被诗人处理得诗意而具备安慰人心的力量。按照诺瓦利斯的界定，"把普遍的东西赋予更高的意义，使落俗套的东西披上神秘的外衣，使熟知的东西恢复未知的尊严，使有限的东西重归无限，这就是浪漫化"②。所谓的浪漫化，就是以不同于现存世界的另一个世界的眼光来打量这个世界，以超验性的诗意的感觉而不是以经验性的世俗的感觉来把握置身其中的世界，从而克服习以为常的惯性力量的遮蔽，建构一种不

---

① 刘小枫：《诗化哲学》，华东师范大学出版社2011年版，第228页。
② 刘小枫：《诗化哲学》，华东师范大学出版社2011年版，第47页。

同于现世生活的理念生活、一个不同于现实世界的理想世界，进而在二者的对照中寻求并确认生命的意义。质而言之，有限的生命如何得到超越以解决有限与无限的根本矛盾而趋于无限的情感，构成浪漫化精神的核心。在这个过程中，人生向诗的转化和回归心性的"内向性"体验，自然地促进了浪漫化精神的显现。

如果诗的世界是与现实世界相对照的世界，那么这个世界本身就是浪漫化的。路也的诗歌写作常常突破日常生活的感觉方式，往往在习焉不察的语境中进行转换并创造出一个具有对照性的诗意世界。《抱着白菜回家》本是源于最日常的俗世生活场景，但在诗人那里却具有了别样的意味："我抱着一颗大白菜/顶风前行，传递着体温和想法/很像英勇的女游击队员/为破碎的山河/护送着鸡毛信。"《干杯》中，三杯酒之后便有了肉体的活着之后的新的感觉："酒过三巡，要让杯底朝天，要让酒决堤、泛滥/要让你庆幸活在了有我的地球上/要让我误以为自己生在唐朝/你打马经过，我是山寺里的一株桃花，正在开。"同样具有古典韵味的是《青檀树下》的诗语："客官，不要急于上路，请多喝几盏/过了这个村就没有这个店。"类似的还有《蜀道》《薛涛井》《草堂》《苏小小墓》《国清寺》《林学院》《牡岭镇》《亲爱的小乔》《在临安》《致西去的客人》《忆扬州》《沪杭道上》《平山堂》《古道》等诸多诗篇，通过古典情怀对照现世人生，或者从现世人生体味古典情怀。比如《浙江》中的诗语："在那湖边住多少年，穿多少丝绸赏多少梅/才能变成美貌如花的白素贞，找到我的许仙？"比如《木梳》中的诗语："我常常想就这样回到古代，进入水墨山水/过一种名叫沁园春或如梦令的幸福生活/我是你云鬟轻挽的娘子，你是我那断了仕途的官人。"还有《老城赋》等长诗中那古典与现代相结合的渲染与铺排，在在彰显着诗人的激情与才思。而且像充满反讽意味的《文史楼》《灰楼纪事》《文学院》等诗篇，也从另一个侧面表达着诗人的文化浪漫主义。

显然，在路也的浪漫化诗篇中，除了中国传统文化的精神资源，还有西方现代文化的精神元素。尤其是其一系列的远行世界之作，也往往采取表面叙事实则抒情的方式，来表达自我心目中的理想人性。"地球就是我的故乡，我爱地球，我走到哪里，哪里就是子午线。"① 实际上，路也正是以其浪漫诗意的

---

① 路也：《地球的芳心》"自序"，长江文艺出版社2012年版，第2页。

写作,达成了在传统和现代之间的深层"对话"。就前者而言,属于古今对话;就后者而言,则属于中西对话。其实,这也是伽达默尔的哲学解释学所架构的对话本体论:其一是与传统对话,其二是与他者对话。在前者来说,对传统的理解就是一种自我理解。在后者来说,"他者"既是"真理"也是"方法",因为一方面"他者"不可穷尽,另一方面与"他者"相遇才使"自我"被认识、被扩大、被更新。而且,就路也的诗作而言,本身就包含着具有"我—你"关系的深层对话,或者用"我们",或者就是直接大量使用"我"和"你"的称谓。比如《木梳》《渡船》《江心洲》《菜地》《外省的爱情》《这些遍地盛开的野菊》《白日梦》《你在病中》《晚安》《江堤》《我想去看你》《山上》《两公里》《小睡》《邮箱》等诗篇,当然其中有现实生活的成分,但更有虚拟理想的元素。究其实质,所谓的"我""你"关系,即是"自我"与"他者"的关系。其实,任何主体都是有限性的存在,不仅要将他者作为他者,也要将自我作为他者。也就是说,只有"互为主体"才能实现真正的"对话"。路也诗作中的"主体性",显然具有"对话"的意义。

路也认为,我们目前的文学过于关注人与社会的关系,"却忽视了人与自我的关系、人与大自然的关系、人与宇宙的关系、人与上帝的关系"①。如果扩而大之,路也诗歌的"对话"意识则不仅限于人与人,其实已经触及人与神之间的关系。比如《我看见流星》中的"神瞥见了我,并会心一笑",《望山》中的"我信的那一位/端坐在云霄之外",《沉香》中的"从前风闻的,现在亲眼看见",《手术室走廊》中的"我并未望向窗外/但感到附近教堂在安慰我",《除夕》中的"在那一端开口说话的/很可能是上帝",《三万英尺之上》中的"在三万英尺之上写信/只能写给上帝",《随园》中的"上帝,请让战争消失吧/孱弱的国民正在地狱里/度过平安夜和圣诞节",《城南哀歌》中的"神的目光落在这里,昭示无限",如此这般,有限的"自我"终将投向无限的"他者"。尤其在《兵工库的春天》这首诗中,诗人通过"诗性"与"神性"的深层"对话"性书写而达致其诗学精神浪漫化的充分显现。

《兵工库的春天》一反固有的对于"兵工库"的理性常识,而突显其"春天"里的辞旧迎新和脱胎换骨。"春天来了,这里多么寂静/每一座库房都陷入

---

① 路也:《我的树》,长江文艺出版社2016年版,第234页。

白日梦。"诗人不再进行知识学的考察，而是陷入纯粹性的冥思。"冲锋枪拔掉弹匣，手榴弹丢失拉线/轰炸机的仪表失灵，刺刀的刀身躲进刀鞘/水雷拆除了引信，手枪卡住了转轮/防弹衣与弹药箱惺惺相惜/而高射炮爱上了空中自己瞄准的一只鸽子/索性卸下了弹簧和马达/至于坦克，一大簇雨后苔藓润滑了它的履带/竟导致松松垮垮地脱落下来/还有，每一粒子弹的铅芯钢壳都闪闪发亮/打算从此不再让自己飞了/而想倚仗着与笔相似的外形，去画画或者写诗。"这里，每一件器物都背离初衷，事与愿违，南辕北辙，随心所欲。这里，每一件器物都已经一无是处、一无所用，然而也只有一无是处、一无所用，才能够真正回归本原。"是的，春天来了，这里多么寂静/金属器械的雄心壮志全都生了锈，全都臆想着/在这世上它们原本可能拥有的其他形状：/比如：婴儿车、蝴蝶发卡、滚动铁环、运动服拉链/坩埚、指甲刀、铅笔盒、项圈、纽扣、别针、眼镜架/就是做做圆珠笔末端那转动的钢珠也是不错的。"从军工武器到民用产品，从战场语境到日常生活，客体被重新赋予全新的主体意识。在这个富有诗意的转换中，也就把人和自然的生命从非理性的被动状态中解救出来。这里，已经不仅是单纯"诗性"的问题，而是具有了"神性"的品格。仿佛冥冥中，在此呼应着"圣言"的传达。《圣经·以赛亚书》中说："豺狼必与绵羊羔同居，豹子与山羊羔同卧，少壮狮子与牛犊并肥畜同群；小孩子要牵引它们。牛必与熊同食，牛犊必与小熊同卧，狮子必吃草与牛一样。"（《以赛亚书》11：6—7）①《圣经·以西结书》想象战争结束，遍野都是弃置的武器，以色列人拾来当柴烧，连用七年才烧完。"就是大小盾牌、弓箭、梃杖、枪矛都当柴烧火，直烧七年。甚至他们不必从田野捡柴，也不必从树林伐木。因为他们要用器械烧火。"（《以西结书》39：9—10）②《圣经·弥迦书》中说："他们要将刀打成犁头，把枪打成镰刀。这国不举刀攻击那国，他们也不再学习战事。人人都要坐在自己葡萄树下和无花果树下，无人惊吓。"（《弥迦书》4：3—4）③这是神性的世界，也是诗性的世界，是不同于现实世界的可能世界。诗人的特质在于，面对着已经是什么样的世界，而创造着可能是什么样的世界。"兵工库的春天"也是这样："春天来了，多么寂静的春天/金属们全都屏住呼吸/等着

---

① 《圣经》，中国基督教协会1996年南京版，第641页。
② 《圣经》，中国基督教协会1996年南京版，第794页。
③ 《圣经》，中国基督教协会1996年南京版，第847页。

院墙外那棵楝树开出淡紫的花来/哦,春风轻轻吹拂,越过了大门/温柔地仿佛在劝降。"从另一个理想的世界来重新设置现实的世界,或者进一步说,从"神性"的世界重新观照"人性"的世界,这是诗意化的本质,也是浪漫精神的本质。

  对于诗人而言,重要的不在于遭遇生活的广度,而在于体验生命的深度。对于诗意而言,重要的不是在绝望中陷入非理性,而是在绝望中看到希望。"的确,诗人的言说并不能损及现实世界的一根毫毛,但现实世界的意义却是诗的言说创造出来的,诗的言说的使命就是使一个新的世界展现出来,只有在这一新的世界里,人的居住才是有意义的。"[①] 正是在"天、地、人、神"之四维结构的世界中,人被赋予了关系性的意义,成为"神"的呼应对象。作为"神"的对应性存在,"人"也就获得了主体性;作为"神性"的对应性存在,"人性"也就具有了相应的价值。如果没有"神性"的尺度,不用说达到"神性"的境界,恐怕就连"人性"的目标也难以实现,甚至会一直停留于"兽性"的层面。所以说,设置"神性"的标准,不是为了达到"神性",而是为了获得"人性",总不至于始终沦落在"兽性"。"已经走到了生命的中途,既无法倒退回去,也不能中途下车,只好继续前行罢。"[②] 相对于已然取得的创作实绩,祝愿路也的诗歌在"神性"的维度上"继续前行",越走越远,再度创造一片新天地。

  最后再说几句题外的话。如何从个人出发,而超越于个体经验和体验,进而上升为普遍性的人类关怀,尤其是对天、地、人、神之四维结构世界的终极关切,在此意义上看,当代诗歌的表现还相对薄弱,还相对缺乏大气象之作。与此密切关联的一个问题,便是长诗的创作还不够突出。莫言曾言"捍卫长篇小说的尊严",其实,长诗就像小说中的长篇小说一样,代表着诗歌的尊严。因此,也需要"捍卫长诗的尊严",也要有诗歌的长度、密度、难度。所谓长度,就是要具备大容量、大抱负、大悲悯;所谓密度,就是要有密集的思想;所谓难度,就是语词之难和结构之难。面对短诗,我们往往是欣赏;面对长诗,我们则往往是细读。显然,海子如果没有长诗的创作,如果离开其间的

[①] 刘小枫:《诗化哲学》,华东师范大学出版社2011年版,第88页。
[②] 路也:《城南记》"后记",四川文艺出版社2016年版,第216页。

"神性"素质,其诗歌生命力会打折扣。春夏秋冬四季、东西南北四方、父母兄弟姊妹、天地万物生长、粮食土地宇宙、遗址传说神迹,都蕴含于其长诗系列中。此外,诗剧形式更是当代诗歌的弱项。以穆旦为例,其跨越三十年的诗剧创作无疑强化了其诗思和诗艺,更加坚实了其诗歌地位。1941年的《神魔之争》、1947年的《隐现》和1976年的《神的变形》三部诗剧,对于人神关系的思索,对于人与世界、神圣与世俗的思辨,对于权力话语的探究,至今仍富有生命力甚至永恒价值。所以不管是在历时性还是共时性上看,当代诗歌已经到了捍卫长诗尊严的时候了。就"神性"和"长诗"两个维度而言,路也的"诗思"和"诗艺"已经成熟,只待进一步发生。

(原载《百家评论》2017年第5期)

论当代中国文学的伦理类型及其形态

文学与伦理的关系不仅是一个理论话题，更是当代中国文学发展过程中的创作实践问题。"文学是特定历史阶段社会伦理的表达形式，文学在本质上是关于伦理的艺术。"① 伦理学往往用理念和经验传达伦理事件，而文学则通常用形象和审美表达伦理关怀。说到底，文学是伦理的形象表现。"伦理是发展变化的，深深嵌陷在一定的历史过程、社会场域中，不能用绝对的、静止的观念来看待。不同的时代有不同的伦理观，社会基础、生产方式变了，伦理观也在发生变化，这是马克思主义最基本的道理。"② 在这样的立场上审视新中国成立以来的文学与伦理的关系发展，大致呈现出"革命伦理""世俗伦理"和"宗教伦理"三种类型，当然，其间的具体存在形态也并非分离而是时常交融在一起。

一、"革命伦理"：革命与伦理的辩难

当代中国文学是从讲述"革命历史故事"开始的，新中国成立初期的"十七年文学"中，表现革命历史与革命斗争题材的所谓"红色经典"构成时代文学的主流。洪子诚先生在其《中国当代文学史》中仅就长篇的革命历史小说就

---

① 聂珍钊：《谈文学的伦理价值和教诲功能》，《文学评论》2014年第2期。
② 陆建德：《文学中的伦理：可贵的细节》，《文学评论》2014年第2期。

提到了十六部，并指出关于这一文学史命名的深意所在。这些作品，"是'在既定的意识形态的规限内，讲述既定的历史题材，以达成既定的意识形态目的'。它主要讲述'革命'的起源的故事，讲述革命在经历了曲折的过程之后，如何最终走向胜利"①。这一类型文学的作者，大都是他们所讲述的事件、情境的"亲历者"。"一方面，能够使用文字的'亲历者'自然极愿意回顾这段光荣的'历史'；另一方面，这一写作不仅是作者个体经验的表达，还是对于'革命'的'经典化'进程的参与。"概而言之，"以对历史'本质'的规范化叙述，为新的社会的真理性作出证明，以具象的方式，推动对历史的既定叙述的合法化，也为处于社会转折期中的民众，提供生活准则和思想依据——是这些小说的主要目的"②。在众多的"革命历史叙事"中，革命与伦理的关系复杂而微妙，前者体现出作家对于历史的把握和处理能力，后者则显示出作者对于历史的体验和超越意识。革命与伦理之间的自觉互动和彼此消长，充满着作家的政治敏感和艺术良知的辩难。

在革命与伦理的关系中，首先面对的是革命如何充分利用伦理的力量而实现革命的诉求。《林海雪原》中的少剑波临危受命，奉命剿匪，当他看到养育自己的姐姐被土匪残酷杀害后，剿匪的革命任务刹那间转化为复仇的伦理要求。不仅少剑波，小分队其他成员也都有家人被土匪杀害的经历。其实在少剑波到达现场前，刘政委曾专门叮嘱他：如果姐姐（"你的亲人"）遭遇不幸，一定要镇静。问题就在于刘政委的预感立刻变作现实，而少剑波的思想准备显然还没有做好，于是悲愤的情感即刻爆发。我们毫不怀疑刘政委思想的成熟和意志的坚定，但对年轻的少剑波而言却是个体生命遭遇的最大事件。一想起姐姐，他就难以抑制，悲痛的情绪化作复仇的子弹，以至于当时的批评者一针见血地指出这个人物的不成熟和塑造的不成功，因为他对姐姐的感情超出了他对人民群众的感情，而姐姐和人民群众都是同样的受害者。这里，剿匪的政治使命和报仇的伦理需求交融在一起。可以想象，组织完全可以派遣更为成熟的剿匪者，这一点从刘政委的提前叮嘱中能够看得出来。也可以想象，如果没有姐姐的惨死，少剑波剿匪的动力是否会受影响。我们当然的前提是剿匪任务的正

---

① 洪子诚：《中国当代文学史》，北京大学出版社1999年版，第106页。
② 洪子诚：《中国当代文学史》，北京大学出版社1999年版，第107页。

确性和合法性，但至少可以说，伦理的力量在一定程度上推动了革命诉求的实现。

其次要关注的是，伦理又是如何巧妙借助革命的力量而实现伦理的目标。《红旗谱》的叙事起点是朱老忠的回乡复仇，而回乡后的他却一再拖延复仇的时间。在外闯荡多年的朱老忠，回乡后面对的仇人不仅是上一代的冯老兰，还有假想敌——冯老兰的儿子冯贵堂，而且地主两代之间迥然有别。冯贵堂的"科学"主张和"民主"理念已经远远超越父辈地主，呈现出的是全新的社会力量。面对朱老忠的回乡复仇和父亲的忧心忡忡，冯贵堂避而不谈如何应对和反击，而是力主改良村政、革新生产，不再重复冤冤相报的仇恨之路。洞察世事的朱老忠敏锐地意识到对抗双方的力量悬殊，于是有了"一文一武"的朴素思想，更产生了寻找"靠山"的长远计划。也就不难理解他对待邻居严志和儿子的态度：坚决反对辍学、坚决支持参加共产党。如果"扑摸"到共产党这个"靠山"，也就都有前途和希望了。面对运涛的来信，最为兴奋的人正是朱老忠，因为运涛领兵一到，打下冯老兰的同时就是自己报仇的时刻。朱老忠把革命军的北伐巧妙而自然地转换为攻打冯老兰，这比做官挣钱都"体人心"。虽然目标没有实现，但动机却无比清晰。及至最后借助共产党发动的"反割头税"斗争，也是充满错位：共产党的目的是打击国民党，朱老忠的目的是打击冯老兰，而冯老兰的目的是为了赚钱。虽然在一场民间闹剧中收场，但也透露出朱老忠报仇的可能性和路径选择。《青春之歌》的故事，则将革命和伦理更加紧密地胶着在一起。主人公林道静的个体成长历程，恰恰表征的是中国革命的发展进程，反之亦然。余永泽用人道主义话语引发了林道静的第一次成长，卢嘉川用革命的理论话语激发了林道静的第二次成长，江华则用革命的实践话语完成了林道静的第三次成长。如果说在卢嘉川面前余永泽不堪一击的话，那么在江华面前卢嘉川同样异常脆弱，不论在社会革命层面还是情感恋爱方面。自始至终不断变化的是女主人公林道静，而三个男性主人公的立场和行为从来没改变过。余永泽的思想在历史长河中不断获得确认，但是"不合时宜的思想"；卢嘉川的理论激动人心，却不能解决具体问题；江华的理论和实践相结合，虽然虚夸但最管用。从伦理的角度考察，余永泽的一句"挂着羊头卖狗肉"的论断，不仅适合卢嘉川，更适合江华，也适用于林道静。尤其在林道静和后两者的交往中，细腻的情感刻画和微妙的恋爱心理已经远远越出革命话语的覆盖。或者说,后两者在借助革命话语进行启蒙的同时也恰恰以革命的名义进行着个体情感的追寻,而林道静也在逐步接受革命话语启蒙的过程中主动实现着个体成长的需要。

更进一步,我们还要注意到革命意识是怎样一步步地压抑着伦理的要求。《红岩》讲述的是独特的狱中斗争的故事,共产主义的坚定信仰和极为特殊的生命处境,使得个体的伦理需求完全服从于集体的革命需要。面对亲人乃至自我的牺牲,首先想到的总是亲人作为战友和同志的身份而主动寻求与自我距离的拉开。敌人所做的每一次审讯,都转换为共产党人的反向审判。精神对肉体的每一次超越,都强化着革命对于伦理的限制。发展到极致,则呈现出反差明显的"虐恋"型的生命存在状态。到了"文革"期间的文学,这种状况更是无以复加。及至后来,"对受虐经历的展示与对施虐者的控诉成为了'文革'后兴起的'新时期文学'最持久的主题,受虐经历成为了进入新时期的通行证,而所有的控诉者对自己的施虐经历却无不讳莫如深"①。其实,这仍然是绵延至今的中国文化的根本问题。

从文学发展的历程来看,以"伤痕"为起点的"新时期文学"在时间上恰恰配合了政治上改革派的理论与实践。它得以发生的一个重要因素是凭借一种日益强势的政治力量而反对另一种日益弱势的政治力量。其间占据主导价值的,可以说仍然是一种变体的"革命伦理"。

二、"世俗伦理":世俗与伦理的纠缠

20世纪80年代的文学虽说不能简单地称之为启蒙的文学,但无疑受到启蒙文化的重大影响。等到文学的轰动效应随着启蒙的消隐而陷于沉寂之时,写作者原先理想的文化心理结构受到重创。20世纪90年代后,作家们由"代言人"身份逐渐转换为"讲述人"身份,而且这种讲述不仅变得艰难,效果也值得怀疑。在"中心化"时期,作家的事业是神圣的,一直到"新写实"和"先锋派"都保留这种状态。而今,他们不再像过去那样制造寓言提供西方式的解释或对国人担负塑造灵魂的重任。原来的代言责任已被时下流行的大众文化包

---

① 李杨:《50—70年代中国文学经典再解读》,山东教育出版社2003年版,第208页。

括传媒、影视等通俗艺术所取代。他们进入到一个新的空间，具有一种与生活平视的关系。丹尼尔·贝尔曾言："真正的问题都出现在'革命的第二天'。那时，世俗世界将重新侵犯人的意识。人们将发现道德理想无法革除倔强的物质欲望和特权的遗传。"① 伴随革命叙事及其"革命伦理"的逐渐淡出，世俗世界及其"世俗伦理"日益显现。

首先是所谓的"欲望化"写作，这以20世纪90年代的"新生代"写作者群体为代表。朱文的《我爱美元》典型地表现出对现世生活的认同和参与，对世俗物质的追求，对外部感官的迷恋，而恰恰缺失的是乌托邦式的人文关怀。小说不断地说明金钱怎样把它在现实生活中拥有的那种力量和价值转化成一种独特的叙述逻辑。"我们要尊重钱，它腐蚀我们但不是生来就为了腐蚀我们的，它让我们骄傲但它并不鼓励我们狂妄，它让我们自卑是为了让我们自强，它让我们不知廉耻是为了让我们认识到，我们本身就是这么不知廉耻。从在这个星球上出现的第一天起，它就坚定地抱着帮助我们的善良愿望，它们四处奔走，缓解了我们的窘迫，我们应该公正地对待它。"②

在欲望化的生存空间中，灵与肉、情与欲、爱与性之间已经没有过多的纠缠，爱情的意义已经耗尽，剩下的只有性。"性不是坏东西，也不是好东西，我们需要它，这是事实。……就像吃肉那样，你张开嘴把性也吃下去吧，只要别噎着。你要努力吃得体面一些，你要努力吃得心安理得，你要努力吃出经验来，你要努力保持住你良好的胃口。吃肉的前前后后，你犯不着来一段抒情，或者来一段反思，那么性也一样。"③《我爱美元》中还有这样的场景和对白：

> 父亲坐在床边，鼻子上架着老花镜，凑在台灯下，手里捧着一叠我的手稿。说实话，这已经让我非常感动了，我已经得到了父亲颁发的文学奖。至于他如何评价，我是可想而知的。"生活中除了性就没有其他东西了吗？我真搞不懂！"父亲把那叠稿纸扔到了一边，频频摇头，他被我的性恼怒了。"我倒是要问你，你怎么从我的小说中就只看到性呢？""一个

---

① ［美］丹尼尔·贝尔：《资本主义文化矛盾》，赵一凡等译，北京三联书店1992年版，第75页。
② 朱文：《我爱美元》，作家出版社1995年版，第406页。
③ 朱文：《我爱美元》，作家出版社1995年版，第392页。

作家应该给人带来一些积极向上的东西，理想、追求、民主、自由等等，等等。""我说爸爸，你说的这些玩意，我的性里都有。"①

一切现实的现世的欲望都被合理化、合法化，而唯有心灵遭到放逐。"性爱"曾经为人的解放和人性张扬、为文学的突破和发展提供广阔的向度与空间，然而，这里表征出的也只是纵欲的生命。

更进一步，《我爱美元》一反传统意义上"父父子子"的逻辑关系，完全降落到都是"人"的层次。首先是人，然后才是父子。这只是一个男人和另一个男人在一起，应该去干一些男人干的事情。于是，父子两个饶有兴味地与小姐调情，无所顾忌地谈论女人，甚至儿子帮助父亲寻找妓女。"我想，我应该了解父亲需要的是什么。对此，做儿子的有不该推卸的责任。如果是我将来有一天得了个闲，摆脱了上老下小，摆脱了名誉地位，一头蹿出来，去找我的儿子，我就希望看到我的儿子能有些出息，能为他辛劳的父亲找点难得的乐子来，而不是像个白痴那样只知道一脸虔诚而又空洞地尊敬、尊敬。听我说，儿子，尊敬这玩意太不实惠了。我们都要向钱学习，向浪漫的美元学习，向坚挺的日元学习，向心平气和的瑞士法郎学习，学习它们那种绝不虚伪的实实在在的品质。"② 与此相应，原本神圣的写作和作家将成为什么呢？文本对此进行了细致分析："他渴望金钱，血管里都是金币滚动的声音，他希望他诚实的劳动能够得到诚实的尊重，能被标上越来越高的价码。价码是最诚实的，别的都不是。他相信在千字一万的稿酬标准下比在千字三十的稿酬标准下工作得更好，他看到美元满天飞舞，他就会热血沸腾，就会有源源不断的遏止不住的灵感。与金钱的腐蚀相比，贫穷是更为可怕的。"③ 商品经济的大潮猛烈冲击着传统意识形态中的许多理性规范，欲望得到前所未有的释放，但由于经济变革过程中文化精神的准备不足，致使旧有体制下的文化事业与文化人陷入精神与物质的双重困境。"人是文化的动物"，"人只有在创造文化的活动中才成为真正意义上的人，也只有在文化活动中，人才能获得真正的'自由'"。④ 人文

---

① 朱文：《我爱美元》，作家出版社1995年版，第404页。
② 朱文：《我爱美元》，作家出版社1995年版，第382页。
③ 朱文：《我爱美元》，作家出版社1995年版，第402页。
④ ［德］卡西尔：《人论》，甘阳译，上海译文出版社1985年版，"中译本序"第5页。

的衰微,不仅是文学创作问题,更是现实问题。对于世俗世界的超越性,恰恰是人文精神灵魂之所在。丹尼尔·贝尔提出,经济所依据的原则是"效益",而文化所依据的原则是"自我实现"。① 这种"自我实现"是与信念、理想、信仰等价值体系相联系的,属于意义的领域。而要把"效益"奉为最高原则,并以之排挤、取代"自我实现"的原则,文化与物质之间也就失去了必要的距离。继而,文化自身的存在也就有了问题。

对于"革命伦理"的反拨,除了"欲望书写",还有就是所谓的"民间性"立场,这主要是以1950年代出生的"实力派"写作群体为代表。莫言的写作基本上是通过"民间性"的世俗伦理来超越革命伦理及其政治伦理,也就是通过最为朴素的人性思辨和终极关怀来表达生命的本质存在。《生死疲劳》中热爱劳动、勤俭持家、修桥补路、乐善好施的地主西门闹在土改中被残酷镇压,于是不断向阎王鸣冤叫屈,请求转世为人探明缘由、以证清白。当鬼卒为他端出孟婆汤并劝其喝下去以忘记所有的痛苦、烦恼和仇恨时,西门闹坚持的是这样的立场:"我要把一切痛苦烦恼和仇恨牢记在心,否则我重返人间就失去了任何意义。"② 这是小说叙事的起点,于是就有了后面关于驴、牛、猪、狗的轮回转世。通过"驴折腾""牛犟劲""猪撒欢"和"狗精神"的生命历程,西门闹的仇恨意识渐次消弭。在这个过程中,连阎王都发生了转换。在轮回为狗的阶段即将终结之时,小说是这样写的:

> 大堂上的阎王,是一个陌生的面孔。没待我开口他就说:
> "西门闹,你的一切情况,我都知道了,你心中,现在还有仇恨吗?"
> 我犹豫了一下,摇了摇头。
> "这个世界上,怀有仇恨的人太多太多了,"阎王悲凉地说,"我们不愿意让怀有仇恨的灵魂,再转生为人,但总有那些怀有仇恨的灵魂漏网。"
> "我已经没有仇恨了,大王!"
> "不,我从你的眼睛里,看得出还有一些仇恨的残渣在闪烁,"阎王说,"我将让你在畜生道里再轮回一次,但这次是灵长类,离人类已经很

---

① [美]丹尼尔·贝尔:《资本主义文化矛盾》,赵一凡等译,北京三联书店1992年版,第56页。

② 莫言:《生死疲劳》,上海文艺出版社2008年版,第4页。

近了，坦白地说，是一只猴子，时间很短，只有两年。希望你在这两年里，把所有的仇恨发泄干净，然后，便是你重新做人的时辰。"①

在这里，连阎王都对这个世界感到了悲凉，也正是对小说叙事起点的回应："好了，西门闹，知道你是冤枉的。世界上许多人该死，但却不死；许多人不该死，偏偏死了。这是本殿也无法改变的现实。"② 问题是，阎王明明知道西门闹的冤枉，而面对鸣冤时却仍然使其不断轮回而不直接让他转世为人。原因何在？就在于西门闹如果怀着仇恨来到人间，那么人间将会更加不得安宁，复仇式的恶恶循环将会有始无终。轮回与转世，不仅是叙事视角的转换，更是达致终极目标的途径，那就是必须要消除仇恨，才能做真正的人。反过来说，既然做人或者已经为人，就要没有仇恨。如果作恶甚至不善的话，也就不配为人，或者说不是人。西门闹从当初的被仇恨所充满，到逐渐消弭仇恨，几度轮回而转世成大头儿蓝千岁，其间的斗争对抗日益减弱，而自由精神愈益彰显，没有了仇恨，才能平静地叙述。这同时是历史的进步和伦理的自觉。再次回应叙事起点：只有抛弃"一切痛苦烦恼和仇恨"，"重返人间"才有意义。人为什么要转世，恰恰是文本的关键问题。一次次的转世，不仅仅为讨回公道（事实是没有也根本无法讨回公道），更是为"向善"的转化。人为善良而转世，为修身成善而转世，尽管小说包含了丰厚的历史和复杂的人性，但"善"却是其内在核心意旨。这是民间伦理的根本精神，也是世俗伦理的最高境界。

面对"革命伦理"，"欲望化"表达和"民间性"立场构成具有问题意识的两种向度，而这样的世俗伦理，才真正是人性之伦理常态。

三、"宗教伦理"：宗教与伦理的同构

有学者曾指出 20 世纪中国文学的两大倾向：无限制地"溢美"与"溢恶"。与拥有宗教精神的西方文化和文学相比，中国文化和文学较为缺乏宗教

---

① 莫言：《生死疲劳》，上海文艺出版社 2008 年版，第 514 页。
② 莫言：《生死疲劳》，上海文艺出版社 2008 年版，第 4 页。

思想资源。无论何种文学形态，大都没有超越现实生活的范围，对于内在灵魂的关注和思辨还相当薄弱。几乎与"世俗伦理"的发生和发展同步，"宗教伦理"的写作日益显现出来，北村的"基督徒写作"和史铁生写作的"宗教精神"有代表性地显示出其中的问题、意义和可能性。

有论者提出，"汉语文化近百年的现代性运动，在某种程度上就是寻找替代宗教的运动。从20世纪初年王国维的审美代宗教，蔡元培的美育代宗教，到梁漱溟的道德代宗教，宗白华、李泽厚的审美宗教化，刘小枫的宗教信仰化，再到世纪末史铁生的'文学就是宗教精神的文字体现'，近一个世纪以来，汉语思想家、美学家、文学家，不遗余力、代代相承地不懈寻觅着自己的宗教，找寻着汉语精神的价值根基。"① 对史铁生而言，其"文学精神"与"宗教精神"和自身遭际密不可分，但他却从自身出发而超越个体遭遇，真切地感受到全人类的人本困境。他的写作充满悲天悯人的情怀，在对生的意义与死的后果的质询中发现人类的局限，找寻到爱的救赎道路。史铁生充分展现与记录了对于形而上问题的思考，但从未流于说教。他的文字源于时代之伤和身体之痛，达致宗教精神而又未止于此，最终获得超越而进入生命的审美境界。

史铁生从"文革"的时代之伤和"残疾"的个体之痛出发，在独特的"写作之夜"启灵于精神、"求佛问耶"并与"宗教精神"相遇。同虔诚的教徒不同，他走上的是一条自我发掘和自我救赎之路，也是为人类寻求的灵魂归宿之路。史铁生既非教徒又非宗教学家，但他所思考的问题却事关宗教根本，具体说就是信仰问题。他不接受任何一套完整的宗教理论体系，而是在各个教派——主要是佛教与基督教——中选择有益的成分，炼就自己的宗教。为了将这一套个人化的宗教观念与传统宗教和迷信区别，史铁生将其命名为"宗教精神"。他将苦难视为原罪、视为必然，在不断走向真善美的过程中，逐渐确认"自我"的价值，确认"有无""虚实"的概念，最终超越性别、族群、国家、历史，用"爱"构筑起人生之路。

比起简单的现实主义描摹和并不可靠的历史经验，史铁生更热衷于记录那些经过心灵筛选过的、在印象中被记忆的、有关于人类根本性的问题。史铁生

---

① 唐小林：《看不见的签名：现代汉语诗学与基督教》，中国社会科学出版社、华龄出版社2005年版，第2页。

的"宗教精神"有其自身特点，首先，他是从个体生命出发，走上一条自觉自愿自发的信仰之路。他说自己是"昼信基督夜信佛"，白天在基督教中获益，用其"爱的哲学"点燃生活的希望与理想。晚上则相信佛说，以此来参悟生死大事，明确生之困境、死之必然。其次，史铁生用"宗教精神"界定自己的信仰，不断强调要区分宗教与宗教精神。他完全从自身的生存体验出发，走向形而上的超越之路，并用写作将"此在"与彼岸联结起来。这一选择，让他的作品闪现出独特的信仰之光。史铁生认为，真正的宗教精神是"人们在'知不知'时依然葆有的坚定信念……宗教精神并不敌视智性、科学和哲学，而只是在此三者力竭神疲之际，代之以前行"①。在他看来，智性、科学、哲学最终都将指向宗教精神。无论在东方还是西方，宗教精神引导人们坚持理想、保存信念，在生存苦难的必然面前也不丧失热情、信心与勇气，这也是人类不断发展进步的动力之源。

史铁生认为，"宗教精神"不是死的教条，而是不断发展的状态，"宗教的生命力之强是一个事实。因为人类面对未知和对未来怀着美好希望与幻想，是永恒的事实。只要人不能尽知穷望，宗教就不会消失。不如说宗教精神吧，以区别于死教条的坏的宗教"②。这种宗教精神是实践中的血肉体悟，在逼仄的现实空间中给人精神的慰藉与生活的勇气。究其实质，"宗教精神"的根本意蕴是终极关怀，这是人类生命中面临的根本问题。它不按照民族、地域划分界限，"宗教精神天生不属于哪个阶级，哪个政治派别，那些被神化了的个人，它必属于全人类，必关怀全人类，必赞美全人类的团结，必因明了物质目的的局限而崇尚美之精神的历程"③。史铁生在追求终极价值的道路上走向宗教精神，把对苦难的经历与思考汇聚成文字，用宗教精神灌注其中。在他看来，"文学就是宗教精神的文字体现"④。

"宗教精神"的获得不仅使史铁生在精神上走出夜的迷障，摆脱死亡的纠缠，更实现了他对个体有限性的超越，进入无限的审美境界。"成为美，进入

---

① 史铁生：《病隙碎笔》，人民文学出版社2011年版，第198页。
② 史铁生：《扶轮问路 妄想电影》，人民文学出版社2011年版，第169页。
③ 史铁生：《病隙碎笔》，人民文学出版社2011年版，第199页。
④ 史铁生：《病隙碎笔》，人民文学出版社2011年版，第197页。

了欣赏的维度，一切才有了价值和意义。"① 在写作中，史铁生构建了自己的以宗教超越为核心的美学理想，从人的困境之路走向审美之路。参透生的真谛后，原本令人窒息的黑夜、无法释怀的苦难、不可解开的心魔幻化成在不断克服困难中获得意义的"过程美学"。无论宗教还是审美，二者都是对人的生存状态与生命价值的关切，都要突破生命的狭隘，为寻找无限存在和永恒意义而探索。对人生困境的反思与对自我超越的追求，实际上已经进入审美境界。宗教伦理没有也不可能构成当代中国文学的主流价值，但却丰富了中国文学的意义内容和表现形式。文学艺术与宗教诉求之间能够达成一种同构关系，即"二者的根本价值都在于寻求精神对肉身的超越、有限向无限的延伸、必然向自由的趋近；质言之，这正是从'真实'（reality）对'终极真实'（ultimate reality）的追求"②。

  从根本上说，文学最为重要的不是通过人去反映历史的面貌，而是通过历史去表现人的命运，不是还原历史的变迁，而是揭示人性在历史语境中的广度和深度。如果说前者侧重的是"历史主义"，那么后者侧重的则是"伦理主义"。处于历史主义和伦理主义关系中的作家及其文本，必须具有超越意识才能获得普遍价值。而"伦理"恰恰能够形成对于"历史"的制衡和超越，因为伦理本身即具有穿透历史的力量。

  ［本文为 2016 年 8 月 11—15 日参加在加拿大温哥华举行的"文化中国学术年会"的会议论文，后刊发于《文化中国》（香港）2017 年第 4 期。收入本书时有所调整］

---

① 史铁生：《我与地坛》，人民文学出版社 2011 年版，第 276 页。
② 杨慧林、黄晋凯：《欧洲中世纪文学史》，译林出版社 2001 年版，第 6—7 页。

论鲁迅《铸剑》之于莫言的意义

莫言曾经总结自己阅读鲁迅的三个阶段,相对于其他作品,尤其是《铸剑》,"其瑰奇的风格和丰沛的意象,令我浮想联翩,终身受益。截止到今日,记不得读过《铸剑》多少遍,但每次重读都有新鲜感。可见好的作品的一个最重要的标志就是耐得重读。你明明知道一切,甚至可以背诵,但你还是能在阅读时得到快乐和启迪。一个作家,一辈子能写出一篇这样的作品其实就够了"①。在莫言的文学阅读史中,这不能不说是最高的评价。从20世纪60年代阅读《铸剑》②,到1988年读研究生班时专门为其写下阅读感受《月光如水照缁衣》。并称其为"鲁迅最好的小说,也是中国最好的小说"③,到1996年写下的《读鲁迅杂感》中的特别强调《铸剑》④,再到2006年的对话《说不尽的鲁迅》中的"最喜欢《铸剑》"并认为"超过了那个时代的所有小说,也超过了鲁迅自己的其他小说"⑤。近半个世纪以来,无论怎样的阅读都不改对于《铸剑》的初衷。那么,《铸剑》到底给莫言带来了什么"启迪",《铸剑》之于莫言的"意义"究竟何在?

---

① 莫言:《会唱歌的墙》,作家出版社2012年版,第120页。
② 莫言:《会唱歌的墙》,作家出版社2012年版,第120页。
③ 莫言:《会唱歌的墙》,作家出版社2012年版,第36页。
④ 莫言:《会唱歌的墙》,作家出版社2012年版,第120页。
⑤ 莫言:《莫言对话新录》,文化艺术出版社2009年版,第193页。

一、鲁迅的"铸剑"描写与莫言的"打铁"情结

《铸剑》中眉间尺的父亲是世上无二的铸剑名工,因王妃抱铁柱受孕而生下一块纯青透明的铁,故不幸被大王召选铸剑。历经三年精神,锻炼雌雄两剑。深知献剑之日,就是命丧之时,由于王的猜疑和残忍,第一个用血饲剑之人必是自身,所以只献雌剑,留下雄剑以待遗腹子复仇之用。显然,"铸剑"也属于"打铁"的范围,只不过这不是锻打一块普通的铁,而是铸造一块非凡的"纯青透明"的"异宝"。相对于鲁迅的细腻深刻的"铸剑"描写,莫言的"打铁"情结尤为醒目。

在莫言的创作历程中,对"打铁"仿佛情有独钟。成名作《透明的红萝卜》中,老铁匠和小铁匠的"打铁"场景淋漓尽致:"桥洞里黑烟散尽,炉火正旺,紫红色的老铁匠用一把长长的铁钳子把一根烧得发白透亮的钢钻子从炉里夹出来,钻子尖上'噼噼'地爆着耀眼的钢花。老铁匠把钻子放在铁砧上,用小叫锤敲了一下铁砧的边缘,铁砧清脆地回答着他。他的左手操着长把铁钳,铁钳夹着钻子,钻子按着他的意思翻滚着;右手的小叫锤很快地敲着钢钻。他的小锤敲到哪儿,独眼小铁匠的十八磅大铁锤就打到哪儿。老铁匠的小锤像鸡啄米一样迅疾,小铁匠的大锤一步不让,桥洞里习习生出热风。"① 之所以详细展示这一情景,是因为莫言的"打铁"情结实在深厚。《丰乳肥臀》中作为铁匠妻子的上官吕氏,实际上打铁的技术比丈夫还要强许多,只要看到铁与火,就热血沸腾、肌肉暴突。面对孱弱不堪的男性,上官吕氏不禁长叹:"菩萨阿,天主啊,上官家的老祖宗都是咬铁嚼钢的汉子,怎么养出了这样一些窝囊子孙!"② 这也在暗示出,面对20世纪中国"铁与火"的历史进程,上官家族的女性/母性将要迸发出怎样倔强而坚韧的生命力量。同时也对照暗示出,上官家族唯一的香火传人和家族希望——上官金童又将会呈现出怎样后退而柔弱的精神侏儒性。这里,已经铺设出并奠定了叙事推进的基调。《生死疲劳》中西门闹的第一次生命转换形态是"驴折腾",呼应的自然是中国社会的

---

① 莫言:《欢乐》,作家出版社2012年版,第19页。
② 莫言:《丰乳肥臀》,作家出版社2012年版,第11页。

"瞎折腾"。在单干户蓝脸带着西门驴上蹄铁之时,面对的还是铁匠铺。老铁匠浑身干燥,身上的水分好像已被多年的炉火烤干;小铁匠汗流浃背,身上的水分仿佛很快就会流光。在小锤和大锤的锻打下,"砧子上的铁犹如一块烂泥,随便他们师徒二人塑造成什么形状"①。"他们用了抽一袋烟的工夫,就将一副马蹄铁改造成了驴蹄铁。"② 当老铁匠一再夸赞西门驴的优质品相之时,小铁匠一再强调的却是国营农场的"东方红"拖拉机和"康拜因"收割机。固守铁匠铺的老铁匠心事重重,也只能悲凉地面对小铁匠的所谓的"锦绣前程",两代铁匠的分裂和传统手艺的流失已经在所难免。此时此刻钉过蹄铁的西门驴路遇曾经做过驴贩的陈区长,或许正是出于对驴的喜好,区长承诺允许蓝脸暂时不入社而是与合作社展开竞争。其实在这里,既成为蓝脸面对洪泰岳的威逼利诱而依然坚持单干的依据之一,也为后面的西门驴的悲惨命运埋下了沉重的伏笔——因为为区长所役使而折断驴蹄,进而为合作社的饥民所疯狂砍杀。于是也才有了此后的西门闹的其他诸类生命形态——"牛犟劲""猪撒欢""狗精神"以及短暂的"猴戏"悲剧及其"大头儿"的异常姿态。曾经的西门闹由于被暴力镇压而希求转世以探究竟,而转世形态又大多承受着几乎重复的暴力结局,历史的"转折"与"发展"和人性的"改造"与"进步"就这样呈现出来。

在鲁迅笔下,"铸剑"既是叙事的缘起也是显示人物命运的有效载体,比如眉间尺和"黑色人"都是用所铸之剑顺势砍下自身头颅并王的头颅而实现终极的"复仇"使命。在莫言笔下,"打铁"既是叙事的语境也是延伸人物命运的有效场景,比如"黑孩"的迥异的反抗不仅是孩子方式的也有"黑色人"的元素,比如"上官家族"中的生命强力表现和生命伦理意识,比如"西门家族"中的生命形态转换与善恶伦理观念,在在都有"打铁"的因由。虽然说"打铁"情结与莫言的农村生活经历密不可分,或者说直接就是来源于其生活历程及其当时代的农村生活状况和生产结构,但是每每触及于此又都充满丰厚的隐喻,其中可见鲁迅《铸剑》的影子。尤其在《姑妈的宝刀》和《月光斩》中,这种"影子"已经趋于清晰。

---

① 莫言:《生死疲劳》,上海文艺出版社2008年版,第29页。
② 莫言:《生死疲劳》,上海文艺出版社2008年版,第30页。

"娘啊娘，娘/把我嫁给什么人都行/千万别把我嫁给铁匠/他的指甲缝里有灰/他的眼里泪汪汪"，这是《姑妈的宝刀》中的开篇"民歌"，也正是从"铁匠"入手演绎出"宝刀"的故事。每年的麦收时节，铁匠老韩一行三人便来到村头，不仅为乡民打造出实用的铁具，更形成一道独特的风景。姑妈及其三个女儿，即是这道风景中的主角。就在一个铁匠炉周围空前热闹的大集市中，姑妈穿戴整洁来到炉前，异常冷静地要求铁匠打刀，并且从怀里摸出一条四棱的银灰色铁，同时从腰里像抽出一束丝帛一样抽出一柄银亮的刀作为样板。此时此刻，技艺精湛的老铁匠，脸色阴沉，神色全无，不仅不敢接刀，而且用双手捧了那块银灰色铁，恭恭敬敬送到姑妈面前，弯腰点首："老人家，俺是些粗拉铁匠，打打锨镢二齿钩子，混几口窝窝头吃罢了，请您老高抬贵手。"① 姑妈的表现是，把刀弯起缠到腰里，伸手接铁揣回怀里，说完"好铁匠都死净了吗"即转身离去。结果可想而知，铁匠们当晚卷铺盖走人，再也没有回来。据村人传言："那是一柄缅刀，杀人不见血，吹毛寸断，一般铁匠如何打得出？"② 其实在这里，即便能够打出第二把同样的宝刀，铁匠也不会去打。为什么这样？因为鲁迅的《铸剑》早就作了回答。相对于姑妈提供的银灰色铁，眉间尺的父亲提供的是一块纯青透明的铁，这都不是一般的原材料意义上的"铁"，而是打造宝物的不凡前提。无论宝剑还是宝刀，其宝贵价值并不在于无法效仿而在于如何保持其唯一性存在。所以，大王必须杀掉眉间尺的父亲以保障此剑世间无二，献剑之日也就是命尽之时（也才有了后续的独特的"雄剑"复仇计划）。"姑妈的宝刀"同样暗示出这一点。老铁匠不愧久经江湖，凭技术他不是不能打出同样的宝刀，而是不会逞强好胜也不敢去触犯既成的江湖规矩。老铁匠的离开不但不是因为自身无能而丢人现眼，而恰恰是有意为之的激流勇退。他敏锐地感知着生命的安危，瞬间意识到其中的风险，同样的宝刀出现之时便是自身生命终结之日。从这个意义上说，眉间尺的父亲和老铁匠皆为世事洞明之人，只不过前者是明知不可为而为之，而后者则是明知可为而不为之。其实，从中也可以体会鲁迅和莫言内在灵魂及其主体意识的巨大差异。这不仅仅是历史语境和时空转换的原因，更是个体命运和个性禀赋使然。

---

① 莫言：《与大师约会》，作家出版社2012年版，第153页。
② 莫言：《与大师约会》，作家出版社2012年版，第153页。

与《姑妈的宝刀》相呼应，《月光斩》中的铁匠父子就是充满犹豫之后作出命定的选择，在打造出绝世宝刀之时而气绝身亡。脱胎并承接着《铸剑》，《月光斩》以表弟讲故事的方式，实现着对"眉间尺"的致敬。《铸剑》中的"眉间尺"与父亲、"大王"、"黑色人"均是身首分离，《月光斩》中的县委刘副书记也被发现身首异处。相对于前者发生的明证状态，后者的发生更为离奇玄虚——断头处仿佛用烙铁烙过又仿佛用速冻技术处理过一样平整，而且没有一点血迹，即便高级的破案专家也大惑不解。耐人寻味的是，他们的关注焦点并不是刘副书记被谁所杀和为什么被杀这样的关键问题，而是聚焦于罪犯到底用什么样的凶器才能这样干净利索地不留血迹。于是，传说中的"月光斩"也就隆重出场。

　　《铸剑》中造成三位当事者身首分离的是那纯青透明的"雄剑"，《月光斩》中造成刘副书记身首异处的是被称作"月光斩"的宝刀。1958年全民大炼钢铁之时，两位右派专家"任你行"和"令狐退"被要求把火化炉改造成炼钢炉，结果意想不到地仅仅炼出一小块纯蓝的钢，如作者所言，"就像国王的妃子抱了钢柱而受孕产下来的那块铁一样玄妙"①。《铸剑》的故事背景是戏仿武侠文本，这里的两位人物又显然是对金庸武侠文本的戏仿。关键是，这块"纯蓝的钢"其实就是那块"纯青透明的铁"，这不仅是对《铸剑》的直接响应，也为后续的进一步回应作出铺垫。虽然费尽原材料的周折，但炼出的却是不满一勺的钢水。"这是真正的金属的精华，七道凌厉的蓝光直冲云霄，有七颗流星沿着蓝光落到钢水勺里，它们在降落时，金光与蓝光剧烈摩擦，放射出刺目的强光，并散发出浓烈得让人昏迷的烧冰的香气。"②虽说"烧冰"是少年游戏，但《铸剑》中眉间尺的父亲经过七天七夜炼出的剑在炉底中恰恰也是"纯青的，透明的，正像两条冰"③。显然，在模具里放出幽蓝光芒的"那块钢"同样是类似"铸剑"的"异宝"。

　　有了这样的"钢"就必须要有慧眼识别的"铁匠"，否则不过是一块废物。此时也就有了"文革"期间铁匠父子与怀抱黑色包裹的姑娘之间关于"那块钢"和"月光斩"宝刀的故事。当姑娘揭开层层包裹亮出"好钢"之时，"被

---

① 莫言：《与大师约会》，作家出版社2012年版，第436页。
② 莫言：《与大师约会》，作家出版社2012年版，第436页。
③ 鲁迅：《铸剑》，《鲁迅全集》第2卷，人民文学出版社2005年版，第435页。

烟熏火燎得黝黑的铁匠铺子顿时被一种幽蓝的光芒照亮,四面的墙壁和房顶,仿佛都刷了一层明亮的釉彩,焕发出动人的光芒。铁匠兄弟们都忘记了喝粥,捧着碗,张大嘴,眼睛直愣愣地瞪着那块钢"①。面对姑娘提供的材料和图纸样本,铁匠三兄弟关心的是加工费和材料的真伪,显然没有意识到问题的严重性。当姑娘准备离开之时,老铁匠则眼力超常,遂抱拳作揖赔礼道歉:"儿子们出语无状,多有得罪。我们是些土铁匠,锻打个镢、锨、镰、锄,混碗苞谷粥糊口罢了。这样的宝物,您还是另请高明吧。"② 老铁匠不愧历经沧桑,善于避实就虚。面对婉言谢绝,姑娘也只能悲叹:"都说李铁匠家祖上是为康熙大帝打过屠龙宝刀的御用铁匠,原来不过尔尔。"遂收拾包裹,准备再次失望而归。就在门口消失的一刹那,老铁匠悲凉地问其哪里去,回答是"我把这块钢,扔到南湾里去,让它沉没到淤泥中,永远不见天日"③。如果没有好铁匠,即便好钢也枉然,如果不能被识相重用,倒不如绝望地隐藏。经过犹豫之后,老铁匠作出艰难的选择,也是命定的决断。"回来,姑娘,这是我的命,逃是逃不过的。"④ 这又何尝不是眉间尺父亲的抉择呢?因为献剑的一天就是命尽的日子,恰恰因为功成而不能身退,进而被丧生。尽管深刻清醒,也在劫难逃,仍然义无反顾: "你不要悲哀。这是无法逃避的。眼泪决不能洗掉运命。"⑤ 莫言深得并延伸鲁迅之神韵。姑娘的目光惊喜:"我知道你不会放过它的,一个好铁匠,总是盼望着这样的钢出世,然后,用奇特的方式,使它服从自己的意志,变成一把宝刀。"⑥ 有所不同的是,眉间尺的父亲为自己的一去不回而准备好了将来复仇的雄剑,而老铁匠则做好了以身炼刀或者以刀弑身的准备。老铁匠把包裹放在祖宗牌位前三跪九叩以求保佑,并咬破中指以血祭钢,再用十倍于一般钢铁的时间烧透那块蓝钢。"当爷儿们用头号大钳把那蓝钢抬到铁砧子上时,铁匠铺里变成了冰一样透明的世界。"⑦ 虽然是猛烈而有序的锻打,却没有声音发出,也没有火星溅出,甚至于最终无影无形,"因为

---

① 莫言:《与大师约会》,作家出版社2012年版,第439页。
② 莫言:《与大师约会》,作家出版社2012年版,第440页。
③ 莫言:《与大师约会》,作家出版社2012年版,第440页。
④ 莫言:《与大师约会》,作家出版社2012年版,第440页。
⑤ 鲁迅:《铸剑》,《鲁迅全集》第2卷,人民文学出版社2005年版,第435页。
⑥ 莫言:《与大师约会》,作家出版社2012年版,第440页。
⑦ 莫言:《与大师约会》,作家出版社2012年版,第441页。

那砧子上似乎什么都没有，好像那块奇异的蓝钢，被铁匠父子们打成了空气，或者打成了光，涂抹到这房间里的所有物体上"①。既然老铁匠以血祭钢方能锻钢打刀，那么姑娘也必须以血祭刀方能使刀显形。她咬破右手中指，血滴铁砧而宝刀显现；她咬破左手中指，血滴宝刀如同珍珠落冰。宝刀的存在，就在此清晰与朦胧中交替。这把宝刀的名字就叫"月光斩"。当铁匠父子将它交与姑娘之时，即气绝而亡。这既是身体耗尽精力的结果，也是宝物不可锻造的后果，更是命运定数选择的结局。追根溯源，眉间尺的父亲"铸剑"过程中的景象也是骇人听闻，与此异曲同工。经过三年铸炼，在最末次开炉之日，景象异常。"哗啦啦地腾上一道白气的时候，地面也觉得动摇。那白气到天半便变成白云，罩住了这处所，渐渐现出绯红颜色，映得一切都如桃花。我家的漆黑的炉子里，是躺着通红的两把剑。你父亲用井华水慢慢地滴下去，那剑嘶嘶地吼着，慢慢转成青色了。这样地七日七夜，就看不见了剑，仔细看时，却还在炉底里，纯青的，透明的，正像两条冰。"②鲁迅《铸剑》中"铸剑"的处所变成"绯红颜色"，莫言《月光斩》中"打刀"的铁匠铺变成浅蓝颜色，"屋子里的人和物，都仿佛远古时的物体，被凝固在一块浅蓝的琥珀里"③。《铸剑》中是用"水"来让"剑"显现，《月光斩》中是用"血"来让"刀"现形。而最终炼成的"剑"或打成的"刀"，则都像"冰"一样。至于"铸剑"名工和"铁匠"父子在完成使命之后随即而亡的表现，虽然方式不同，实则本质无异，都是无可逃避的命定选择。显然，莫言的灵感来自鲁迅的资源。

回到《月光斩》中刘副书记虽身首分离而平整光滑不留血迹的问题，至此就有了明确答案："只有用'月光斩'砍人首级，才能滴血不出，才能茬口如熨过的'的确良'布料一样平滑。"④虽然紧接着便是对这一事件的怀疑和否定，但是真假难辨，特意去掩饰的往往又是真实发生的。而且，"我"在给表弟回复的邮件中特别强调："你若回去，一定代我去眉间尺的坟前烧两箔纸钱。"⑤这是"我"对"眉间尺"的认同和祭奠，更是莫言对鲁迅的承继和

---

① 莫言：《与大师约会》，作家出版社2012年版，第442页。
② 鲁迅：《铸剑》，《鲁迅全集》第2卷，人民文学出版社2005年版，第435页。
③ 莫言：《与大师约会》，作家出版社2012年版，第441页。
④ 莫言：《与大师约会》，作家出版社2012年版，第443页。
⑤ 莫言：《与大师约会》，作家出版社2012年版，第444页。

致敬。

可以断言，鲁迅的"铸剑"对于莫言的"打铁"具有深刻的影响意义。不仅是外在的表现和形式的移植，更有内在的启示和思想的转换。其间的细节对照与呼应，不仅源于莫言的生活土壤，更有鲁迅的精神资源。

二、鲁迅的"复仇精神"与莫言的"生命伦理"

《铸剑》中的眉间尺本是一个无忧无虑的孩子，面对一只令人生厌的落入水缸的硕鼠，在杀伐和拯救之间无比纠结，优柔寡断之善良性情异常醒目。在其突然得知自身还要承担"复仇"使命之时，生命轨迹瞬间转换。眉间尺于自我感觉中，一夜之间直达成年，于是，青衣青剑跨出家门。然而，复仇之路又绝非想象中那么容易。"一个孩子突然跑过来，几乎碰着他背上的剑尖，使他吓出了一身汗"；"他怕那看不见的雄剑伤了人，不敢挤进去（人丛中）；然而人们却又在背后拥上来。他只得婉转地退避"；更有甚者，"但他只走得五六步，就跌了一个倒栽葱，因为有人突然捏住了他的一只脚。这一跌又正压在一个干瘪脸的少年身上；他正怕剑尖伤了他，吃惊地起来看的时候，肋下就挨了很重的两拳"。他不但被少年扭住不放、要求抵命，而且又遭受闲人们的笑骂和附和。"眉间尺遇到了这样的敌人，真是怒不得，笑不得，只觉得无聊，却又脱身不得。"① 一路看来，这哪里是一个"复仇者"，分明是一个"多余者"。非但无法复仇，反而需要拯救。事件的转机在于"黑色人"的出现，"黑须黑眼睛，瘦得如铁"的"黑色人"并不言语，只是冷冷一笑便解决问题，即刻让其摆脱困境。后续的发展虽说出人意料，却也在情理之中。与其说"眉间尺"是复仇者，倒不如说"黑色人"才是复仇者。或者说，复仇者的主体已经自然间发生了转换。在这个过程中，眉间尺只是复仇的中介。

对于天生就禀有复仇使命的眉间尺而言，他本来属于最不适合复仇的性格，也最不具备复仇的条件，并毫无进行复仇的准备。然而，既然命定如此，也就只能直奔结果，只有选择最为简单的复仇方式，那就是不计成本和任何代价，为"复仇"而"复仇"。"黑色人"启蒙并且成全"眉间尺"的，正是这样

---

① 鲁迅：《铸剑》，《鲁迅全集》第2卷，人民文学出版社2005年版，第438—439页。

一种绝对意义上的"复仇",或者说,这才是一种真正彻底的"复仇精神"。其间甚至已经不再关心此前的"是非分明",而只注重"复仇"的"结果"。也不再考虑或者已经没有"复仇之后",而是聚焦于如何彻底地"同归于尽"。于是,眉间尺自愿响应"黑色人"的提议,无需核实甚至在根本无从知晓"复仇"过程的情况下,便一脱此前的优柔寡断而毫不犹豫地献出自己的"剑"和"头"。这在莫言看来,"其勇敢程度,并不亚于手刃仇敌,甚至还要难上数倍"①。

凡是暴君,除了无聊,就是发怒,除了杀戮,别无他好。"黑色人"深谙此情此世,于是投国王之所好,用眉间尺的头对其诱杀。面对金鼎沸水中歌舞的头颅,王的本性显露无遗。就在其感觉似曾相识之时,"黑色人"迅即掣出青剑斩落王头。于是,金鼎之中,两头在沸水中死战。就在眉间尺处于下风、无法复仇之时,"黑色人"毅然决然地顺势劈下自己的头颅,加入混战。"黑色人"与眉间尺联合作战,最终置王于死地。"待到知道了王头确已断气,便四目相视,微微一笑,随即合上眼睛,仰面朝天,沉到水底里去了。"②这样的"复仇"本就已经极为独特,甚至完全可以此作为结束也并无瑕疵。然而,更为发人深省的还在后面。金鼎之中,昔日的王、复仇的眉间尺、狭路相逢的"黑色人",在沸水和争战中已经完全融为一体。任凭武士们如何打捞,任凭上自王后下至弄臣们如何辨别,都无法分离出哪是真正的王头。于是出于最为慎重妥善的考虑,"只能将三个头骨都和王的身体放在金棺里落葬";于是在国葬的灵车中,"上载金棺,棺里面藏着三个头和一个身体";于是,"怕那两个大逆不道的逆贼的魂灵,此时也和王一同享受祭礼,然而也无法可施"。③即便实现了"复仇",也要继续获得"复仇"后的"荣耀",尽管无意于此,也要让"王"不再是"王",除此之外仿佛别无他途。这样的"复仇精神"不仅绝无仅有,更是绝对彻底,是对暴力和专制的绝对否定。

《铸剑》的"同归于尽"的复仇形式深深打动了莫言,使其长久地感叹于"这篇小说深刻的内涵、丰富的象征和瑰奇的艺术魅力"④。《铸剑》的"归为

---

① 莫言:《会唱歌的墙》,作家出版社2012年版,第36页。
② 鲁迅:《铸剑》,《鲁迅全集》第2卷,人民文学出版社2005年版,第448页。
③ 鲁迅:《铸剑》,《鲁迅全集》第2卷,人民文学出版社2005年版,第450—451页。
④ 莫言:《会唱歌的墙》,作家出版社2012年版,第35页。

一体"的复仇结果,更是深化浸润于莫言的创作。《红高粱家族》中,在各派势力以"抗日"之名混战之后,结果是"千人坟"的发现。"在一个大雷雨的夜晚,被雷电劈开坟顶,腐朽的骨殖抛洒出几十米远,雨水把那些骨头洗得干干净净,白得全都十分严肃。……裂开的大坟周围站着一些人,一个个面露恐怖之色。我挤进圈里,看见了坟坑里那些骨架,那些重见天日的骷髅。他们谁是共产党、谁是国民党、谁是日本兵、谁是伪军、谁是百姓,只怕省委书记也辨别不清了。各种头盖骨都是一个形状,密密地挤在一个坑里,完全平等地被同样的雨水浇灌着。稀疏的雨点凄凉地敲打着青白的骷髅,发出入木三分的刻毒声响。仰着的骷髅里都盛满了雨水,清冽,冰冷,像窖藏经年的高粱酒浆。……乡亲们把飞出去的骨殖捡回来,扔回坟墓中的人的头骨堆里。我眼前一眩,定睛再看时,坟坑里竟有数十个类狗的头骨。再后来,我发现人的头骨与狗的头骨几乎没有区别,坟坑里只有一片短浅的模糊白光。……重新修筑好的'千人坟'和没劈开前的一模一样。"① 生时立场鲜明、分割对立,死后归为一体、合为一处,这样的生命形态明显具有《铸剑》复仇结果的影子。哪里还有"历史主义"的"正方"和"反方",而只有"伦理主义"的"一视同仁"。《生死疲劳》中,经过"驴折腾""牛犟劲""猪撒欢"到"狗精神"尾声之时,几十年间的人、事、物渐趋平静。蓝脸那块坚持了五十年没有动摇的一亩六分地,几乎成了专用墓地。"西门闹和白氏葬在这里,你娘葬在这里,驴葬在这里,牛葬在这里,猪葬在这里,我的狗娘葬在这里,西门金龙葬在这里。没有坟墓的地方,长满了野草。这块地,第一次荒芜了。"② 接下来,蓝脸又为自己和其他诸位预留了合适位置。最后,"狗"和蓝脸几乎同步进入墓圹。"遵照爹的遗嘱,我们将缸里的麦子、绿豆和口袋里的谷子、荞麦以及梁上吊着的玉米,抛撒到爹的墓穴里。让这些珍贵的粮食,遮掩住爹的身体和面孔。我们也在狗的墓穴里抛撒了一些粮食,尽管爹的遗嘱里没有这一条。我们斟酌再三,还是违背了爹的遗愿,在他的墓前立了一块墓碑,碑文由莫言撰写,由驴时代里那个技艺高超的老石匠韩山勒石:一切来自土地的都将回归土地。"③ 半个世纪以来发生在这片土地上的恩恩怨怨,随着最终的"归为一处"

---

① 莫言:《红高粱家族》,上海文艺出版社 2012 年版,第 191—193 页。
② 莫言:《生死疲劳》,上海文艺出版社 2008 年版,第 508 页。
③ 莫言:《生死疲劳》,上海文艺出版社 2008 年版,第 514 页。

而烟消云散，正所谓"人将死恩仇并泯"。这是对于生命有限的大悲悯，亦是对于人生去处的终极关切。正如一次次地轮回转世，目的并不在于鸣冤复仇，而是日益消弭仇恨。如果心怀仇恨转世为人，人间的恶恶循环将有始无终。西门闹从当初的被仇恨所充满，到日趋平静，几度轮回而转世成大头儿蓝千岁，其间的斗争对抗不断减弱，而自由精神愈益彰显，没有了仇恨，才能安心地叙述。这同时是历史的进步和伦理的自觉。其实也是反向回应叙事起点：只有抛弃"一切痛苦烦恼和仇恨"，"重返人间"才有意义。人为什么要转世，不仅仅为讨回公道（事实是没有也根本无法讨回公道），更是为"向善"的转化。人为善良而转世，为修身成善而转世，"善"是内在核心意旨，这是"生命伦理"的根本精神和最高境界。

从鲁迅的《铸剑》中，莫言读出了多层面的"复仇精神"。"黑衣人给我留下了特别深的印象。我将其与鲁迅联系在一起，觉得那就是鲁迅精神的写照，他超越了愤怒，极度的绝望。他厌恶敌人，更厌恶自己。他同情弱者，更同情所谓的强者。一个连自己都厌恶的人，才能真正做到无所畏惧。真正的复仇未必是手刃仇敌，而是与仇者同归于尽。"① 所以，当眉间尺称呼"黑色人"为"义士"并称其"同情于我们孤儿寡母"时，黑色人的表情严冷："你不要用这称呼来冤枉我"，"你再不要提这些受了污辱的名称"，"仗义，同情，那些东西，先前曾经干净过，现在却都成了放鬼债的资本。我的心里全没有你所谓的那些。我只不过要给你报仇"②！一切都是虚无和绝望，没有其他，就是"只不过要给你报仇"这么简单。所以，"他所着力追求的，就是如何置敌于死命的战斗策略和方法"③。《生死疲劳》中，蓝脸、洪泰岳、西门金龙构成了互为对立的关系：西门金龙与蓝脸和洪泰岳是"变"与"不变"的对立；蓝脸与洪泰岳则是"不变"与"不变"的对立。其实与蓝脸的毕生坚持自己心目中的"单干"一样，洪泰岳自始至终都在坚持自己心目中的"革命"。从性格的坚执和信仰的坚持来看，二人并无二致，甚至洪泰岳更加坚定和执着。而西门金龙的最大特点就是多变，或者美其名曰"与时俱进"。所以，洪泰岳不但无法理解蓝脸的选择，更加不能理解西门金龙所走的道路。面对西门金龙从"入社"

---

① 莫言：《莫言对话新录》，文化艺术出版社2009年版，第193页。
② 鲁迅：《铸剑》，《鲁迅全集》第2卷，人民文学出版社2005年版，第440页。
③ 莫言：《会唱歌的墙》，作家出版社2012年版，第34页。

时的追随,到"文革"时的批斗,再到"改革"时的巨变,洪泰岳的最大敌人已经不再是蓝脸,而是逐步转换为西门金龙。于是,在迎春的葬礼上,洪泰岳选择了采用爆炸方式与西门金龙同归于尽,实现了真正意义上的"复仇"。

《铸剑》中,当眉间尺试图询问"为什么给我去报仇"时,黑色人如此回答:"我一向认识你的父亲,也如一向认识你一样。但我要报仇,却并不为此。聪明的孩子,告诉你罢。你还不知道么,我怎么地善于报仇。你的就是我的;他也就是我。我的魂灵上是有这么多的,人我所加的伤,我已经憎恶了我自己!"① 真正的憎恶,其实是"憎恶自己",真正的"复仇"也同时是对自我的"复仇"。在《酒国》中,作为小说中的小说和文本中的文本,酒博士兼业余作家李一斗的创作构成整部作品的核心,其中聚焦展现"酒国"的图景,强化了作为一部文化批判之作的特征。经过了对"酒精"的文化批判、对"肉孩"的买卖和杀戮、"神童"的游戏和暴力、"驴街"的吃喝哲学、"一尺英豪"的酒是"国家机器"的判断、"烹饪课"中吃的艺术、"猿酒"的酒精神、"酒城"的酒天下之后,便是作为结局的"第十章"。在这一章中,各种主要角色悉数到场,莫言、李一斗、余一尺、金部长等等,遂使得故事真假难辨,看似虚构实则真实。尤其是其中的分裂的两个"我",实在让"我"感到厌恶。② 而对"自我"的厌恶,才是最根本的"人性"反思和文化批判。从1918年作《狂人日记》到1927年写《答有恒先生》,在深入"诊察""杀戮的恐怖"和"妄想的破灭"之后,鲁迅深知,"现在倘再发那些四平八稳的'救救孩子'似的议论,连我自己听去,也觉得空空洞洞了。……我知道我自己,我解剖自己并不比解剖别人留情面"③。《酒国》不仅回应了近百年前的文化主题,其实也从内在精神上接续着鲁迅思想及其灵魂的幽深。其中的"莫言",又何尝不是充满拷问和分裂的灵魂。"我像一只寄居蟹,而莫言是我寄居的外壳。莫言是我顶着遮挡风雨的一具斗笠,是我披着抵御寒风的一张狗皮,是我戴着欺骗良家妇女的一幅假面。有时我的确感到这莫言是我的一个大累赘,但我却很难抛弃

---

① 鲁迅:《铸剑》,《鲁迅全集》第2卷,人民文学出版社2005年版,第441页。
② 莫言:《酒国》,上海文艺出版社2012年版,第311页。
③ 鲁迅:《答有恒先生》,《鲁迅全集》第3卷,人民文学出版社2005年版,第476—477页。

它，就像寄居蟹难以抛弃甲壳一样。"① 对照《酒国》，这里就不仅仅是叙事视角的问题，而是历史、文化和人性的立场问题。

《铸剑》的"复仇"过程中的相关情节也影响到莫言创作的细节。眉间尺砍下自己的头颅、黑色人砍下国王和自己的头颅，都是干净利落得毫无感觉。《檀香刑》中赵甲执刑砍下"戊戌六君子"的头，也是干净利落得没有痛苦。前者是由于雄剑的奇特和内心的决绝，后者是由于技艺的高超和内心的敬意。然而，脱离了身体的头颅均能继续生命的表现和精神的张扬。黑色人高高举起眉间尺的头，"那头是秀眉长眼，皓齿红唇；脸带笑容；头发蓬松，正如青烟一阵"②。而且，在金鼎中上浮下沉、唱歌舞蹈。赵甲也是举着刘光第的头颅，"刘大人的头双眼圆睁，双眉倒竖，牙齿错动，发出了咯咯吱吱的声响。赵甲深信，刘大人的头脑，还在继续地运转，他的眼睛，肯定还能看到自己。……他看到，刘大人的眼睛里，迸出了几点泪珠，然后便渐渐地黯淡，仿佛着了水的火炭，缓慢地失去了光彩"③。金鼎中先是两颗头颅的生死对决，继而是三颗头颅的生死混战，其间依然伴随着斗争的智慧和勇气，最终偃旗息鼓、气定神闲。"戊戌六君子"被执刑后，百姓议论纷纷："人们传说刘光第的脑袋被砍掉之后，眼睛流着泪，嘴里还高喊皇上。谭嗣同的头脱离了脖子，还高声地吟诵了一首七言绝句……"④ 这些半真半假的民间话语，不仅为赵甲及其刽子手职业带来巨大声誉，而且传进宫廷，为即将到来的更大荣耀铺平了道路。显然，砍头"六君子"不是《檀香刑》的主体，但却为后续主体"檀香刑"的发生和实施奠定了基础。而这些铺垫中的细节呈现，无疑流露着《铸剑》的余韵。

在鲁迅的《铸剑》和莫言的创作关系中，生命主体从"生"的"对立"到"死"的"一体"，从"复仇"起始至仇恨的消弭，实现了对"复仇精神"的阐释、解构和发展。而其中的关键环节，又深刻蕴含着对"自我"的"憎恶"。"当三个头颅煮成一锅汤后，谁是正义谁是非正义的，已经变得非常模糊。他

---

① 莫言：《酒国》，上海文艺出版社2012年版，第311页。
② 鲁迅：《铸剑》，《鲁迅全集》第2卷，人民文学出版社2005年版，第444页。
③ 莫言：《檀香刑》，上海文艺出版社2008年版，第212—213页。
④ 莫言：《檀香刑》，上海文艺出版社2008年版，第213页。

们互相追逐的时候,已经没有了好人坏人的区别。"① 显然,鲁迅的"复仇精神"转换为莫言的"生命伦理"。进而延伸开来,也就有了莫言所谓的创作原则:"把好人当坏人写,把坏人当好人写,把自己当罪人写。"②

  在研究莫言创作的发生线索之时,除了中国民间文化资源和西方文学形式因素外,鲁迅的精神传统日益引起学界的关注。孙郁认为,鲁迅之于莫言是一个巨大的存在,20世纪80年代后期一段特殊的体验使莫言对自己的周边环境有了鲁迅式的看法,或者说开始呼应了鲁迅式的主题。"作者在历史的反顾里,有着太多的类似鲁迅式的笔法,且不说是有意的模仿还是潜心的创造。"③ 从宏观的比较研究和个案的互文阐释来看,如果说鲁迅与莫言具备多层面的比较意义的话,那么最根本的意义还是体现在鲁迅的《铸剑》及其延伸性影响。从《铸剑》中,莫言读出了现代小说的核心质素和鲁迅先生的一贯精神,并将其转换、分解、内化于自身的创作主体意识中,以此而论,鲁迅的《铸剑》之于莫言具有无可比拟的意义。显然,鲁迅与莫言都是具有鲜明而强烈的主体意识的作家。以《铸剑》为切入点,似乎可以寻绎出一条从鲁迅到莫言的关于现代文学精神在当代的传统性延续和创造性转换的线索。

(原载《东岳论丛》2016年第12期)

---

① 莫言:《莫言对话新录》,文化艺术出版社2009年版,第193页。
② 莫言:《用耳朵阅读》,作家出版社2012年版,第255页。
③ 孙郁:《莫言:与鲁迅相逢的歌者》,《当代作家评论》2006年第6期。

论《红高粱家族》的"抗战""情爱"与"历史观"

在写作《红高粱家族》时,莫言已经表现出一种高度自觉的文学意识:"官方编写的历史教科书固然不可信,民间口口相传的历史同样不可信。官方歪曲历史是政治的需要,民间把历史传奇化、神秘化是心灵的需要,对于一个作家来说,我当然更愿意向民间的历史传奇靠拢并从那里汲取营养。因为一部文学作品要想激动人心,必须讲述出惊心动魄的故事,必须在讲述这惊心动魄的故事的过程中塑造出性格鲜明、非同一般的人物,而这样的人物,在现实生活中是几乎不存在的,但在我父亲他们讲述的故事里比比皆是。"①那么,在《红高粱家族》中,莫言讲述了怎样的惊心动魄的故事,又塑造了怎样的性格鲜明的人物?显然,其中讲述了抗日的战争故事和先辈的情爱故事,塑造了"我爷爷""我奶奶"这样的非同一般的人物,进而触及历史的复杂结构和人性的深层意识。其间,又涉及三个关键性的问题,一是如何重写"抗战"和"抗战"的主体问题,二是如何讲述"情爱"和"情爱"的本能问题,三是如何表达"历史"和终极性的"历史观"问题。

---

① 莫言:《用耳朵阅读》,《莫言讲演新篇》,文化艺术出版社2010年版,第316页。

一、重写"抗战"和"抗战"的主体问题

在 20 世纪 80 年代中期文学观念反思和解放的思潮中,针对老作家提出的不亲历战争如何反映战争的问题,莫言提出文学创作不是复制历史,小说家写战争"所要表现的是战争对人的灵魂扭曲或者人性在战争中的变异。从这个意义上讲,即便没有经历过战争的人,也可以写战争"[①]。正是基于这样简单朴素的理解,开始了《红高粱》及其后续篇章的写作。故事从 1939 年农历八月初九写起,"我父亲"豆官跟着"我爷爷"余占鳌伏击日本人的汽车队,"我奶奶"则送到村头。结果可想而知,三百多个乡亲叠股枕臂,陈尸狼藉,流出的鲜血灌溉了一大片高粱,把高粱下的黑土地浸泡成稀泥。

日本人说来就来,鬼子和伪军到村里抓民夫拉骡马,一直负责酿酒作坊的罗汉大爷和骡子一起被押上了工地搬运石头。不堪忍受暴打的罗汉大爷,本来已经逃进了高粱地,却为了骡子而重新返回,酿出一幕壮烈的悲剧。被日本人抓回后的罗汉大爷血肉模糊,紧接着被剥皮示众。正是缘起于为罗汉大爷报仇,也为自身求生存的本能考虑,爷爷奶奶拉起队伍走上抗日之路。当余司令和冷支队长为如何联合而争论不休之时,奶奶倒出三碗酒,说道:"这酒里有罗汉大叔的血,是男人就喝了。后日一起把鬼子汽车打了,然后你们就鸡走鸡道,狗走狗道,井水不犯河水。"[②]结果由于冷支队长的阴谋诡计,致使余占鳌的队伍伤亡惨重甚至全军覆没。《红高粱》第九章集中书写民间的奋勇抗日:爷爷奶奶、方家兄弟、刘大号、哑巴、王文义夫妻等等诸多村民队员。在没有任何外援、敌我力量完全不对等的情形下,歼灭日军少将中岗尼高及其队伍。随后的冷支队长及其队伍的到来,也只是为了抢夺胜利果实而已。

与传统的"战争文学"注重对战争过程的再现不同,《红高粱家族》只是借用了战争环境和战争背景。这一对此前的"战争文学"乃至"军事文学"传统的根本超越,同步带来了文学界的观念论争。尤其其中的"抗战"书写,更是激发出针锋相对的观点。有论者虽认为《红高粱》具备的是开放型新观念,

---

[①] 莫言:《我为什么要写〈红高粱家族〉》,《小说的气味》,春风文艺出版社 2003 年版,第 20 页。

[②] 莫言:《红高粱家族》,上海文艺出版社 2012 年版,第 25 页。

但同时对余占鳌和他的队伍进行的抗击日军和伏击战的取胜表示明显的质疑。相对于党所领导的进步力量在敌后所取得的绝对优势，作品对余司令的尊颂激扬欠些理智，在人物活动的历史环境的翻检审视中有所疏漏。① 更有论者认为作品在对战争题材的具体处理上采用自然主义倾向，脱离生活不足取。尤其对罗汉大爷遭遇的细致描写，违背了美感的要求。在人物塑造上由于强调性格的复杂性，而使得是非不分、美丑难辨。特别是对共产党领导的队伍进行抗战的描写不能让人相信，不符合历史实际。② 直到后续对《红高粱家族》的批判，仍然聚焦于其人物评价和抗战历史："作者却完全置历史事实于不顾，歪曲了历史的本来面目，对共产党所领导的八路军进行了令人不能容忍的丑化"，尤其是歪曲了抗日民族解放战争中的八路军形象。③ 显然，这样的批评正在溢出文本，也正在产生新的"歪曲"。

与否定性声音同步，对《红高粱家族》的肯定性话语同样引人注目。有论者指出，相对于同类题材作品还停留在醉心于描写战争的过程（包括发动群众，瓦解敌人，内外配合，攻下碉堡），莫言用重彩描绘的是战争中的活人。与苏联描写卫国战争的第三代、第四代作家相比，和我们的作家作品明显拉开了距离。"他们已把描写战争的胜负得失推到了次要地位，而把战争中的严酷真实，特别是战争中人的全景摄像，推到了第一位置。因而，当我们读到这些作品时，感到灵魂的震撼。"④ 针对活剥罗汉大叔的细节描写，有论者认为这是大残暴、大痛苦、大紧张、大悲愤，用于表现帝国主义者的惨无人道未为不可，也能造成文学上的强刺激。"由残暴的敌人、高贵的受难者、受到英雄激励而复活和强化了民族意识的人民所构成的这个立体画面，我认为有很高的文学价值。"⑤ 黄国柱则进一步从"军事文学"角度对《红高粱家族》作出整体性阐释，认为莫言所瞩目的，是"人在战争中"的种种被激化乃至被扭曲了的情感和心态。有人批评作品中看不到党的领导、看不到党对农民武装的改造引

---

① 李清泉：《赞赏与不赞赏都说——关于〈红高粱〉的话》，《文艺报》1986年8月30日。
② 蔡毅：《在美丑之间——读〈红高粱〉致立三同志》，《作品与争鸣》1986年第10期。
③ 甘藻芝：《倒错的"丰碑"——评〈红高粱家族〉》，李斌、程桂婷编：《莫言批判》，北京理工大学出版社2013年版，第32页。
④ 从维熙：《"五老峰"下荡轻舟——读〈红高粱〉有感》，《文艺报》1986年4月12日。
⑤ 冯立三：《祭奠的也应该是能复活的——读〈红高粱〉复蔡毅同志》，《作品与争鸣》1986年第11期。

导、看不到农民由自发到自觉的转变过程,实际上是沿用了衡量过去战争文学的标准和尺度,而没有看到这些标准和尺度更多地应该用在历史学著作里。战争文学应该展示生命个体在战争条件下的存在方式,而不应该去追踪、显示赤裸裸的"历史规律"。"墨水河边的伏击战,以及日军的报复性的血洗村庄,不过是历史背景的依托。侵略军与各种抗日势力之间的对峙及胜败,并未构成旗鼓相当的文学角色,而始终占据在这幕历史活剧中心的显然是余占鳌及一系列和他命运攸关的人物。对于他们,重要的不是最终谁胜谁负——这个历史的定论早已人人皆知,重要的是他们当时怎样地活着或死去。"① 文学以人为中心,战争文学更是如此,以"人"的视角来理解《红高粱家族》,诸多争议也就趋于平静。

显然,面对日本侵略者,是共产党抗战还是国民党抗战抑或是土匪抗战往往纠缠不清,也是诸多论争的焦点。其实,莫言的立场并非上述三者,尤其是面对主导评论所谓的土匪抗战,其实抗战的主体应该是自发的群众。上述三种力量往往具有自觉性,而唯有群众是自发的,呈现于文本中的又恰恰是这一自发性的存在。当然可以说这三种力量的构成都是群众,但问题的关键在于,"抗战"中的群众并没有明确地接受其中哪种力量的领导,也没有表现出明确的政治立场,而完全是非自觉性的甚至是本能性的求生存意识在起作用。如莫言在谈到"土匪抗战"时,就特别强调历史"事实"和写作"偏差"的问题:"写土匪抗战,事实上也是有一点历史根据的。在抗日战争初期,我们的胶东地区冒出了几十支游击队,一帮土匪摇身一变,树立一个旗号,我不是土匪了,我是抗日游击队,实际上还是按照过去的生活方式在生存。当时是遍地的司令,有的给八路军转化了,有的给国民党收编了,有的投靠了日本人,有的跳来跳去,有奶就是娘,今天是国民党,明天是共产党,后天又投靠日本人了。刚开始写的时候,我想写的是农村生活,是写高粱地,如果你从里边读出了江湖,那也是我迷迷糊糊,误入江湖。"② 这里的"事实"和"偏差"恰恰构成了作品的张力,所谓的"误入江湖"在文学意义上恰恰是"歪打正着"。

《红高粱家族》中的抗日行动并非始自余占鳌,而是从刘罗汉开始的。罗

---

① 黄国柱:《莫言对军事文学的激扬和催化》,《文艺报》1988 年 6 月 4 日。
② 莫言:《与王尧长谈》,《碎语文学》,作家出版社 2012 年版,第 128 页。

汉大爷被日本兵和伪军抓民夫修路时遭遇凌辱和虐打，于是萌生逃跑的念头。本来顺利的行为却因为自己熟悉的骡子叫声而重新返回，又因为骡子的暴躁而怒铲骡腿。因而他被日军重新抓获，进而当众惨遭剥皮。刘罗汉之死，成为余占鳌发动伏击战的导火索。又恰巧从冷支队处获得鬼子汽车路过此地的情报，所谓的"抗战"也就顺理成章。当冷支队前来联合或者说收编余司令而发生激烈对峙之时，爷爷的反应是：不管是不是土匪，"能打日本就是中国的大英雄"。奶奶的反应是："买卖不成仁义在么，这不是动刀动枪的地方，有本事对着日本人使去。"继而以酒为誓，奶奶说："这酒里有罗汉大叔的血，是男人就喝了。后日一起把鬼子打了，然后你们就鸡走鸡道，狗走狗道，井水不犯河水"。① 尽管冷支队并未配合而致使余占鳌几近覆没，但不能否认后者的抗日行动正是源自自发的复仇动机和求生存的本能意识。

《红高粱家族》中的任副官虽着墨不多，但他教唱的"抗日"歌曲却异常响亮而绵延不绝："高粱熟了，高粱红了，东洋鬼子来了，东洋鬼子来了。国破了，家亡了，同胞们快起来，拿起刀拿起枪，打鬼子保家乡……"② 正因如此，不管面临什么情境，"抗日优先"都会成为共识。当豆官因恼羞成怒而开枪之时，余司令说："好样的！枪子儿先向日本人身上打，打完日本人，谁要是再敢说要和你娘困觉，你就对着他的小肚子开枪。别打他的头，也别打他的胸。记住，打他的小肚子。"③ 当余占鳌因任副官的坚持而大义灭亲处决自己的叔叔之时，是为了"千军易得，一将难求"。而余大牙被执刑前仍然是高唱着任副官的抗日歌曲。任副官则明知余占鳌的愤怒却全然不顾地高唱着抗日歌曲而准备接受后者的报复。一担沉重的拤饼把奶奶的肩膀压出一道深深的紫印，也成为奶奶英勇抗日的光荣标志。当奶奶弥留之际想要见爷爷时，爷爷说的是先去"把那些狗娘养的杀光"，依然是"抗日优先"。此外还有王文义的"夫妻抗战"、方六的"兄弟抗战"、哑巴与刘大号的"特殊抗战"等等。当余占鳌因为伤亡惨重而向众乡亲跪地谢罪之时，那个黑脸白胡子老头高声叫道："哭什么？这不是大胜仗吗？中国有四万万人，一个对一个，小日本弹丸之地，能有多少人跟咱对？豁出去一万万，对他个灭种灭族，我们还有三万万，这不

---

① 莫言：《红高粱家族》，上海文艺出版社2012年版，第25页。
② 莫言：《红高粱家族》，上海文艺出版社2012年版，第50页。
③ 莫言：《红高粱家族》，上海文艺出版社2012年版，第27页。

是大胜仗吗？余司令，大胜仗啊！"① 这种并不少见的朴素言论，传达出的正是"群众抗战"的观念和现实。

对于莫言的"抗战"书写，批评者大多没有注意到其间并不回避的国民性的另一面的展示。在《红高粱家族》中，主要通过受到日军威逼而对罗汉大爷进行剥皮的孙五和带着日军轰炸村里草窨子的成麻子两个人物表现出来。他们的命运结局也是令人觉醒，孙五精神错乱，成麻子虽是战斗英雄却也上吊自杀。当日本人占据高密城时，成麻子的话是有代表性的："你们怕什么？愁什么？谁当官咱也是为民。咱一不抗皇粮，二不抗国税，让躺着就躺着，让跪着就跪着，谁好意思治咱的罪？你说，谁好意思治咱的罪？"② 如此原生态的"群众"心理或者说蒙昧状态的"群众"观念，也不能不说是"抗战"史的一个侧面。

二、讲述"情爱"和"情爱"的本能问题

《红高粱家族》除了呈现"爷爷"和"奶奶"的抗战事迹，还有对他们情爱故事的书写。奶奶由她的父亲作主，嫁给高密东北乡有名的财主单廷秀的独生子单扁郎，这是外曾祖父的荣耀。当时多少人都渴望着和单家攀亲，尽管风传单扁郎染着麻风病。奶奶幻想着自己的好日子，却也不再遵从古训的"嫁鸡随鸡，嫁狗随狗"，而是追寻着自己的理想爱情，继而和爷爷一道谱写了新的情爱故事。面对父亲的唯利是图、单家父子的无法接近和轿夫余占鳌的英武健壮，奶奶在三天的婚姻生活中便参透了人生禅机。"奶奶和爷爷在生机勃勃的高粱地里相亲相爱，两颗蔑视人间法规的不羁心灵，比他们彼此愉悦的肉体贴得还要紧。他们在高粱地里耕云播雨，为我们高密东北乡丰富多彩的历史上，抹了一道酥红。"③ 进而，在这样的爱情魔力和本能欲望的驱使下，爷爷对单氏父子痛下杀手。其实不管是爷爷还是奶奶，在共同面对情欲的层面都表现出无与伦比的原始力量，体现出本能性的意识和特征。即便是后来的爷爷与恋儿、奶奶与"黑眼"之间的关系，也是出于自然的情欲及其本能的相互报复。

---

① 莫言：《红高粱家族》，上海文艺出版社2012年版，第123页。
② 莫言：《红高粱家族》，上海文艺出版社2012年版，第312页。
③ 莫言：《红高粱家族》，上海文艺出版社2012年版，第66页。

《红高粱家族》不仅改变了此前的对于抗日战争的写法，更重要的是塑造了具有个性解放意识的女性形象，而这一形象又是在追求情爱的过程中逐渐树立起来的。奶奶对于因为贪图一头骡子而将自己许给单家的父亲满心仇恨，进而迈向朦胧的个体解放之路。在半路被余占鳌裹挟之时，奶奶神魂出舍，心头撞鹿，情欲迸裂，感觉到幸福的强烈震颤。当为队伍送饼而中弹之时，奶奶体验到了死亡的降临，发出充满个体生命意识的"天问"："天赐我情人，天赐我儿子，天赐我财富，天赐我三十年红高粱般充实的生活。天，你既然给了我，就不要再收回，你宽恕了我吧，你放了我吧！天，你认为我有罪吗？……天，什么叫贞节？什么叫正道？什么是善良？什么是邪恶？你一直没有告诉过我，我只有按着我自己的想法去办，我爱幸福，我爱力量，我爱美，我的身体是我的，我为自己作主，我不怕罪，不怕罚，我不怕进你的十八层地狱。我该做的都做了，该干的都干了，我什么都不怕。但我不想死，我要活，我要多看几眼这个世界，我的天哪……"①最后一丝与人世间的联系即将挣断，所有的忧虑、痛苦、紧张、沮丧都落入高粱地，而愈益有限的思维空间承载的则是满溢的快乐、宁静、温暖、舒适、和谐。奶奶心满意足地完成了自己的解放，也在生命的最后时刻，仿佛迅速地回顾了自己的一生，仿佛突然意识到自己的生命起点所伴随着的罪孽，否则又怎么会有其中的"罪"与"罚"这样本就稀缺的意识。

　　当然，伴随着爷爷奶奶们的情欲的高涨和身体的解放，也不可忽视其间的对于生命的任意剥夺和滥杀无辜。比如，在奶奶的花轿行走到蛤蟆坑时，路遇打劫者要求"留下买路钱"。奶奶的心情忧喜参半，本来嫁人就是连死都不怕的事，所以反而心平气和，甚至被劫走比继续前行更有人生的希望。当劫路人被余占鳌识破真相并被暴打之后，跪地磕头求饶，已经毫无威胁，事情本来就可以结束了，但接下来的场景足以让人震惊。余占鳌说："劫路的都说家里有八十岁的老母。"为什么会有这样的话？联系其家庭环境和成长经历便不难理解，因为余占鳌已经不会再有八十岁的老母，而且内心深处存在对母亲的刻骨怨恨，必然潜意识地反感甚至厌恶这样的说辞。于是，他退到一边，看着轿夫和吹鼓手，像狗群里的领袖看着群狗。

---

① 莫言：《红高粱家族》，上海文艺出版社2012年版，第67页。

轿夫吹鼓手们发声喊，一拥而上，围成一个圆圈，对准劫路人，花拳绣腿齐施展。起初还能听到劫路人尖利的哭叫声，一会儿就听不见了。奶奶站在路边，听着七零八落的打击肉体的沉闷声响，对着余占鳌顿眸一瞥，然后仰面看着天边的闪电，脸上凝固着的，仍然是那种粲然的、黄金一般高贵辉煌的笑容。

一个吹鼓手挥动起大喇叭，在劫路者的当头心儿里猛劈了一下，喇叭的圆刃劈进颅骨里去，费了好大劲才拔出。劫路人肚子里咕噜一声响，痉挛的身体舒展开来，软软地躺在地上。一线红白相间的液体，从那道深刻的裂缝里慢慢地挤出来。

……

奶奶撕下轿帘，塞到轿子角落里，她呼吸着自由的空气，看着余占鳌的宽肩细腰。他离着轿子那么近，奶奶只要一跷脚，就能踢到他青白色的结实头皮。[①]

在这里，轿夫和劫匪其实同处于社会的最底层，不仅没有任何基本的同情和怜悯，反而充斥毫无底线的暴行。而且，轿夫和劫匪之间完全存在互相转换的可能。今天的轿夫或许就是明天的劫匪，今天的劫匪或许就是明天的轿夫。后续的余占鳌的所有行为不都有着明显的劫匪特性吗？同类间的残杀触目惊心，而且相当自然，正所谓"狗群"一般。在吹鼓手眼里，被打死了的只是一件东西，而且不禁打，殊不知大喇叭都已经被打瘪了，还有什么生命禁得住这样的虐杀呢？即便面对如此的血腥场面，好像也没有触动爷爷奶奶的任何一根神经，奶奶仍然表现出一种高贵的笑容，不但毫不影响爷爷奶奶之间的情欲萌动和继续互动以及调情，反而异常平静，甚至成为一个难得的契机。相对于余占鳌的冷漠与暴虐，戴凤莲表现出的则是默许和纵容。延伸开来，也就不难理解为什么余占鳌可以毫无顾忌地滥杀单家父子。这是一次成功的预演，只要被认为是"挡道者"，余占鳌都将格杀勿论，而从来不会考虑什么人性因素。或者说，这里已经为后续的爷爷奶奶的故事进展做好了准备。

爷爷奶奶在高粱地里的狂欢毕竟短暂，因为还要回到现实。"爷爷说：'三

[①] 莫言：《红高粱家族》，上海文艺出版社2012年版，第45页。

天之后，你只管回来！'奶奶大惑不解地看着他。爷爷穿好衣。奶奶整好容。奶奶不知爷爷又把那柄小剑藏到什么地方去了。爷爷把奶奶送到路边，一闪身便无影无踪。三天后，小毛驴又把奶奶驮回来。一进村就听说，单家父子已经被人杀死，尸体横陈在村西头的湾子里。"① 其实凭着奶奶的聪敏，完全心知肚明爷爷的意思。在这里，面对爷爷的明确暗示，奶奶不会意识不到结果，但是并没有作出任何阻止的举动，而是继续采取默许甚至纵容的态度，一任其后果的恶性发展。

对余占鳌而言，如果说一怒之下杀死与母亲有奸情的和尚还有着个人恩怨并以雪耻辱的因素，那么放火并杀死单家父子则纯粹是为着情欲的滥杀无辜，况且单家并非强娶而是明媒正娶，没有任何过错。杀死单扁郎后，余占鳌不后悔也不惊愕，只是感到恶心。他想起了六天前作为轿夫走进单家时的情景，单家的勤俭持家和积累财富，曾经瞬间激起余占鳌的杀人念头，当时就为自己的贫贱生活而愤懑了，而现在又为自己开脱辩解。"他想，积德行善往往不得好死，杀人放火反而升官发财。何况已经对那小女子许下了愿，何况已经杀掉了儿子，留着爹不杀，反而使这个爹看着儿子的尸体难过，索性一不做，二不休，扳倒葫芦流光油，为那小女子开创一个新世界。"② 于是重新抖擞精神，再次残忍杀死单廷秀，并把父子二人尸首抛到水湾，从容拐进高粱地。至此，余占鳌也就为自己的情欲铺平了道路。乃至后来他直接对着酒篓子撒尿，即便无意中酿出了上等好酒，也不能够否认其中的丑行及其恶作性质。及至他表演了烧酒作坊里最苦的活儿甚至提出技术革新之后，也就顺理成章地做了"主人"。"从此，爷爷和奶奶鸳鸯凤凰，相亲相爱。罗汉大爷和众伙计被我爷爷奶奶亦神亦鬼的举动给折磨得智力减退，心中虽有千般滋味却说不出个酸甜苦辣，肚里终有万种狐疑也弄不出个子丑寅卯。一个个毕恭毕敬地成了我爷爷手下的顺民。"③ 而这一切，又无一不是依靠野蛮和暴力进行征服的结果。在野蛮面前，文明没有任何力量可言，也没有任何理由可谈。其实，明知不得好死也要积德行善，即便为了升官发财也不能杀人放火，更不能为了开创一个新世界而斩尽杀绝，这是人之为人的基本底线和历史的应当起点。

---

① 莫言：《红高粱家族》，上海文艺出版社2012年版，第66页。
② 莫言：《红高粱家族》，上海文艺出版社2012年版，第101页。
③ 莫言：《红高粱家族》，上海文艺出版社2012年版，第139页。

显然，我们要充分重视余占鳌"抗战"的正义和惨烈，也要充分重视其追求情欲或者情爱的本能需要和野性方式，但同样不能忽略余占鳌们的非理性行为和疯狂杀戮及其人性之恶，如果是以"情爱"的名义则更为可怕。时至今日，对后者的清醒认识和反思，理应引起更加的重视。如果总是以前者而掩盖后者，则宁愿不要前者也要摒弃后者。这才是历史的进步和人性的发展。

三、表达"历史"和终极性的"历史观"问题

对《红高粱家族》而言，其关键主题除了"抗战"和"情爱"之外，特别引人关注的还包括其历史观念的另一种阐释，甚至在这个意义上，曾经一度被定性为"新历史主义"的典范之作。相对于此前的"抗战"书写的"共军"主体或者"国军"主体，这部小说正面书写了"土匪"式的民间"抗战"主体及其延伸开来的各方力量的消长起伏。其实在这里，重要的并不是何谓"抗战"的主体，而是"抗战"这一背景中所传达出来的历史观念和人性变迁。

得到冷支队长的情报，余占鳌的队伍伏击日本车队。在收编对方遭到拒绝之后，本来答应两军联合作战的冷麻子，直至余司令的队伍几乎全军覆没之时才出现。他们的目的很明确，就是过来抢夺战斗果实。"冷支队长的队伍络绎过桥，他们扑向汽车和鬼子尸体。他们拿走了机枪和步枪、子弹和弹匣，刺刀和刀鞘、皮带和皮靴，钱包和刮胡刀。有几个兵跳下河，抓上来一个躲在桥墩后的活鬼子，抬上来一个死老鬼子。"① 当发现这是一个鬼子将军时，冷支队长特别兴奋，要求"剥下军衣，收拾好他的一切东西"，显然是以此炫耀战绩，进而邀功请赏。一群卫兵簇拥着冷支队长离开，而全然不顾余司令的伤亡和感受。

除了冷支队长代表的国民党队伍，和余占鳌发生交集的还有以八路军胶高大队长"江小脚"为代表的共产党队伍。与冷支队的行为如出一辙，江队长也是首先开展收编工作。"余司令，英雄啊！我们昨天看到了您与日寇英勇战斗的场面！"有了前车之鉴，爷爷冷眼旁观。

江队长有点尴尬地缩回手，笑笑，接着说："我受中国共产党滨海特委的委托，来与余司令商谈。中共滨海特委对余司令在这场伟大民族解放

---

① 莫言：《红高粱家族》，上海文艺出版社2012年版，第75页。

战争中表现出的民族热忱和英勇牺牲精神,表示十分赞赏。滨海特委指示我部与余司令取得联系,互相配合,共同抗日,建设民主联合政府……"

爷爷说:"妈的,我全不信你们,联合,联合,打鬼子汽车队时你们怎么不来联合?鬼子包围村庄时你们怎么不来联合?老子全军覆灭了,百姓血流成河啦,你们来讲联合啦!"①

当江队长明确提出希望余司令加入八路军,接受共产党的领导英勇抗战的时候,当江队长说出"我们都受共产党滨海特委的领导,都受毛泽东同志的领导"的时候,爷爷的回答是:"老子谁的领导也不受!"② 既然如此,也就不得不提出进一步的实质性问题:均分武器。接下来,便是双方在武器种类和数量上的讨价还价。除此之外,还有余占鳌、江队长、冷支队三方之间的错综关系。三方围绕如何抗战以及各自的方法和成效唇枪舌剑、剑拔弩张,又都各怀鬼胎。正像冷支队长面红耳赤地所言:"姓江的,我不跟你斗嘴!你是为什么来的我知道,我是为什么来的你也知道。"③ 对余占鳌来说,无论"国军"还是"共军"都不可相信。"他恨日本人、恨冷支队,也恨八路的胶高大队。胶高大队从他这里拐走了二十条枪,就消逝得无影无踪,并未听说他们与日本人去战斗,只听说他们与冷支队闹摩擦,并且,爷爷还怀疑,他和我父亲藏在枯井里后来突然不见的那十五条日本'三八'式盖子枪,也是被胶高大队偷走了。"④ 余占鳌以全军覆没为代价获得的战利品,反而不断地被国共两支队伍所算计并用于双方的对抗。战争把爷爷的一切,几乎全部毁掉了。队伍被消灭,妻子被打死,儿子受重伤,家园被烧毁,病魔又缠身。"他面对着人的尸首和狗的尸首,像对着一大团千丝万缕地交织在一起的乱麻线,越择越乱,怎么也理不出个头绪。他几次手按枪把,想告别这个混蛋透顶的世界,但强烈的复仇情绪战胜了他的怯懦。"⑤ 于是,爷爷开始了他的土匪生涯。

不同的土匪派别本就相互倾轧,但是面对日本侵略者,又努力走到一起。爷爷因为与奶奶的矛盾隔阂而和铁板会头目黑眼结下冤仇,本要一分高下,结

---

① 莫言:《红高粱家族》,上海文艺出版社2012年版,第185页。
② 莫言:《红高粱家族》,上海文艺出版社2012年版,第186页。
③ 莫言:《红高粱家族》,上海文艺出版社2012年版,第190页。
④ 莫言:《红高粱家族》,上海文艺出版社2012年版,第213页。
⑤ 莫言:《红高粱家族》,上海文艺出版社2012年版,第213页。

果,却如铁板会员五乱子力劝爷爷时所言:"余司令,铁板会的弟兄们都仰望着您的英名,盼着您能入会,山河破碎,匹夫有责吆!为了打日本,大家都要捐弃前嫌。个人恩怨,打完了日本再说。"① 五乱子的言行让爷爷想起了当年的因擦枪走火不幸死亡的青年英雄任副官,于是有了"你是共产党"的嘲问。五乱子的回答是:"我既不是共产党,也不是国民党。我既恨共产党,也恨国民党。"② 显然,这恰恰也是爷爷所坚持的立场。其实在这里,"抗日"只是契机,关键是"抗日"之后的问题。当高谈阔论的五乱子询问爷爷"天下大势"之时,不同于现代国家历史观的中国历史循环论再次被鲜明地提了出来:

> 国民党奸猾,共产党刁钻,中国还是要有皇帝!我从小就看"三国""水浒",揣摸出一个道理,折腾来折腾去,分久必合,合久必分,天下归总还要落在一个皇帝手里,国就是皇帝的家,家就是皇帝的国,这样才能尽心治理,而一个党管一个国,七嘴八舌,公公嫌凉,婆婆嫌热,到头倒弄成了七零八落。
>
> ……然后扶您为主,改换门庭,严饬纲纪,扩大队伍,先占住高密东北乡,尔后向北发展,占领平度东南乡,再占胶县北乡,三片连成一气。这时,就可以在盐水口子设都,亮出铁板国旗号,您就是铁板王。再以后,就派三路兵马,一路攻胶县,一路攻高密,一路攻平度,共产党、国民党、日本鬼子,统统翦灭,力拔三城之后,天下就算粗定了!
> ……
> 爷爷感到从来没有过的充实和明白。……③

接下来与日伪军的一场小小的遭遇战,爷爷用事实戳穿了黑眼的整套妖术,逐步奠定了在铁板会的领袖地位。及至绑了江小脚和冷麻子这两张"票",换来大量的枪弹和战马,也换来爷爷在威名大震的铁板会里的地位。似乎天下升平,爷爷开始萌发为奶奶出大殡的念头。正是在这样的机会和场合,又发生了铁板会、胶高大队、冷支队的三方混战,继续上演着复仇与反复仇的争斗。

---

① 莫言:《红高粱家族》,上海文艺出版社2012年版,第277页。
② 莫言:《红高粱家族》,上海文艺出版社2012年版,第277页。
③ 莫言:《红高粱家族》,上海文艺出版社2012年版,第281—283页。

分属不同派别的成员，大约至此才见识到并且意识到这样的混战无非是自相残杀。正像一个老铁板会员所哭诉的："我们原来都是临庄隔疃的乡亲，抬头不见低头见，不是沾亲，就是带故，为什么弄到这步田地！""畜生！你们有本事打日本去！打黄皮子去！"① 紧接着又是故伎重演，又是三方势力的征服与反征服的唇枪舌战。显然，冷支队、江大队、余司令三方关系胶着，既彼此争夺，也共同抗日；既互相利用，也相互制衡。或许，这正是历史的一个真实侧面。

历史是什么，终究要等时间来验证。四十六年后，在爷爷、父亲、母亲与"我"家的黑狗、红狗、绿狗率领着的狗队英勇斗争过的地方，是一座埋葬着共产党、国民党、普通百姓、日本军人、皇协军的白骨的"千人坟"。《红高粱家族》中，在各派势力以"抗日"之名混战之后，结果是"千人坟"的发现。"在一个大雷雨的夜晚，被雷电劈开坟顶，腐朽的骨殖抛洒出几十米远，雨水把那些骨头洗得干干净净，白得全都十分严肃。……我挤进圈里，看见了坟坑里那些骨架，那些重见天日的骷髅。他们谁是共产党、谁是国民党、谁是日本兵、谁是伪军、谁是百姓，只怕省委书记也辨别不清了。各种头盖骨都是一个形状，密密地挤在一个坑里，完全平等地被同样的雨水浇灌着。"② 生时立场鲜明、分割对立，死后归为一体、合为一处，这样的生命形态哪里还有"历史主义"的"正方"和"反方"，而只有"伦理主义"的"一视同仁"。相对于历史表达的各个不同的侧面，或许这才是终极性的"历史观"。

从时间线索来看，《红高粱家族》正处于"先锋文学"和"寻根文学"发生的当口。从共时性来看，它又以其对于前两者的双重呼应，实现了应有的融合和超越，既吸纳了"先锋文学"的艺术质素，又承载了"寻根文学"的文化精神，有效避免了各自的偏颇和对立。在"先锋"中"逃离"，在"寻根"中"扎根"，莫言有意无意地走出了一条自我选择与自觉创新之路。

（原载《山东师范大学学报》2019年第1期，人大复印报刊资料《中国现代、当代文学研究》2019年第6期全文转载）

---

① 莫言：《红高粱家族》，上海文艺出版社2012年版，第301—302页。
② 莫言：《红高粱家族》，上海文艺出版社2012年版，第191—193页。

从赵树理到莫言

——以《"锻炼锻炼"》和《天堂蒜薹之歌》为例

莫言发表于1988年的《天堂蒜薹之歌》①很容易让我们想起赵树理发表于1958年的《"锻炼锻炼"》②，三十年间基层政权与底层民众的关系非但没有得到有效改善，反而更加严重地走向对立。

莫言在谈及自己的创作道路时曾多次提及赵树理的《小二黑结婚》及其"三仙姑"的形象，倒没见得有所提及《"锻炼锻炼"》，但并不因此而影响我们把它与《天堂蒜薹之歌》放在一起加以理解。不仅两位作家都受到说书艺术的影响，并在这两部作品中有所体现，而且《天堂蒜薹之歌》中的当事者都被警察直接押进乡政府大院，并进而被送进法院。关键是，基层政权力量屡屡以国法的名义对当事者采取强制措施，并被戏谑为"以身试法"。③甚至在收监期间，犯人们则直接称呼看守为"政府"，这就把政权力量和底层民众关系更加直接地呈现出来。

---

① 莫言：《天堂蒜薹之歌》，《十月》1988年第1期。
② 赵树理：《"锻炼锻炼"》，《火花》1958年第8期；《人民文学》1958年第9期转载。
③ 莫言：《天堂蒜薹之歌》，上海文艺出版社2012年版，第46页。

一

赵树理曾称呼自己的小说为"问题小说","为什么叫这个名字,就是因为我写的小说,都是我下乡工作时在工作中所碰到的问题,感到那个问题不解决会妨碍我们工作的进展,应该把它提出来"。① 起初,赵树理跟随部队到农村,主要写演唱材料,向群众作宣传。后来在领导的授意之下,写出了比单纯宣传更有效果的文学作品,也就所谓"专业化"了。有的作家认为下乡工作会耽误写作,他说:"写一篇小说,还不定受不受农民欢迎;做一天农村工作,就准有一天的效果,这不是更有意义么?可惜我这个人没有组织才能,不会做行政工作,组织上又非叫我搞创作;要不然,我还真想搞一辈子农村工作呢!只怕那样我能起的作用,至少,也不会比搞写作小!"② 所以也就不难理解,赵树理为什么总是不断地深入农村进行实地考察,并把自己的思考形成材料。1959年8月20日,有鉴于被《红旗》邀请写小说,赵树理写信给《红旗》总编辑陈伯达,把自己在农村的苦恼和创作上的困境和盘托出。"可惜自去年冬季以来,发现公社对农业生产的领导有些抓不着要处,而且这些事又都是自上而下形成一套体系的工作安排,也不能由公社或县来加以改变。在这种情况下,我到了基层生产单位的管理区,对有些事情就进退失据。""我就在这种情况下游来游去,起不到什么积极作用……我不但写不成小说,也找不到点对国计民生有补的事。因此我才把写小说的主意打消,来把我在农业方面(现阶段的)的一些体会写成了意见书式的文章寄给你。"③ 这就是长达万言的文章《公社应该如何领导农业生产之我见》。根据陈徒手的研究,这篇文章被印成作协绝密文件,供内部批判使用,并且在《红旗》杂志该文的"来稿处理单"上,保留着"观点很怪""有的甚至很荒谬"的意见。所谓的"荒谬观点"之一就是赵树理在信中提到的公社领导身份的问题,他写道:"公社最好是不要以政权那

---

① 《赵树理文集》第4卷,人民文学出版社2005年版,第25页。
② 康濯:《写在〈赵树理文集续编〉前面》,陈荒煤等编《赵树理研究文集》上卷,中国文联出版公司1998年版,第147页。
③ 陈徒手:《人有病 天知否:一九四九年后中国文坛纪实》,人民文学出版社2000年版,第155—156页。

个身份在人家作计划时候提出种植作物种类、亩数、亩产、总产等类似规定性的建议,也不要以政权那个身份代替人家的全体社员大会对人家的计划草案作最后的审查批准。要是那样做了,会使各管理区感到掣肘因而放弃其主动性,减少其积极性。"① 这里,赵树理着重突出由"政权"身份而直接造成的农村、农业和农民的问题。在随手举出瞎指挥、官僚主义、虚报等例子后,赵树理说出了大多数人都看得到的现实:"计划得不恰当了,它是不服从规定的。什么也规定,好像是都纳入国家规范了,就是产量偏不就范。"② 相对于当时干部队伍中大多数人都意识到的问题存在并作出简单表态,赵树理的言论无疑比较强烈,甚至,"听了庐山会议传达后,别人不轻易表态,他却向党组书记邵荃麟说,他不敢看彭德怀给主席的信,怕引起共鸣"③。因为自己的敏锐和忍不住的关怀,赵树理不由自主地踏上了被批判之路。根据陈徒手的考察,当时的批判已经具有浓烈的火药味。比如:"赵树理采取与党对立的态度,有些发言是诬蔑党的,说中央受了哄骗,这难道不是说中央无能,与右倾机会主义的话有什么区别……""我们要问树理同志,你究竟悲观什么?难道广大群众沿着社会主义前进,还不应该乐观,倒应该悲观吗?树理同志,我们要向你大喝一声,你是个党员,可是你的思想已经和那些想走资本主义道路的人,沿着一个方向前进。""……赵树理的态度很不好,到了使人不能容忍的地步了。他对党和党中央公然采取讥讽、嘲笑和诬蔑的态度,实在太恶毒了。仿佛应批判的不是他,而是党和党中央……""真理只有一个,是党对了还是你对了?中央错了还是你错了?这是赵树理必须表示和回答的一个尖锐性的问题,必须服从真理……"④ 至此,赵树理已经无从辩驳。他终于伤感地意识到,"我是农民中的圣人,知识分子中的傻瓜"。⑤ 尽管此后的形势起伏波折,也有所变化,尽

---

① 陈徒手:《人有病 天知否:一九四九年后中国文坛纪实》,人民文学出版社2000年版,第156页。

② 陈徒手:《人有病 天知否:一九四九年后中国文坛纪实》,人民文学出版社2000年版,第157页。

③ 陈徒手:《人有病 天知否:一九四九年后中国文坛纪实》,人民文学出版社2000年版,第159页。

④ 陈徒手:《人有病 天知否:一九四九年后中国文坛纪实》,人民文学出版社2000年版,第160页。

⑤ 陈徒手:《人有病 天知否:一九四九年后中国文坛纪实》,人民文学出版社2000年版,第162页。

管早就树立了所谓的"赵树理方向",但终究还是埋下了"罪证"。

赵树理一直为不能做好"农村工作"而纠结不已,甚至宁愿放弃所谓的高级的写作事业也在所不惜。然而,历史常常在错位中发展。当时代的"农村工作"即便做得如何有效也已经一去不复返,况且已经被反复证明问题重重,然而,赵树理的"写作"却永远流传下来。他所着力关注的核心命题依然是他敏感到的"政权"问题,这在其《"锻炼锻炼"》中已经明显表现出来。

《"锻炼锻炼"》是一篇相当独特的文本。既有的研究已经非常丰富,围绕"民间""反讽""语言""隐喻""大众化""农民意识""人的意识""女性意识""伦理意识""解放意识""生存意识"乃至"现代化"等层面均有阐释。表面上写的是以"小腿疼""吃不饱"为代表的落后农民改造及其合作化道路问题,而究其实质则是作家自始至终倾力关注并倾心思考的"政权"问题。具体而言,就是"政权"身份与民众的关系,这也是作为"问题小说"作家的赵树理一再强调的关键命题。

《"锻炼锻炼"》开篇,合作社副主任杨小四针对"争先社"两个有名人物"小腿疼"和"吃不饱"贴出了批评性、讽刺性的"大字报"。这种本来用于群众向干部提意见的舆论渠道,现在被反过来运用在群众身上了。"小腿疼"和"吃不饱"自身的确存在问题,但采用这样的方式是否合适也值得讨论,况且究其本源,恐怕主要原因还是来自当时的农村政策。因为,这并非一个两个的个别现象,而是存在大量类似"小腿疼""吃不饱"的群众。在几个年轻干部把整风和生产相结合并且设计整治消极取巧的劳动妇女之后,支书王镇海认为:"这些年轻人还是有办法!做法虽说有点开玩笑,可是也解决了问题!"而主任王聚海则认为这样的动员办法不可靠:"勉强动员到地里去,能做多少活哩?"于是,支书不无批评地说了这样的话:"你就没有想到全社的妇女你连一半人数也没有领导起来,另一半就咱那个小腿疼嫂嫂和李宝珠(即'吃不饱'——笔者注)领导着的!我的老哥!我看你还是跟那几位年轻同志在一块'锻炼锻炼'吧!"① 面对现实,主任无话可说。显然,"小腿疼"和"吃不饱"也有相当的群众基础,甚至丝毫不亚于"善于""捉摸性格"的老主任拥有的群众基础,她们只是其中的典型代表而已。如果真是如此,那么问题就严重

---

① 赵树理:《"锻炼锻炼"》,《人民文学》1958 年第 9 期。

了，赵树理一直思考的是，为什么农村的政策不能相应地带来农民的生产积极性？反而恰恰相反？这样的问题如何解决？

面对"落后"农民以及树立起来的落后"典型"，基层干部首先采取的是"大字报"式的公开批评，其次是有意识地谋划、误导乃至诱骗。而引起当事人反应或者出现不良后果的时候，则直接动用"政权"力量批判、威胁并强制执行。当"小腿疼"因为被贴快板大字报而去社房理论并试图扑向杨小四时："杨小四料定是大字报引起来的事，就向小腿疼说：'你是不是想打架？政府有规定，不准打架。打架是犯法的。不怕罚款、不怕坐牢你就打吧！只要你敢打一下，我就把你请得到法院。'……小腿疼一听说要出罚款要坐牢，手就软下来，不过嘴还不软。她说：'我不是要打你！我是要问问你政府规定过叫你骂人没有？'……'你们都是官官相卫，我跟你们说什么理？我要骂！谁给我出大字报叫他死绝了根！……'支书认真地说：'大字报是毛主席叫贴的！你实在要不说理要这样发疯，这么大个社也不是没有办法治你！'回头向大家说：'来两个人把她送乡政府！'"① 为了对付"小腿疼"，干部们在这里不仅搬出了政府和法院，还有毛主席。"小腿疼"已经有些胆怯，正好见主任王聚海一拦，也就顺势抽身而走。

当"落后"群众发现被杨小四诸人设计、误导甚至诱骗参加生产之时，便纷纷打算溜走。这时，杨小四说的是："谁也不准回村去！谁要是半路偷跑了，或者下午不来了，把大字报给她出到乡政府！"当被定性为"偷棉花"而被要求作出交代的时候，"小腿疼"并不承认自己是偷的行为，并坚持正是杨小四安排大家来"偷"的。"就是你！昨天晚上在大会上说叫大家拾花，过了一夜怎么就不算了？你是说话呀是放屁哩？"她一骂出来，没等小四答话，群众就站起来了："你要造反！""叫你坦白呀叫你骂人？"……队长则直接提议："想坦白也不让她坦白了！干脆送法院！"这里，再次搬出了"乡政府"和"法院"。大家竟然一致赞成。虽然总是"随风倒"的乌合之众不足为信，但有助于批判气势的形成。"小腿疼"开始发慌，杨小四则发出最后通牒："交代不交代？马上答应，不交代就送走！没有什么客气的！"接下来虽有小插曲，但最终还是因为怕进法院，"小腿疼"终于彻底坦白交代。

---

① 赵树理：《"锻炼锻炼"》，《人民文学》1958年第9期。

显然,"乡政府"和"法院"已经成为基层干部们得以制胜的绝对武器,尤其在无计可施之时,总是屡屡奏效。当然,也成为"小腿疼"们内心深处的最大顾忌和恐惧之所。可以设想,人民政府和人民法院如果能为人民当家作主的话,基层干部就不会时时处处运用这样的武器,同样,"小腿疼"们也不会担心被送往此处,反而会求之不得。但是,事实恰恰相反。基层干部和底层民众之间总是矛盾和对立,但在对于基层政权的认识方面却达成了惊人的共识,至少在心理上有着相似的感受。所以,一方动不动就要往"政府"和"法院"去送,而另一方则坚决不去"政府"和"法院"。于是,即便再复杂再纠缠的问题也能迎刃而解。然而,这样的凭借政权力量介入的解决方式是长治久安的吗?是否已经埋下更深的隐患?所谓的"锻炼锻炼",如果是以这样的方式进行的话,无疑简单化了。即便迅速有效地解决了问题,恐怕也不是异常敏锐的赵树理所能接受的,甚至可能恰恰是对所谓"锻炼锻炼"的质疑。

二

赵树理在20世纪50年代对基层政权和底层民众关系的思考与表达,到了80年代的莫言那里得到了继续的回应和表现。

《红高粱家族》带来的出乎意料的知名度,让莫言声名大振。常理而言,作家一般会继续沿着既有的成功模式而延续自己的写作惯性。莫言的计划也是如此:"写完了'爷爷奶奶'这一代,就应该写'父亲'这一代,写完'父亲'这一代就应该写'我们'这一代。"① 可以想象,如果按照这样的写作思路走下去,"红高粱家族"或许更为丰富和壮大,当然也有越写越窄的可能。然而,美好的写作理想并非遵循作家的一厢情愿,文学创作之路绝非设想出来的结果。越是优秀的作家,往往越能超越自己的写作计划。

1987年,山东临沂地区的一个县发生了著名的"蒜薹风波",震动全国。本来的蒜薹丰收,却由于官僚主义、官员腐败以及政府的不作为和乱作为,而致使农民销售无门、损失惨重,进而引发围攻县政府的轰动事件及其后续的连锁反应。正是这个事件,打断了莫言继续为家族立传的"家族小说"创作计

---

① 莫言:《用耳朵阅读》,作家出版社2012年版,第252页。

划,用三十几天时间写出了义愤填膺的《天堂蒜薹之歌》。"本来红萝卜、红高粱已经很红了,我完全可以按照这个路线走下去,可这一转向却让我对现实社会进行了直接的干预。这样写眼前发生的事情是因为我的责任感和良心在起作用。"① 这部小说的诞生,与其说是社会事件对作家敏感神经刺激的结果,倒不如说是作家因其社会使命感而主动选择社会事件的结果。如莫言事后所说:"在刚刚走上文学道路时,我常常向报界和朋友们预报我即将开始的创作计划,但《天堂蒜薹之歌》使我明白了,一个作者的创作,往往是身不由己的。在他向一个设定的目标前进时,常常会走到与设定的目标背道而驰的地方。"② 显然,本来是设定了"家族历史小说"的前进目标,却走到了"社会问题小说"的轨道。

时至今日,尤其不能忽略的是《天堂蒜薹之歌》的写作时间。那是一个思想解放不久、社会改革特别是政治体制改革呼声高涨的年代。正是这样的时代氛围,加上社会轰动事件的影响,激发了莫言内心深处的责任感和使命意识,于是一蹴而就地写出这样的作品。作家出版社在1988年4月出版单行本时,甚至曾经直接将书名改为《愤怒的蒜薹》。作者坦言:"这部书实际上是一部饥饿之书,也是一部愤怒之书。写这部书时我更没有想到要创新,我只是感到满腔的愤怒要发泄,为了我自己,也为了广大的农民兄弟。"③

面对恶劣的现实生存环境,作家悲愤不已、不平自鸣,作为一种情绪的"愤怒"直接构成《天堂蒜薹之歌》的核心主题。其中,最鲜明的是对基层政权代表者的"愤怒"。开篇第一章,高羊的被捕即是村主任高金角诱骗的结果。被收监后的高羊不断地闪回自己的生活,不仅回忆起父子两个被校长羞辱并被开除的经历,更想起因为埋葬母亲而被大队书记、治保主任和民兵共同伤害的过程。当高羊为自己被打成地主阶级的爹娘诉苦正名之时,却被大队书记定性为"翻案"并企图加以否定共产党的土地改革。于是被民兵击打后脑,被治保主任用木板抽打脸腮,被关禁闭,直至被一根生满硬刺的树棍戳进肛门。④ 高

---

① 莫言:《碎语文学》,作家出版社2012年版,第28页。
② 莫言:《天堂蒜薹之歌》"新版后记",上海文艺出版社2012年版,第331页。
③ 莫言:《用耳朵阅读》,作家出版社2012年版,第45页。
④ 莫言:《天堂蒜薹之歌》,上海文艺出版社2012年版,第179—181页。其实,这里已经有了后来的"檀香刑"的初级表现。

羊的生命中,似乎永远摆脱不了被"喝尿"的命运——贫下中农子弟让他喝尿、红卫兵让他喝尿、同监的罪犯让他喝尿、治保主任让他喝尿。高羊俨然一只任人宰割的"羊羔",一直被作为牲畜对待,哪里还有作为人的尊严和保障。在这样的现实境遇中,该是怎样的"愤怒"才能表达。

面对金菊将被连环换亲的命运,高马登门求婚,却遭到方氏父子的联合暴打。挨打后的第二天,高马到乡政府找到民政助理员,状告方四叔破坏婚姻法,强迫女儿换亲并施加伤害,而杨助理非但不为民作主,反而收受贿赂,助纣为虐。杨助理不但横加干涉他人婚姻、进一步破坏婚姻法,而且对高马加以羞辱并施以新的暴力。在这里,人从来就没有被当作人来看待。"乡政府大院里的五十多个人——当官的、打杂的、管水利的、管妇女的、管避孕的、管收税的、管通讯报道的、喝酒的、吃肉的、喝茶的、抽烟的——五十多个人,都悠闲地看着他晃晃荡荡的,像一根草,像一条被打伤的狗,走出了乡政府的大院。"① 甚至在高马抹着满手鲜血的时候还遭到看门青年的背后一脚,还有咒骂。在哪怕最基层的权势者眼中,像高马这样的弱势者的存在已经与狗无异。

杨助理可谓两面三刀的典型代表。在接下来的请吃场合中他知法犯法、既普法又违法。一方面,他提醒换亲各方当事人不能打人,打人犯法,打自己的闺女也是犯法;另一方面又要"是亲三分向",为打人者出谋划策,并且不惜违法去更改户口。进而,杨助理又亲自参与对高马和金菊的围追堵截,并主导了对高马的"私人审讯"。高马和金菊都被麻绳捆住,又在杨助理的教唆下,被方家兄弟致命暴打。而一旦感觉有了危险之时,杨助理随即有些慌张,担心受牵连而承担责任,又迫不得已地参与对高马的施救。

还是这个杨助理,在方四叔被王书记车辆撞死之后,再次出面协调解决。在那漫漫无期、绝望等待的蒜薹售卖之路,方四叔被乡政府王书记的黑车连人带牛一同卷入黑暗中。方家母子三人把尸首放在乡政府大院里等待处理,最终等来的却是唯一的杨助理。这个被方家老大称为"八舅"、把方家老二当作长工的"救星",实质是装模作样的可恶的"帮闲"角色。面对方家的质询,杨助理展现出高超的嘴脸:"王书记不是司机,他怎么能轧死你爹?司机轧死了你爹,他犯法,法院自有公论,你们把尸体抬到乡里,招来千万的人,干扰乡

---

① 莫言:《天堂蒜薹之歌》,上海文艺出版社2012年版,第34—35页。

里工作,乡虽然小,但也是一级政府,干扰乡里工作,就是干扰政府工作,干扰政府工作就是犯罪。本来是你有理,这一闹,你反而没理了,对不对?""谁告诉你说王书记贩卖蒜薹?你这是犯了诬陷罪!王书记今天去县里参加紧急治安会议去了,是县里的紧急治安会议要紧,还是你爹的事要紧?王书记开会回来就要布置严厉打击扰乱社会秩序的不法行为,你们正好做个典型!""依我看,你们赶快把你爹抬回家,赶快去火葬,今夜去不了,明儿早上去。……你爹死了你们还要继续过日子是不是?这样闹下去,担了罪名不说,还要把自家的日子给败坏了。""王书记堂堂一个乡党委书记,手里哪天不是过千过万?只要你们不给他添麻烦,你想想他能亏待了你们?乡政府再小也是一级政府,指头缝里漏漏就够你们后半辈子过的了。""人反正死了,一切都要考虑活着的人。说穿了,就是钱!怎么多弄点钱,就怎么弄……王书记在县里四通八达,就算把司机判了刑,过不了两个月就会出来,照开他的车。你们得罪了王书记,还落一个混账人家的恶名,老大老二就甭说媳妇啦。要是你们不告,回家安安稳稳地把死人发送了,大家都会说你们善良,落个好名声,王书记也说了,只要你们答应私了了这件事,他保证对得起你们。你们掂量掂量,该怎么办自己拿主意。"① 本是草菅人命的恶性事件,竟被如此威逼利诱的强盗逻辑所取代,又怎是"愤怒"所能容忍。

更为典型的"愤怒"还来自作为政权机器执行者的警察与群众之间的直接而尖锐的对立,并且已经表现为赤裸裸的暴行,而且绝无调和的可能。《天堂蒜薹之歌》中,众多人物上场,然而却难以确定谁是主角。或者说,其中根本没有主角,只是芸芸众生的普遍生存状态。如果说要有的话,所谓的"主角"其实是一种"愤怒"的情绪。

在表达"愤怒"的主题时,《天堂蒜薹之歌》直接表现了基层政权力量及其执行者对于底层民众的"暴行"。开篇遭到诱捕的高羊,不明就里地经受了警察的直接行径,即便坚信自己始终没有哭,却是满眼的泪水。紧接着,他又被警察用手铐连在了槐树上。听到失明女儿的呼唤,高羊拼命挣扎,被电击在地。"等他醒来时,发现手铐又亮晶晶地箍在手脖子上。它深陷进皮里,好像

---

① 莫言:《天堂蒜薹之歌》,上海文艺出版社2012年版,第236—238页。

把根扎到骨头上。他的头脑沉重,什么事也记不清楚。"① 此后,诸如此类的"暴行"不绝如缕,一直贯穿文本的始终。

当高羊被推进派出所办公室时,他看到了打碎县长办公电话的"马脸青年"戴着手铐蜷缩墙角。"那青年一定吃了不少苦头,高羊看到他左眼肿得只剩下一条缝,围着眼一圈青红皂白。那一线眼缝里射出的光芒冷冰冰的,睁大的右眼却流露出一种绝望的、可怜巴巴的神情。"② 马脸青年被折磨得呕吐满地,脸苍白得如窗纸一样,进而被女警猛泼凉水。那些冷笑的抗议,终究不能抵挡如此的暴行,结果脸部肿胀,变成酱色。他的身体逐渐滑下来,团簇在树根上,他的头耷拉着,形成下跪磕头的姿势。接下来的场景,足以让人过目难忘。"乡政府院子路不宽,也许是司机喝多了,也怨马脸青年头长,也是他命该如此——装满家具的汽车在路过马脸青年时,车厢上露出来的一块三角铁在他的脑袋上剀了一下,裂开了一个白乎乎的大口子,白了一霎霎,就咕嘟咕嘟冒出了黑血和一些豆腐渣一样的东西。马脸青年哼了一声,身体往前一栽,头颅虽长,也没触到路上——反锁在杨树上的双臂拉住了他的身体。他的血喷在路面上,发出扑哧扑哧的声响。警察们呆了一会儿……结巴警察急匆匆脱下警服,包住了马脸青年的头。"③ 看起来命该如此,实际上草菅人命。如果说此前还是有意识的折磨,至此已是漫不经心的杀戮。

高羊被关在县公安局临时看守所的一间大监室,目睹并亲身经历着监室的暴行。不仅有犯人之间的互相的暴行,更有看守直接施加的暴行。"混蛋,你们活够啦!吃饱了撑的你们这群王八蛋!再打架,卡你们三天的草料!"④ 这里,根本没有人的存在,已经把人当成牲畜了。

与高羊相比,暂时摆脱警察抓捕的高马走上了更加艰难的逃难之路。颠沛流离中,是肚腹中燃烧般的焦渴、周身皮肤的刺痛与刺痒,眼睛肿成两条缝,视力只剩下一条线。他在桑槐之林转了半夜,黎明时才从鬼魅的世界清醒过来。仅仅流浪一天,他就感到了与世隔绝的巨大痛苦。及至面对金菊的上吊自杀,高马的精神彻底崩溃。待到安葬金菊时的再次被警察抓捕,充斥高马内心

---

① 莫言:《天堂蒜薹之歌》,上海文艺出版社2012年版,第41页。
② 莫言:《天堂蒜薹之歌》,上海文艺出版社2012年版,第42页。
③ 莫言:《天堂蒜薹之歌》,上海文艺出版社2012年版,第55页。
④ 莫言:《天堂蒜薹之歌》,上海文艺出版社2012年版,第106页。

的也就只有仇恨了。从爱到恨，高马已经对这个世界没有留恋。他不再接受任何的辩护和审判，只是在表达"我恨你们"的意见，只是在表达被"枪毙"的请求。再到金菊被结"阴亲"、四婶上吊而亡，劳教中的高马也就做好了赴死的准备。"岗楼上的警报器尖利地鸣叫起来……高马迎着太阳狂奔，强烈的光线刺着他的眼睛，雪的原野上，新鲜的自由的空气如浪潮一样翻滚着。他狂奔，他不顾一切，他想报仇，他感觉到自己在腾云驾雾。突然，他感到自己莫名其妙地栽在了雪地上。他的脸触到了冰凉的雪。他感到有股灼热的液体从背后喷出来。他低唤了一声'金菊……'便将脸埋在了雪里。"① 连劳教干部都认可的好人，就这样主动选择地倒在了监狱哨兵的枪下。

为了申明方四叔的不白之冤，即便老实巴交的方四婶也被收监了。她不仅被推搡踢打加电击，更被取笑威胁加恐吓。有冤无处申，有苦无处诉，也就只有了穷途末路。"人活着是不容易。俺有时候就想，人哪里比得上条狗呢？狗有人给它拌糠吃，没有糠吃泡屎就饱了。狗身上有毛，不用发愁没衣裳穿。人呢，既要操持着吃，又要操持着穿，忙忙碌碌一辈子，到老来，养着好儿女还好，养不着好儿女还得挨打受骂……这个世界，本不是咱这号人活的……想开点吧，实在活不下去，寻思个方方就死了……"② 不仅被当作牲畜看待，甚至自感还不如牲畜，方四婶的最终选择其实也就顺理成章了。

《天堂蒜薹之歌》对于基层政权和底层民众对立关系的再次揭示，不仅是对赵树理"问题小说"的接续、推进和延伸，也是对"农民作家"赵树理的精神契合和崇高致敬。

三

赵树理创作的目的很简单，就是要让农民看得懂并且起作用，立志做一个"文摊文学家"③。而莫言则进一步宣称，自己的创作不是"为老百姓的写作"

---

① 莫言：《天堂蒜薹之歌》，上海文艺出版社 2012 年版，第 316 页。
② 莫言：《天堂蒜薹之歌》，上海文艺出版社 2012 年版，第 143—144 页。
③ 李普：《赵树理印象记》，黄修己主编：《赵树理研究资料》，北岳文艺出版社 1985 年版，第 19 页。

而是"作为老百姓的写作"①,自己本身就是群众中的一员。《天堂蒜薹之歌》就是这样的产物。"尽管我人在京城但我心在高密;尽管我身披军装,但我骨子里还是个农民。我觉得农民跟我息息相关,也就是说,如果我不出来把这个题材写成小说,我会良心不安的……"②和赵树理一样,莫言同样是农民中的"圣人"、写农民的"圣手"。如果说在赵树理写作的 50 年代,文学理所当然地为政治服务,那么在莫言写作的 80 年代,文学却正在逐渐摆脱政治的枷锁。"如果谁还妄图用作家的身份干预政治、幻想着用文学作品疗治社会弊病,大概会成为被嘲笑的对象。但就在这样的情况下,我还是写了这部为农民鸣不平的急就章。……其实也没有想到要替农民说话,因为我本身就是农民。现实生活中发生的蒜薹事件,只不过是一根导火索,引爆了我心中郁积日久的激情。"③ 在论及文学与政治的关系时,莫言专门以自己的《天堂蒜薹之歌》为例加以说明:"那些积极干预社会、勇敢地介入政治的作品,以其强烈的批判精神和人性关怀,更能成为一个时代的鲜明的文学坐标,更能引起千百万人的强烈共鸣并发挥巨大的教化作用。"④ 其实,这也同样是赵树理的创作主张和文学实践。尽管没有证据直接证明莫言的创作受到赵树理的影响,但并不妨碍我们把两位"农民作家"联系在一起来理解并阐释。虽然他们生活的时代背景和文化语境极不相同,但有着太多的相似性。

往往越是贴近现实生活的创作,越难以处理与现实的关系,甚至很容易不自觉地成为对生活和事件的记录。在这个意义上说,莫言的《天堂蒜薹之歌》提供了一个"文学如何介入生活"的范例。"这篇小说按说是一部主题先行的小说,而且是一篇完全以生活中发生的真实事件为原型的小说。它之所以没有变成一部简单的说教作品,我想在于我写的是自己非常熟悉的地方,塑造人物的时候写了自己的亲人。也就是说这部小说之所以还能够勉强站得住,最重要的就在于它塑造出了几个有性格、能够站得住的人物,并没有被事件本身所限制。如果我仅仅是根据事件来写,而忘了小说的根本任务是塑造人物,那么这

---

① 莫言:《用耳朵阅读》,作家出版社 2012 年版,第 79 页。
② 莫言:《用耳朵阅读》,作家出版社 2012 年版,第 252 页。
③ 莫言:《天堂蒜薹之歌》"新版后记",上海文艺出版社 2012 年版,第 330 页。
④ 莫言:《用耳朵阅读》,作家出版社 2012 年版,第 183 页。

部小说也是写得不成功的。"① 除了始终秉持"以人为本"的创作理念,和赵树理一样,作家的生活经验在这里发挥了更大的作用。"由于我对农村、对农民非常熟悉,所以我根本没有到发生蒜薹事件的县城里去调查。我把这个事件移植到我所熟悉的乡村里来,把我的叔叔、大爷,我的乡亲们,放到小说里来描写。尽管是一部慷慨激昂的干预政治之作,但由于我比较深厚的农村生活经验和我对农民的了解以及对他们感情方式的把握,救了这部小说,使它没有变成浅薄的政治读物……"② 如今,"蒜薹事件"已经成为过去,而"蒜薹之歌"却依然流传。不可否认文学的社会性和批判性,但如何以文学的方式干预社会、介入政治,仍然是值得关注的重要问题。

(原载《济南大学学报》2018年第1期)

---

① 莫言:《用耳朵阅读》,作家出版社2012年版,第283页。
② 莫言:《用耳朵阅读》,作家出版社2012年版,第209页。

论《食草家族》的"文明终结"及其"含混性"意义

从 2012 年 10 月获得诺贝尔文学奖，时隔五年，2017 年 9 月开始，莫言新作陆续问世。比如，2017 年 9 月第 9 期的《人民文学》发表戏曲文学剧本《锦衣》和组诗《七星曜我》，2017 年 11 月第 11 期的《人民文学》发表短篇小说《天下太平》，2017 年 11 月第 5 期的《收获》发表以"故乡人事"命名的三部短篇小说《地主的眼神》《斗士》《左镰》，2018 年 1 月第 1 期的《十月》发表短篇小说《等待摩西》和诗歌《高速公路上的外星人》，2018 年 1 月第 1 期的《花城》发表短篇小说《诗人金希普》《表弟宁赛叶》和诗歌《雨中漫步的猛虎》……由此，莫言研究再度引发新的关注。以短篇小说《天下太平》为例，虽然编者做出了全新的阐释——"以少年心肠体察社会世相，乡村的生活和观念变化、人在新时代有所建立有所卫护有所顾忌有所敬畏的心性和行止，被童真的镜子照出了形形色色的模样。既质朴又轻灵、有含量也有向度，这时代乡村文明的新生态和新风俗，活润于其中"①，但仍然让我们不禁想起那部发表于 20 世纪 80 年代后期的争议十足的《食草家族》。在《天下太平》中，一个名字叫马迎奥的儿童被鳖咬住指头，一番周折之后，警察用猪鬃伸进鳖的鼻孔，趁其喷嚏之时拽出手指。显然，其中的核心情节和结构模式直接来源于《食草家族》的"第五梦"《二姑随后就到》中的"二姑"儿时情景：

---

① 编者："卷首语"，《人民文学》2017 年第 11 期。

二姑从小就会咬人，牙齿锋利，爷爷左手的食指弯曲着难以伸直，就是被她咬的。"她咬住东西轻易不肯松口，像沼泽地里那种黄盖的鳖，牙床上打着狠狠，耸动着耳朵，眼睛里闪烁碧绿的光线，那样子可真叫吓人，那样子谁见了谁怕。父亲说他杀猪一般地号叫着，痛楚深入骨髓，甩动手臂，带动着那小妖精像皮球一样滚来滚去，但终究无法甩掉她。……父亲说我们的老爷爷折了一根草棍儿，轻轻地戳着她的鼻孔，终于戳出了一个大啊啾，趁着这机会，我们爷爷血淋淋的手指才从她的嘴里解放了。那年她才三岁多一点，就恁般厉害，家族中人谁不惧她！你们的老爷爷说：都躲着她点，她是个属鳖的，咬住东西不松嘴。"[①] 已经毫无疑问，在此二者之间，情节大同小异，细节如出一辙。那么，为什么时隔五年后的新作又回到了三十年前的"旧作"，显然需要重新面对《食草家族》。

《食草家族》创作于1987年到1989年间，由《红蝗》《玫瑰玫瑰香气扑鼻》《生蹼的祖先们》《复仇记》《二姑随后就到》《马驹横穿沼泽》六个"梦境"故事连缀而成。原名拟为"六梦集"，的确如作者所言，这是一部"痴人说梦般的作品"。虽然断断续续写作，却是一个完整长篇；虽然形式各自独立，但是思想内在统一。"'六梦'是我整个创作中的一种特殊现象，是我自己也难以说清的现象。这实际上是一大堆纠缠着我的问题，是很多无法解决的矛盾。我承认本书中很多思想是混乱不清的，我可能永远解不开这些混乱。这本书里，处处都有我个人的影子，是我把自己切出了一个毫不掩饰的剖面。"[②]

作为作者创作中的"特殊现象"，关于《食草家族》的专业评论和整体研究相对薄弱，基本停留在印象式的批评层面，而且负面性评价占据主导。其实就莫言研究整体而言，对于《食草家族》的研究很不充分，尤其文本细读不够深入，也就无从谈论这部作品在莫言整体创作中的应有的意义。从另一个角度来说，既然是连作者自己也难以说清的现象，是无法解决的矛盾，是永远解不开的混乱，那么最好的方式还是回到"六梦"本身。如有的研究者所指出的，这部小说"在高密东北乡的凝重背景上，以食草家族各色人等的际遇兴衰、悲欢离合为线索，创造了一个深藏着人生之谜，浸透着作者对人生本原意义的探

---

① 莫言：《食草家族》，上海文艺出版社2012年版，第311页。
② 莫言：《食草家族》，上海文艺出版社2012年版，第352页。

寻与思索的梦幻世界"①。只有深入每一个梦境之中才不会偏离主旨，即便无法"解梦"，也不至于产生太多误读。只有回归"六梦"本身，才能理解作者把自己切出了怎样的"毫不掩饰的剖面"，进而看清究竟呈现出怎样的"含混性"意义。

一、"三次"蝗灾、文明进程与"食草家族"的终结

在"第一梦"《红蝗》中，由一只画眉鸟而引出遛鸟的老人，再由老人而引出蝗灾。其实，蝗灾不仅发生在当下，也曾经发生在过去。作为故乡人的遛鸟老人，就是在几十年前的大蝗灾后为生计所迫而流浪进城。伴随着蝗灾发生的，还有"食草家族"的爱恨情仇和欲望纠葛。如果说蝗灾决定着"食草家族"命运走向的外在境遇，那么决定其内在变迁的恰恰是与生俱来的欲望和情感。整体而言，"食草家族"曾经面对着三次蝗灾，而每一次蝗灾经历又都伴随着奇特的家族秘史及其复杂的人性内涵。

第一次蝗灾发生在所谓的"四老爷"时期。

作为乡村知名中医的四老爷，在出诊返回的途中发现蝗虫出土。他"在驴上反复思考着这些蝗虫的来历，蝗虫是从地下冒出来的，这是有关蝗虫的传说里从来没有听说过的"；他"想起五十年前他的爷爷身强力壮时曾闹过一场蝗虫，但那是飞蝗，铺天盖地而来又铺天盖地而去"；他明白了，"地里冒出的蝗虫，是五十年前那些飞蝗的后代"。② 面对蝗灾及其族人们的束手无策，四老爷根据自己的梦境指导来应对蝗灾的发生——兴建虵蝻庙。因为按照他的说法，吃草家族的首领遇上了更加吃草家族的首领。以四老爷为代表的食草家族，遭遇了更强大的以蝗虫为代表的食草家族。如果不修庙，蚂蚱王会率领着他的亿万兵丁，把高密东北乡啃得草芽不剩。于是，在四老爷的主持下，乡民凑钱修庙。

伴随四老爷发现蝗虫并主持修庙的过程，还发生了对家族伦理关系影响深远的"捉奸事件"。四老爷曾经劝告四老妈像所有嫁到食草家族里的女子一样

---

① 杨守森、贺立华：《说梦：人生之谜的沉思——莫言〈食草家族〉序》，《山东社会科学》1992年第5期。

② 莫言：《食草家族》，上海文艺出版社2012年版，第28页。

学会咀嚼茅草，却遭到四老妈断然拒绝。及至后来的彼此奸情，纵有家族遗风的隔阂，更有人性深处的欲望。四老爷捉奸四老妈并泄愤伤害铜锅匠，却也与邻村小媳妇相好，并且涉嫌为情杀人，而且以专业手艺的隐蔽手段。捉奸之后的四老爷，除了继续看病行医，还要筹集银钱购买砖瓦木料油漆一应建庙所需材料，而且起草休书把四老妈打发回娘家。在行医的过程中，不能排除用蝗虫尸体炮制骗人的药丸以谋取钱财的可能；在修庙的过程中，又伴随着四老爷涉嫌贪污公款的用人技巧；在休妻的过程中，则伴随着食草家族的传奇故事。举行祭蝗典礼的那一天，护送因犯通奸罪被休掉的四老妈回娘家的光荣任务落到素以胆大著称的九老爷头上。四老妈撕碎休书，同时也顺势把四老爷和九老爷之间的恩怨情仇揭示出来，制造了食草家族兄弟反目的一个侧面。

当四老爷出现在祭蝗大典之时，九老爷牵着毛驴驮着因与众妯娌侄媳们告别时哭肿了眼睛的四老妈走向村口。四老妈个性张扬，不避众人，毛驴的突然脱缰成就她的出神入化和光彩照人。"九老妈胆最大，她跳到胡同中央，企图拦住毛驴，毛驴龇牙咧嘴，冲着九老妈嘶鸣，好像要咬破她的肚子。九老妈本能地闪避，毛驴呼啸而过，九老妈瞠目结舌，不是毛驴把她吓昏了，而是驴上的四老妈那副观音菩萨般的面孔、那副面孔上焕发出来的难以理解的神秘色彩把九老妈这个有口无心的高杆女人照晕了。"[①] 在母亲她们看来，四老妈在驴上挥手告别的一瞬间，其实已经登入仙班，所以骑在毛驴上的已经不是四老妈而是一个仙姑。"既然是仙姑，就完全没有必要像一个被休掉的偷汉子老婆一样灰溜溜地从河堤上溜走，就完全有必要堂堂正正地沿着大街走出村庄，谁看到她是谁的福气，谁看不到她是谁一辈子的遗憾。"[②] 显然，这是神性的解释，其实更是人性的需要。即便出于对死者的尊敬，出于对四老妈悲惨命运的同情，母亲她们是对事情进行了艺术性加工，即便"我"要去探究事情的本质，也不得不再度面对独具特色的"家族秘史"。"食草家族"的丰富历史，不仅是男人创造的，也是女人创造的；不仅是当事者创造的，也是讲述者创造的；不仅是家族内创造的，也是家族外创造的。即使深受其害的铜锅匠，也展现出英雄侠义的性格，最终为四老妈而殉情，以此而同时实现了雪耻，也为"食草家

---

① 莫言：《食草家族》，上海文艺出版社2012年版，第64页。
② 莫言：《食草家族》，上海文艺出版社2012年版，第64页。

族"的复杂历史涂抹上浓墨重彩的一笔。

在四老爷的主导下,一老一少两个公鸡长相的泥塑匠人制作蝗神塑像,"公鸡"与"蝗虫"的对照异常醒目。祭神活动本来威严神圣,但四老爷领导的祭祀仪式不仅受到灵魂出窍的四老妈的冲击,而且本身就是权宜之计,况且明显包含着损人利己的成分。在四老爷高声诵读的祭文中,一方面自诩食草家族敬天敬地、畏鬼畏神,不敢以万物灵长自居,甘愿与草木虫鱼为伍,拳拳之心皇天可鉴;另一方面则祈求对方率众迁移,"河北沃野千里,草木丰茂,咬之不尽,啮之不竭,况河北刁民泼妇,民心愚顽,理应吃尽啃绝,以示神威"①。不仅明确挑动蝗虫过河就食,而且不留后路。这在讲究仁义道德的"食草家族"历史上,不能不说是呈现出其狭隘自私甚至恶毒的一面。

四老爷自身和以其为代表的"食草家族"的两面性,及其呈现出的种种迹象,无疑预示着面对蝗灾的无力和失败,也预言着整个家族的混乱和衰败。

第二次蝗灾发生在所谓的"九老爷"时期。

仿佛祭祀成功见效,蝗虫迁移到河北。蚍蜡庙前残存的香火尚未散尽,冰雹却来到食草家族的上空。大旱之后是冰雹,野蛮而疯狂地发泄着对人类和食草家族的愤怒。还没有来得及被蝗虫扫荡的大地,提前遭受冰雹的洗礼。仿佛是对食草家族的愚弄,三天后蝗虫大军就从河北飞来。此时,因为兄弟反目而把四老爷打翻在地的九老爷自然成为食草家族的领袖,蝗灾随之进入"九老爷时代"。"他彻底否定了四老爷对蝗虫的'绥靖'政策,领导族人,集资修筑刘将军庙,动员群众灭蝗,推行了神、人配合的强硬政策。"②不同于四老爷的委曲求全和转移目标,九老爷发动群众利用一切农具采取一切手段进行灭蝗,甚至采取置之死地而后生的火烧策略。

然而当更大的烈火燃烧起来的时候,食草家族遗传下来的对火的恐惧中止了他们对蝗虫的屠杀。食草家族的另一段"家族秘史",再次呈现出来。那就是,为了制止近亲交媾导致家族衰败而采取的惨无人道的生命牺牲。手脚粘连蹼膜的孩子不断出生,向家族发出了警告信号,也就有了严禁同姓通婚的规定。对家族的延续具有革命性意义的族规,具体到正在热恋着的一对手足生着

---

① 莫言:《食草家族》,上海文艺出版社2012年版,第78页。
② 莫言:《食草家族》,上海文艺出版社2012年版,第107页。

蹼膜的青年男女而言，则成为剥夺生命的事例。他们被架上家族祭坛承受火刑，近亲爱情导致生命的惨烈牺牲。家族的生命延续却是以个体的生命消逝为代价，这样的悖论选择冲击着一代代族人的每一根神经。"这场轰轰烈烈的爱情悲剧、这件家族史上骇人的丑闻、感人的壮举、惨无人道的兽行、伟大的里程碑、肮脏的耻辱柱、伟大的进步、愚蠢的倒退……已经过去了数百年，但那把火一直没有熄灭，它暗藏在家族的每一个成员的心里，一有机会就熊熊燃烧起来。"① 曾经照亮过祖先们的烈火，一直照耀着家族成员们的灵魂。在无情地剥夺生命的同时，也萌发着对于生命的敬畏。所以，当面对蝗虫而诉诸火刑的时候，也就刹那间转向对于神力的祈求。

与四老爷根据梦境而修建虸蚄庙抵御蝗灾如出一辙，九老爷于火光之夜也被托梦而修建刘猛将军庙以抵御新的蝗灾。所以在九老爷的主导下，清扫蝗虫与修筑刘将军庙的工作同时进行。虽然还是没有保住庄稼和树木，只余下一片空荡的大地，但毕竟出了一口恶气，也是强硬抵抗路线的胜利。

根据小说开篇的遛鸟老人的回忆："我流浪出来时十五岁，恍恍惚惚地记着你们村里有两座庙，村东一座虸蚄庙，村西一座刘猛将军庙。"② 显然，"四老爷时代"的绥靖政策和"九老爷时代"的抵抗策略，其实都没有解决蝗灾问题。当第三次蝗灾发生的时候，"我"也就成为家族历史的见证者。

第三次蝗灾发生在食草家族的衰败期。此时的四老爷已经风烛残年，再也没有当年的威仪；此时的九老爷已经沉迷邪趣，再也没有当年的果敢。人种退化的同时，蝗种也在退化。当蝗灾再次发生的时候，政府派遣蝗虫考察队，部队参加灭蝗救灾。告别了食草家族的梦境时代，迎来了科学治理的新时代。当农业飞机盘旋在高密东北乡食草家族上空的时候，蝗虫们也失去了它们祖先预感灾难的能力，躲得过冰雹却躲不过农药了。四老爷时代没能灭蝗，九老爷时代也没能灭蝗，只有到了新时代才彻底解决了蝗灾。殊不知，咀嚼着茅草的食草家族的命运本就伴随着蝗虫的兴风作浪，消灭了蝗灾也就同时终结了食草家族的存在。

伴随着食草家族的爱恨情仇和欲望梦想，"三次蝗灾"串联起食草家族的

---

① 莫言：《食草家族》，上海文艺出版社2012年版，第38页。
② 莫言：《食草家族》，上海文艺出版社2012年版，第19页。

历史和兴衰。"用火刑中兴过、用鞭笞维护过的家道家运俱化为轻云浊土,高密东北乡吃草家族的黄金时代已经一去不复返,我面对着尚在草地上疯狂舞蹈着的九老爷——这个吃草家族纯种的孑遗——一阵深刻的悲凉涌上心头。"①为什么蝗灾总会发生在食草家族的上空,因为蝗虫本就是食草家族的种类。食草家族本就与蝗虫打成一片,某种寓意上说,蝗虫的消失也就表征着食草家族的消亡。这是对一种家族历史的梦幻般地还原和呈现,更是对一种文明失落的留恋和对一种文明断裂的哀挽。

二、多重复仇、野蛮杀戮与"食草家族"的另一种终结

如果说"第一梦"还是不断地从"野蛮"走向"科学"和"理性"的进程,那么从第二梦开始,则是不断回归"野蛮"和"杀戮"的"非理性"进程。

"第二梦"《玫瑰玫瑰香气扑鼻》以"食草家族"的后裔——舅舅和外甥对话的讲述方式,呈现出一种欲望与报复的循环。支队长一再拜托黄胡子将自己的红马喂胖养好,与高司令的黑马一决高低。赛马的背后,则是对对方女人的占有。支队长的目标是高司令那儿的"夜来香";高司令的目标则是支队长那儿的"玫瑰"。玫瑰玫瑰香气扑鼻,不仅吸引着支队长,也吸引着高司令,更吸引着养马的黄胡子。当黄胡子从玫瑰房间跑出来的时候,遭到支队长的咒骂、羞辱与鞭打。虽说后来也相安无事、按部就班,但黄胡子却在赛马前夕对支队长的红马做了手脚,导致输于高司令的黑马,进而输掉玫瑰。黄胡子以此实现对支队长的报复。其实赛马前他已经烧掉钞票,已经不留退路。待到被支队长识破,二人扭打纠缠,黄胡子在卡死支队长后也随即栽倒在地,应该实现了同归于尽的复仇。

在这一梦中,除了欲望与报复的因素,也涉及"食草家族"的历史侧面。一百年前的一片荒草滩,家畜野禽成群结队。五十年前的二十户人家,与吃青草的家族有亲戚瓜葛,纠缠不清。"大外甥,小老舅舅粗人不说细语,人其实比兔子繁殖得还要快,一眨眼的工夫,路上行人肩碰肩啦。不过你也别担心,

---

① 莫言:《食草家族》,上海文艺出版社2012年版,第79页。

天生人，地养人，周文王时人比现在还多，可也没人饿死。麦秀双穗，马下双驹，兔子一窝生一百，吃不完的粮食吃不完的肉，搞什么计划生育！"① 显然，在对传统家族文明的追溯中，也有着对现代社会进程的质疑。这里，其实也流露出后来的《蛙》的创作端倪。

"第三梦"《生蹼的祖先们》更是梦境的连环及其圈套。此篇中不仅有通神入玄、仿佛看穿人世的儿童青狗儿，更有起死回生、生死绵延的爷爷，还有那来去莫测并生着蹼膜的梅老师、县政府资源考察队的男女队员，尤其以"小话皮子"为代表的万物有灵的展现。这一切的梦境以及梦境中的梦境，又都发生在如梦似幻的"红树林"。"有好事者曾想环绕一周，大概估算出红树林子的面积，但没有一人神志清醒地走完一圈过，树林子里放出各种各样的气味，使探险者的精神很快就处于一种虚幻状态中，于是所有雄心勃勃的地理学考察都变化为走火入魔的、毫无意义的精神漫游。"② 正是在这片神秘的红树林里，发生了皮团长对于"生蹼的祖先们"的"阉割"。这里，是否也有后来的《红树林》写作的某种激发因素？

面对"食草家族"的以"生蹼"为标志的家族衰败，在梦境中见过千百遍的、像太阳一样照耀着食草家族历史的皮团长，开始以革命的名义用暴力的方式对待"生蹼的祖先们"。"从今之后，凡手脚上生蹼者，一律阉割。有破坏革命者，格杀勿论！"③ 并进而被上升界定为"律法"的性质，"通过代表大会的反复讨论，我们决定：今后凡有生蹼者出生，一律就地阉割；本族男女，有奸情者，一律处以火刑；若干年后，红头发的洋人必来修筑铁路，到时，我们要跟他们血战经年，凡有贪生怕死、通敌叛变者，一律斩首。这三项决议，将镌刻在石碑之上。"④ 其实在这里，也有了后来的《檀香刑》的某些创作因素。

对于手脚粘连蹼膜的恋人，皮团长论证"火刑"的必要性并切实付诸实施；对于手脚生着蹼膜的幼年男孩，则毫不留情地实施"阉割"。尽管依靠阉割并不能解决根本问题，但战争的爆发破坏了皮团长的长远规划。那些被阉割过的男孩逐渐长大，那个童年时代的巨大耻辱像一道永远难以愈合的深刻伤痕

---

① 莫言：《食草家族》，上海文艺出版社2012年版，第117页。
② 莫言：《食草家族》，上海文艺出版社2012年版，第181页。
③ 莫言：《食草家族》，上海文艺出版社2012年版，第178页。
④ 莫言：《食草家族》，上海文艺出版社2012年版，第185页。

铭刻在记忆中,一旦回忆就怒火冲天。"这种情绪导致我们逢佛杀佛、遇祖灭祖,连老天爷都不怕。"① 于是,"我们"发起了杀死皮团长而报仇的"革命"行动。正所谓,"领袖是革命的产物,革命是形势的产物,形势是阉割男孩觉醒"。② 皮团长以革命的名义进行"阉割",这里同样以革命的名义进行"阉割造反"。双方都是以"革命"的名义,只要有了"革命"的名义,所有的行为也就都具有合法性。"这是亘古未有的奇耻大辱。就是因为我们多生了一层蹼膜吗?这是人种退化的标志吗?……这是人种的进步!这是人类的骄傲!亲爱的生蹼的弟兄们!它赋予我们征服大海的力量,我们的同族兄弟已走向大西洋!要知道,当贪婪的人类把陆地上的资源劫掠净尽后,向海洋发展就是向幸福进军!……皮团长是个刽子手,向刽子手讨还血债的日子终于到了!"③ "生蹼的祖先们"天生就是水中的能手,甚至代表着人类进步的力量,却在"净化"的旗帜下惨遭屠戮。哪里有压迫哪里就有革命,哪里有革命哪里就有镇压,哪里有镇压哪里就有自相残杀和互相残杀。准备起义像开玩笑,起义被镇压也像开玩笑,但生命的死亡却真实得不是开玩笑。不管枪决、绞刑、活埋还是被逼冲锋陷阵,最后通通死在旷野。以至于这一切是真是假都令人生疑,这个世界上什么又是真实的呢?然而,"阉割"的或者"被阉割"的文化却是亘古存在。"我究竟被阉割过还是没被阉割过?是仅仅从精神上被阉割了还是连肉体加精神都被阉割了?"④ 即便没有肉体上的被阉割,又有谁能摆脱精神上的被阉割呢?某种意义上说,后者更为触目惊心。

"第四梦"《复仇记》是儿童幻想中的"复仇"故事,更是权力话语和伦理生活的复杂关系。在恶劣社会环境和畸形家庭关系中成长的大毛、二毛两兄弟,始终被复仇的情绪所充满。面对父亲的冷酷、残忍和乖张,兄弟两个展现出超常的生存能力。而父子间的爱恨恩仇,又与村书记老阮密切相关。其实,大毛、二毛的实际父亲恰恰是阮书记,这就带来了权力与伦理的错综关系。正因如此,在那"大养其猪"的年头,名义上的父亲才被阮书记选来做饲养员的美差。在这里,关于养猪的情节以及后面的关于那头成了精的母猪的描写,其

---

① 莫言:《食草家族》,上海文艺出版社2012年版,第216页。
② 莫言:《食草家族》,上海文艺出版社2012年版,第217页。
③ 莫言:《食草家族》,上海文艺出版社2012年版,第218页。
④ 莫言:《食草家族》,上海文艺出版社2012年版,第221页。

实已经预演了后来的《生死疲劳》"猪撒欢"的相关情景。

在煮死猪肉的间隙,孪生兄弟又承受着来自两个父亲的身心折磨。名义上的父亲对抗着实际的父亲,进行着刻意的刻毒的羞辱,并暴力强迫他们去舔着后者的脚后跟。当他们在梦境中张大嘴巴咬下去的时候,又遭到新一轮的暴打。名义上的父亲体验着复仇的快感,而实际的父亲虽痛苦不堪却又无从争辩。就在成年人的仇视和对抗中,无辜的孩子们却承受着无尽的苦难。在接下来的吃肉环节中,更加充分展示了阮书记的权力力量,不禁暗示出阮书记对于知青身份的赤脚女医生的威逼利诱和趁火打劫——"什么都不要发愁一切有我给你做主入党啦回城啦上工农兵大学啦一切都包在你阮大叔也就是我老阮的身上啦"①,也从侧面的王先生之口暴露出特殊权力对于乡村伦理的践踏——"狗东西啊狗东西!大公鸡大公鸡!把一村的母鸡都踩遍啦"②。尤其这里对于吃肉场景的描写极为醒目——扑着抢着猪头猪腿,忍着热度激烈吞咽,吸骨髓,喝猪油,接近于撑破胃的限制,吃肉吃累了,吃肉吃醉了。那种不顾一切的疯狂状态,既是物质匮乏的现实,也是权力压抑的表征。其实在这里,也已经隐含了后来的《四十一炮》的某些写作因素。

除了玩弄权力话语于股掌,阮书记还善于赤裸裸地诉诸暴虐和滥杀。对于像所谓的"老七头"这样的"坏分子",可以当场定性并且命令吊起来直至摔死,还要求煮烂了埋在树下当肥料。对于像"我"这样的"小杂种",则无需定性,可以直接拉到白杨树下去枪毙。既然权力为所欲为,"吃人"也就自然而然、司空见惯。这一切的一切,再加名义上的父亲的临终遗言,促使孪生兄弟竭力报仇。于是,也就有了儿童视角和幻想中的"复仇记"。在儿童的世界里,你死我活的报仇也只不过是一场东躲西藏的游戏。一切都是按照幻想中的计划而进行,一切也就不可能实现。按计划进仓库、偷钥匙、钻狗洞、偷皮袄、放毒药,如此的复仇逻辑,看起来周密细致,实际上拖延时间,也只能在无力复仇的儿童世界得以发生,而且发生在梦幻中。于是在无力报复肉体的情况下,首先要去对付魂灵,也就有了登门借九姑法术以实施复仇计划的虔诚。这不仅是对于恐惧心理的安慰,其实也是又一次的延宕。待到终于逼近阮书记

---

① 莫言:《食草家族》,上海文艺出版社2012年版,第260页。
② 莫言:《食草家族》,上海文艺出版社2012年版,第261页。

家的漂亮住宅之时，却没想到复仇对象已经被赶下台而要接受任意处置了。所谓冠冕堂皇的革命，也不过是复仇的转换。昔日耀武扬威的阮书记，如今已经末路穷途。当孪生兄弟从墙角跳出来要求申冤和报仇之时，对方则以欢迎态度积极主动地响应他们。当孪生兄弟想要砍腿而又不敢动手的时候，对方则自己动手，并且量好尺寸，主张砍齐了才好看。当两条腿被剁下来并在一起时，孪生兄弟落荒而逃。仇人坐等复仇，复仇者处心积虑；仇人自行了断，复仇者狼狈逃窜。这是怎样的复仇，恰恰是对复仇的瓦解或者复仇的严重错位。这是发生过的"复仇记"，更是讲述中的"复仇记"；这是梦境加传说里的"复仇记"，更是儿童幻想中的"复仇记"。离开儿童视角，也就无以理解《复仇记》，也就无以理解其中的复仇情结及其伦理关系。

  显然，《食草家族》不仅是"复仇"的集大成者，而且呈现出"复仇"的不同层面，甚至由浅入深而且环环相扣。相对于"第四梦"《复仇记》中的"复仇"的幻想及其错位，"第五梦"《二姑随后就到》则进一步推及至非理性的赤裸裸的杀戮。其中的"二姑"也仅仅构成复仇的一个引子，这里的杀戮不需要任何的理由。如果"二姑随后就到"，杀戮或许能够停止，但关键是最终也没有等到"二姑"的出现，也就意味着杀戮的继续和无休无止，甚至代代相传而不断循环下去。

  高密东北乡出现北虹的那年秋天，应验了杀人如麻的可怕的民谚。而这一切又是与二姑的两个儿子密切相连，甚至那年的高密东北乡历史也是他们用食草家族的鲜血写成的。二姑的两个儿子，一个叫天一个叫地。"天地之大德曰生"，而这一天一地带来的却是食草家族的恐惧和死亡。

  天和地的出场不同寻常。虽然不明来路、不明身份，但是来者不善、杀气腾腾。他们毫不犹豫地逼近既是族长又是村长的大爷爷，自我介绍是二姑的两个儿子，并且宣布"二姑随后就到"。"二姑"何许人也？当高密东北乡曾经盛极一时的食草家族走向衰落的时候，二姑的传奇形象为这个神秘家族注入了异端的力量。家族的衰落已经不可逆转，又出生了双手生着粉红蹼膜的"二姑"。这是食草家族的独特返祖现象。"她更像我们的祖先——不仅仅是一种形象，更是一种精神上的逼近——所以她的出生，带给整个家族的是一种恐怖混合着敬畏的复杂情绪。"① 带蹼婴儿的每次降生，都标志着家族史上一个惨痛时代的开始。那些与蹼膜直接或间接关联着的鲜血和烈火淋漓燃烧在族人面前，然而时代变迁，过去的酷刑不能再用，于是只有将她遗弃山野荒庙，并预备着、期盼着被葬身野兽。出乎意料的是，二姑命大，又被完好如初地送回家中。尽管她自然而然成为邪恶的象征，却禀有异常顽强的生命力；尽管她被无情地扔进狗窝，却依然茁壮地成长，并让家族中人噩梦连绵。家族的"净化"，非但无法凭借杀戮而解决，反而致使更加污秽。"大家都在等待着二姑奶奶卷土重来。一天天等过去，一年年等过去，一等等了二十年。二姑奶奶没到，她的两个儿子，却如两位天神，伴随着北虹到来，当天晚上，就给了我们一个下马威。"② 家族的伤害与报复、报复与反报复，仿佛贯穿食草家族的每一个时空。不管如何修正着、创造着、确立着传说中的二姑奶奶的形象，其实这里，二姑的在与不在以及来与不来都不重要，重要的是已经拉开了杀戮的序幕。

虽然大奶奶素以吝啬而闻名，但为了突然降临的不速之客，也是倾其所有地招待和讨好。就在族人的众目睽睽之下，天地二位旁若无人、心安理得地狼吞虎咽，饥饿难耐并且吃相难看。同时，他们没有忘记自己随身的武器。标志着死亡与威严的枪，始终挂在他们的腰间和脖子。其实这里，"吃"和"枪"已经为后续的疯狂杀戮做好了铺垫。

咀嚼茅草是食草家族的独特标志，因此当大奶奶向天和地敬献茅草的时候，看起来是礼遇，实际上是考验。而在天和地看来，这无异于贬低和侮辱，所以拒绝吃草。而这同时又成为"冒牌货"的见证，也再次引起对他们真实来历和真实意图的质疑。所以当大爷爷怒吼着质问"你们的母亲""派你们来干什么"并且追问"她什么时候回来"之时，几乎同步遭到对方的枪击。伴随着"她随后就到"的庄严宣告、严厉警告和振聋发聩的提醒，"我听到了对于食草家族的最后判决，像红色淤泥一样暖洋洋甜蜜蜜的生活即将结束，一个充满刺激和恐怖、最大限度地发挥着人类恶的幻想能力的时代就要开始，或者说：已经拉开了序幕"③。其实这里，天和地的来历已经不重要，重要的是他们已经迅速进入杀戮的角色。在悲痛和愤怒中咒骂的大奶奶手握炸弹准备跟他们同归

---

① 莫言：《食草家族》，上海文艺出版社2012年版，第305页。
② 莫言：《食草家族》，上海文艺出版社2012年版，第317页。
③ 莫言：《食草家族》，上海文艺出版社2012年版，第303—304页。

于尽，结果却被天和地纠集仅有的几个男孩取笑并俘获，从而任人宰割，进而开始了再一次的杀戮循环。如果说天和地的作恶来源于人性深处的嗜血成性的一面，那么这几个男孩的自始至终的积极参与作恶，则既慑于天和地的暴行和淫威，也有弑父的潜在意识。当大爷爷的脑袋被割下来展示之时，大奶奶已经被捆绑，被剜掉眼睛，并被押到桥头堡前。此时，他们可以直接宣判大奶奶的罪行，并强制要求路人必须参与对大奶奶的刑罚执行。面对路过的杀猪内行的屠夫，他们指着疯叫不止的大奶奶，作出更加暴力的判决。"我们判了这个老婆子凌迟罪，我要你一刀从她身上割下四两肉来，割多了，我们就割你的肉，割少了，你再从老婆子身上割，一直割足四两为止。"① 在这里，显然已经具有了后来《檀香刑》中的关键元素。

当屠户磕头哀求着说"祖爷爷们，饶了我吧。我是个杀猪的，割猪肉行，割人肉不行"之时，天说："你不要太谦虚了。猪和人都是哺乳动物，能杀猪就能杀人，会割猪肉，就没有不会割人肉的道理。问题在于你没把道理想清楚。你总认为人是杀不得的，其实这是陈腐的偏见。人生来就是被杀的，你不杀她，我就杀你。"② 在杀人者眼中，已经没有人的存在。这就是他们的杀人之道，并且付诸实施。当屠户因精神崩溃而逃跑时，自然遭到无情射杀。"随后那些来赶集的，有被逼割了大奶奶肉的，有下不了手想逃跑的——逃跑者都跟屠户同样下场——有当场被吓死的——虽然表现形式人人各异，但有一点是共同的，这就是——恐惧。"③ 天和地的到来，本质上就是为了制造恐惧，而且已经制造了恐怖，甚至暴力虐杀带给他们的，竟然是无聊。而无聊则又激发他们进一步的暴力虐杀，这才是最可怕的杀戮。这里已经不是什么所谓的"复仇记"，而是复仇之外的血腥延伸。杀死大老爷爷和大老奶奶后，作为家族尊长的七老爷爷和七老奶奶便成为下一个目标。虽然天不怕地不怕、诸多恶事都沾边的七爷爷和善良慷慨的七奶奶同样地倾尽所有来接待，但连恶狗都被两个杀人魔头镇住的场景显然暗示着铺垫着更加疯狂的杀戮。"二位老人，你们俩年纪不小了，活够了没有？""活够了活够了，活得够够的了！""那为什么还不想法死？""大外孙，虽说是活够了，但阎王爷不来催，也就懒得去。""阎王爷

---

① 莫言：《食草家族》，上海文艺出版社2012年版，第323—324页。
② 莫言：《食草家族》，上海文艺出版社2012年版，第324页。
③ 莫言：《食草家族》，上海文艺出版社2012年版，第325页。

这就来了。""好外孙,饶我一条老命吧……你娘的事我真的没插手……""起来,起来,横竖逃脱不了的事。""大外孙,皇帝老子也不杀无罪之人,要杀我们,总得有个讲说。""好一个糊涂老婆子,要杀你就是要杀你,还要什么讲说。""你不说明白,我死也不闭眼。""那你就睁着眼死吧"①……杀人就是杀人,就是为了杀人,杀人既是目的也是手段,杀人既是过程也是结果。杀人的本质,没有任何原因,更没有道理可讲。接下来,便是对七老奶奶的剁手、剁脚、割掉眼皮,目睹这一切而被吓傻的七老爷爷直接遭到活埋。至此,老爷爷一辈就这样被杀戮殆尽。

把老爷爷辈屠杀之后,是与叔伯们的激战。把叔伯们几乎全部杀死后,便是对四十八个以花卉命名的姐妹们的刑罚。比此前的杀人手段更胜一等,对姐妹们开始实施更新的花样杀法。那就是强迫每人从鹿皮口袋中摸出一张标着特殊刑法的骨牌,再按照骨牌的刑名来执行。在摸骨牌之前,先对各种刑法作了解释,共有"彩云遮月"(剥额头皮肤)、"去发修行"(沸水浇头)、"精简干部"(切割耳鼻)、"剪刺猬"(剪碎皮肉)、"虎口拔牙"(钳子拔牙)、"油炸佛手"(油炸十指)、"高瞻远瞩"(滑车吊人)、"气满肚腹"(身体充气)、"步步娇"(赤脚走鏊子)等四十八种酷刑。把杀戮当游戏,是最可怕的杀戮,而且被赋予冠冕堂皇的名义,甚至被赋予并非一般的恩惠。"你们别怕,执行刑法时,你们的二姑姑会来观看……你们的二姑姑不忍伤了你们的性命,这些刑法,只要施刑方法得当,保证死不了人。所以希望你们要积极配合,不要反抗、挣扎,否则会更难受,弄不好还有性命危险。你们的二姑姑说:食草家族的女孩子,都不是平凡人物,都是注定横行世界的角色。只要你们能咬牙熬过这一关,往后,世上的人就奈何不了你们了。"② 这哪里是什么不忍伤害性命,而且现场观摩,并且已经分头准备各种施刑的器具,分明是残酷至极、无耻至极的杀戮游戏和本色演出。施加这样的刑罚,倒不如直接剥夺生命更显人道。对照而言,尽管后来的《檀香刑》惨烈无比,但也不及如此多的花样。这里的游戏和杀戮的互为本质,与后来《檀香刑》的表现已经并无二致。

在接下来的等待二姑的时刻,即将充满血腥的场面乱作一团。"二姑的出

---

① 莫言:《食草家族》,上海文艺出版社2012年版,第332页。
② 莫言:《食草家族》,上海文艺出版社2012年版,第339页。

现必将是一个辉煌的时刻,我知道不仅仅我在盼望着、不仅仅我的那几个堂哥们盼望着、连那些手握刑名骨牌的姐妹们也在盼望着。"①一再声称"二姑随后就到"中的二姑,最终也没有出场。这样,连同此前的一系列杀戮也就师出无名。其实,也就在本质上否定了杀戮的"历史性",而强化了其得以发生的"人本性"的层面。

《二姑随后就到》将人的杀戮本性表现得淋漓尽致。即便这个世界上没有无缘无故的爱,也没有无缘无故的恨,但有无缘无故的杀戮。退一步说,伴随着"食草家族"的以"二姑"为代表的叛逆者和以"天和地"为代表的后续复仇者的出现,伴随着外来势力的入侵和屠杀以及内部的家族子孙的反戈一击,绵延不绝的"食草家族"再一次走向没落、瓦解乃至于灭绝,终究消逝于现代文明进程所同步伴随的"野蛮"和"杀戮"的"非理性"。

三、家族兴衰、文明断裂与文本的"含混性"意义

在"第六梦"《马驹横穿沼泽》中,再次集中回应"食草家族"的兴衰秘史。在马驹横穿沼泽的流传故事中,男孩与马驹相濡以沫、不离不弃、终成眷属;男孩长成"男人",马驹变成"草香",男人和草香开疆拓野、繁衍生息、创世家族,却又因伦理纠葛而拿起屠刀、说破秘史,终究回归原初,以悲剧告终。"兄妹交媾啊人口不昌——手脚生蹼啊人驴同房——遇皮中兴遇羊再亡——再亡再兴仰仗苍狼……"②其间由生出"蹼膜"而引发的"火刑"和"阉割",也根本无法决定"食草家族"的兴亡,甚至由此而发生的"遗弃"及其恩怨,也能导致后续的不可控制的复仇与杀戮。如有研究者所指出:"蹼膜作为祖先基因有形的残留物,追溯它就是追溯人类崇拜的始祖,而追溯的结果却是:发现自己原来是始祖乱伦的后裔。异类结合也罢,乱伦也罢,都是人类繁衍的特定时代曾经有过的现象,即使在后代身体上留下痕迹,也不是什么原罪,而是人类作为动物的本真。但是,许多身上留有祖先痕迹的人,却因此被歧视、被残害、被虐杀,这就展示了人类社会极其残酷的一面。"③如何面对

---

① 莫言:《食草家族》,上海文艺出版社2012年版,第340页。
② 莫言:《食草家族》,上海文艺出版社2012年版,第351页。
③ 弓晓瑜:《"蹼膜":〈食草家族〉中的一个原型意象》,《名作欣赏》2012年第6期。

如此的个体的、家族的乃至人类的悖论式困境，只能寄托于传说中的苍狼之鸟。"苍狼啊苍狼，下蛋四方——声音如狗叫飞行有火光——衔来灵芝啊筑巢于龙香——此鸟非凡鸟啊此鸟乃神鸟——得见此鸟啊万寿无疆——"① 传唱着苍狼之歌四处游荡，也就寄托着对于"食草家族"的无限想象和兴亡惆怅。这是一曲理想之歌，更是一曲哀伤挽歌的绝唱。

就《食草家族》整体而言，如果说"第一梦"《红蝗》中，"食草家族"终结于"文明"的"科学理性"，那么，到"第五梦"《二姑随后就到》，"食草家族"则终结于"野蛮"的"杀戮非理性"。不管面对文明还是面对野蛮，或者面对文明伴随野蛮的历史进程，"食草家族"终将走向终结。这是个体和家族的困境，也是民族和人类的困境；这是民族进程的隐喻，也是文明断裂的焦虑。

至此，再度回到开头提出的问题，莫言为什么说《食草家族》的创作属于"思想混乱""难以说清""问题纠缠""无法解决"？而且到底是把自己切出了怎样的"毫不掩饰的剖面"？之所以产生如此情绪，其实是因为写作灵感的集中爆发和巨大爆炸，有太多的创作资源及其元素集中涌现，是因为如此多的创作线索无法在这样一部作品中得以呈现，还需要后续的众多作品来加以扩展、延伸和深化，甚至于已经迫不及待。显然，《食草家族》已经隐含了或者奠定了莫言后来的创作的诸多元素。比如后来的《红树林》，对应于"第三梦"《生蹼的祖先们》中的同样神秘的"红树林"，前者中的秦书记父子的盛宴对应于"第四梦"《复仇记》中的"吃肉"；比如后来的《檀香刑》，对应于"第三梦"《生蹼的祖先们》中的"洋人修铁路"的预言，对应于"第五梦"《二姑随后就到》中的"刑罚"的集大成展示，甚至直接对应于"游戏"与"杀戮"的互为本质和文化特质；比如后来的《四十一炮》，对应于"第四梦"《复仇记》中的"吃肉"情结，其中的疯狂既是物质匮乏的反应更是权力压抑的表征；比如后来的《生死疲劳》，对应于"第四梦"《复仇记》中的"大养其猪"及其猪精的描写；比如后来的《蛙》，对应于"第二梦"《玫瑰玫瑰香气扑鼻》中的"家族繁殖"及其"计划生育"质疑。甚至于莫言创作"间歇期"五年以来的新作《天下太平》，如前所述，其中的核心情节和结构模式也直接来源于"第五梦"

---

① 莫言：《食草家族》，上海文艺出版社2012年版，第351页。

《二姑随后就到》中的"二姑"儿时情景。归根结底,《食草家族》在莫言的创作中具有里程碑式的启后价值,而这也正是其含混性意义之所在。

  莫言在谈及《食草家族》时说,它是"疯狂与理智挣扎的记录"①。所谓的"疯狂",是不是可以理解为创作灵感的大爆发;所谓的"理智",是不是可以理解为相对具体的写作线索。"所以本书除是一部家族的历史外,也是一个作家的精神历史的一个阶段。所以读者应在批判食草家族历史时,同时批判作家的精神历史,而后者似乎更为重要。"② 从"六梦"整体而言,《食草家族》表现的不仅是独特的家族兴衰的秘史,也是对文明与野蛮交替的历史进程的文化批判,更是个体精神的深层焦虑和主体意识的充分自觉的象征。每一种文明都有其自身的过程,没有一种文明可以作为判断另一种文明的尺度。进一步而言,《食草家族》是对一种曾经的人类文明的衰落和断裂唱出的满怀焦虑的挽歌。

(原载《齐鲁学刊》2018年第5期,收入本书时标题和内容均有所调整)

---

  ① 莫言:《食草家族》,上海文艺出版社2012年版,第353页。
  ② 莫言:《食草家族》,上海文艺出版社2012年版,第353页。

论《丰乳肥臀》的"母亲"形象及其生命意识

在逐步确立了"高密东北乡"的文学旗帜后,莫言提出新的困惑和新的问题。"我发现一味地写自己的亲身经历和家乡那点子事也不是个办法,别人不烦,我自己也烦了。我想我的'高密东北乡'应该是一个开放的概念,而不是一个封闭的概念;应该是一个文学的概念而不是一个地理的概念。我创造了这个'高密东北乡'实际上是为了进入与自己的童年经验紧密相连的人文地理环境,它是没有围墙甚至没有国界的。如果说'高密东北乡'是一个文学的王国,那么我这个开国王君应该不断地扩展它的疆域。在这种思想的指导下我写了《丰乳肥臀》。"① 如果说这是基于作家创作意识的层面,那么母亲的苦难和离世及其引发的愧疚感以及在地铁口亲眼面对的哺乳母亲形象及其瞬间的"热泪盈眶",则直接激发了作家的创作灵感。"我决定从生养和哺乳入手写一本感谢母亲的书"②,这便是毁誉参半的《丰乳肥臀》。用莫言自己的话说,《丰乳肥臀》超越了"高密东北乡",是站在人类立场上的写作。③ 那么,作为其核心表现的"母亲"形象,又呈现出怎样的生存特征与生命意识,进而显现所谓的"人类立场",也就自然成为一个重要命题。

---

① 莫言:《用耳朵阅读》,作家出版社2012年版,第21页。
② 莫言:《用耳朵阅读》,作家出版社2012年版,第32页。
③ 莫言:《用耳朵阅读》,作家出版社2012年版,第33页。

一、母爱与众生平等意识

《丰乳肥臀》从生育写起，这也是生命的开始和开篇。即使在兵荒马乱的气氛和"日本鬼子就要来了"的恐惧中，人和牲畜的生育依然同步进行。作为一家之主的上官吕氏，不慌不忙，有条不紊，不仅为即将生产的儿媳上官鲁氏做着准备，也在侍候着即将生产的黑驴。在她看来，儿媳的生产轻车熟路，可以自己慢慢进行；而黑驴则是初生头养，需要专门照应。在她心中，期盼着儿媳生个男孩。"要是再生个女孩，我也没脸护着你了！"① 为什么说"护着"，上官吕氏显然明白上官鲁氏一众女儿们的来路。面对屠弱不堪的上官父子，上官吕氏非但不曾点破真相，反而竭尽全力维护家庭。另一方面，上官吕氏同样盼望着自己的黑驴也能够顺利生产，这不仅是家庭生产资料的增加，关键是能够解决具体的生产生活困难。在自给自足的小农业时代，驴子的价值并不比人的价值小，有时候反而更大。我们可以说，在上官吕氏的意识中，人竟然不如牲畜；我们更可以说，在她的朴素的存在意识中，众生平等，对任何生命都一视同仁。她一面不停地虔诚祈祷，一面积极地付诸行动。"看你这肚子，大得出奇，花纹也特别，像个男胎。这是你的福气，我的福气，上官家的福气。菩萨显灵，天主保佑，没有儿子，你一辈子都是奴；有了儿子，你立马就是主。我说的话你信不信？信不信由你，其实也由不得你……"② 即便强势如上官吕氏，也不得不认同男尊女卑的现实；既是一种社会性的婆媳关系，更是女人间的同病相怜。上官吕氏泪眼婆娑："菩萨显灵，天主保佑，上官家双喜临门！来弟她娘，你剥着花生等时辰吧，咱家的黑驴要生小骡子，它是头胎生养，我顾不上你了。"上官鲁氏同样感动："娘，您快去吧。天主保佑咱家的黑驴头胎顺产……"③ 并非上官吕氏抛却儿媳，即便有些焦虑甚至嫌弃，而实在是无法分身，甚至后者比前者更加关心黑驴的生产，超过关心自己的命运。即使考虑到现实生活中大型牲畜的作用更大，但主要还是基于面临的生命困境和朴素的

---

① 莫言：《丰乳肥臀》，上海文艺出版社2012年版，第5页。
② 莫言：《丰乳肥臀》，上海文艺出版社2012年版，第8页。
③ 莫言：《丰乳肥臀》，上海文艺出版社2012年版，第8页。

生命敬畏，毕竟都是生命。其实，这也为后面的上官鲁氏对待女儿们的不同来路的儿女们的"众生平等"和"一视同仁"做出铺垫。

令上官吕氏没有想到的是，黑驴和儿媳都遇到威胁生命的"难产"情形。于是，一向精打细算的一家之主，竟然不惜代价，试图力挽狂澜。面对黑驴的难产，上官吕氏抚摸驴脸，无比动情："驴啊，驴，豁出来吧，咱们做女子的，都脱不了这一难！""驴啊，忍着点吧，谁让咱做了女的呢？咬紧牙关，使劲儿……使劲儿啊，驴……"①精神安慰加上身体力行，也是事与愿违。"驴啊驴，你这是咋啦？怎么能先往外生腿呢？你好糊涂，生孩子，应该先生出头来……"②驴的失去光彩的眼睛里涌出泪水。在上官吕氏的心目中，驴和人平等，众生平等。这里恐怕早已经忘却驴子作为牲畜的生产资料性质的功能考虑，而是出于本能意识的对于生命的敬畏和一视同仁。于是，该花的钱省不下，甘愿付出丰厚报酬邀请兽医樊三大爷。面对奄奄一息的黑驴，樊三表示爱莫能助，而上官吕氏则态度鲜明："别走，怎么说也是两条性命，种马是你的儿，这驴就是你的儿媳妇，肚里的小骡，就是你孙子。拿出你的真本事来，活了，谢你，赏你；死了，不怨你，怨我福薄担不上。"③这里，人畜一命，更是人畜一理。所以，面对上官鲁氏的难产，上官吕氏同样想起兽医樊三："我的孩子，你可要挺住，咱家的黑驴，生了一匹活蹦乱跳的骡驹子，你要是把这孩子生下来，咱上官家就知足了。孩子，接生婆不分男女，我把你樊三大爷请来了……"④虽然樊三无能为力，虽然上官吕氏不惜拿出珍藏二十年的大洋，虽然请来孙大姑拯救危难，虽然最终被日本军医所救治，但其中闪光的仍然是醒目难掩的众生平等的朴素观念。

也正是在上官吕氏和上官鲁氏一脉相承的生命意识中，才有了后续的面对一切生命来路的平等接纳和包容博爱。当二姐上官招弟在危难中救回司马库的儿子交给母亲的时候，母亲恼怒地说："从哪里抱来的，还给我抱到哪里去！"当二姐祈求母亲发发慈悲，"他家的人都被杀了，这是司马家的一条根"，⑤母

---

① 莫言：《丰乳肥臀》，上海文艺出版社2012年版，第11页。
② 莫言：《丰乳肥臀》，上海文艺出版社2012年版，第12页。
③ 莫言：《丰乳肥臀》，上海文艺出版社2012年版，第28页。
④ 莫言：《丰乳肥臀》，上海文艺出版社2012年版，第42页。
⑤ 莫言：《丰乳肥臀》，上海文艺出版社2012年版，第108页。

亲的反应是冒险收留。当大姐上官来弟和沙月亮的孩子送到母亲面前的时候，母亲一边咒骂一边接受。"你们只管生不管养，你们以为扔给我就会给你们养？你们做梦吧！我要把你们的野种扔到河里喂鳖，扔到街上喂狗，扔到沼泽里喂乌鸦，你们等着吧！"不是咒骂，其实是最实际的问题，生存本就异常艰难，多一张嘴就多一份风险。"不是姥姥心狠，姥姥是没有办法啊。"① 即便如此，她还是义无反顾地接受。与其说是孩子的哭声把母亲征服了，不如说是母亲的博爱情怀和母爱本能使然。当后来形势变化，大姐回来领孩子时，母亲说："我糊涂了半辈子了，千军万马万马千军我都不管，我只知道枣花是我养大的，我舍不得给别人。"② 当鲁立人的爆炸大队和五姐上官盼弟被司马库的抗日别动大队赶出村镇之后，五姐又把自己的孩子鲁胜利送到母亲这里。母亲吼叫着，"你们生出来就往我这儿送，连狗都不如！"③ 五姐的理由是一碗水要端平，义正词严并且蛮横地要求母亲必须好好养着。母亲的反应则更为强烈："我给你养？我把你的私孩子扔到河里喂王八，扔到井里喂蛤蟆，扔到粪里喂苍蝇！"④ 如此过后，依然如故，竭尽全力地抚养。即便艰难痛苦无以复加，也没有落下一个。母亲躺在炕上的样子就在"我"的眼前："她的双臂伸展开，两只肿胀的、骨节突出、皮肤皲裂的手，左边那只，碰着上官领弟那两个极有可能都是哑巴的孩子，右边那只，触及上官招弟那两个疯疯癫癫的漂亮女孩。月光照着她苍白的嘴唇。"⑤ 至此，大姐之女沙枣花，二姐之女司马凤和司马凰，三姐之子大哑和二哑，五姐之女鲁胜利，以及司马库之子司马粮，统统聚在母亲这里，由母亲抚养。再加上后来的大姐上官来弟和鸟儿韩之子鹦鹉韩，也由母亲抚养成人。在母亲心中，这些都是自己的孩子，如同自己的生命一样。不管他们来自何处，革命的与反革命的、正义的与反动的、英雄的土匪的还是汉奸的，都是自己生命的一部分，甚至超过自己的生命。当司马库、巴比特和六姐上官念弟被鲁立人爆炸大队袭击，被俘并要押送到军区之时，母亲表示要为他们送行。"她的身后，跟随着沙枣花，她双手抱着一捆碧绿的大葱。

---

① 莫言：《丰乳肥臀》，上海文艺出版社2012年版，第125页。
② 莫言：《丰乳肥臀》，上海文艺出版社2012年版，第149页。
③ 莫言：《丰乳肥臀》，上海文艺出版社2012年版，第175页。
④ 莫言：《丰乳肥臀》，上海文艺出版社2012年版，第176页。
⑤ 莫言：《丰乳肥臀》，上海文艺出版社2012年版，第176页。

大葱后边,是司马库的双生女儿司马凤和司马凰,凤凰后边,是哑巴和三姐的双生子大哑和二哑。双哑后边,是刚刚能走路的鲁胜利,鲁胜利后边,是脸上涂满脂粉的上官来弟。"① 在这支送行的队伍里,不同立场甚至敌对双方的女儿女婿的儿女们又再次汇聚在母亲身边。也只有在母亲这里,他们才是平等的生命,才能够得到一视同仁的对待和照顾,才能得到他们普遍缺失的母爱。

二、活着与生命苦难意识

　　伴随着超越一切的"母爱",生命的苦难更为触目惊心。在日本人洗劫村庄之后,母亲带着孩子们钻出地窖,家中一无所有。连曾经风风火火的打铁女人上官吕氏,也已经濒临死亡的边缘。绝望的母亲找出珍藏的砒霜,准备一同赴死。面对孩子们的凄惨哭泣,母亲选择置之死地而后生,扔掉破碗里的砒霜汤。"不死了!死都不怕了,还怕什么呢?"② 母亲带领孩子们走上大街,走出村子,寻找食物。挖草根、掘田鼠、捞鱼虾,很快开始了全村的饥荒。村人们先是流亡,又重新返回。还有外乡人的加入,以及双方的流血冲突,甚至付出生命,其间又伴随着三姐上官领弟和铺鸟专家鸟儿韩的情感波折,无一不是为了最卑微的生存。尤其当鸟儿韩被突然捉走之后,三姐的命运急转直下,毫无过渡性地变为"鸟仙",设坛占卜指点迷津。这里是真是假已经并不重要,重要的是人的命运在苦难中的变化。对母亲的打击亦可想而知,犹如五雷轰顶,心中百感交集,千言万语涌到嘴边却说不出一个字来。饥寒交迫的人们迎着死亡走向施粥行善的教堂,连一向英雄仗义的樊三大爷也未能幸免于难。

　　面对死亡的绝境,一家大小来到"人市",生命的苦难浸入骨髓。七姐上官求弟被卖之后,母亲随即病倒。"她的身体烫得像刚从淬火桶中提出来的铁器,冒着腥臭的热气。我们坐在母亲周围,大眼瞪着小眼。母亲闭着眼睛,嘴唇上全是透明的水泡,许多吓人的话从她嘴里冒出来。她一会儿大声呼叫,一会儿窃窃私语;一会儿用欢愉的腔调说,一会儿用悲哀的腔调说。上帝、圣母、天使、魔鬼、上官寿喜、马洛亚牧师、樊三、于四、大姑姑、二舅舅、外

---

① 莫言:《丰乳肥臀》,上海文艺出版社2012年版,第229页。
② 莫言:《丰乳肥臀》,上海文艺出版社2012年版,第111页。

祖父、外祖母……中国鬼怪和外国神灵、活着的人和死去的人、我们知道的故事和我们不知道的故事，源源不断地从母亲嘴里吐出来，在我们眼前晃动着、演绎着、表演着、变幻着……理解了母亲的病中呓语就等于理解了整个宇宙，记录下母亲的病中呓语就等于记录下了高密东北乡的全部历史。"① 这种极度痛苦后的反应，无以言表。接下来还有更大的苦难，为了拯救母亲和弟妹，四姐上官想弟把自己卖进妓院。此情此景，母亲身体摇晃，跌倒在地。每一个女儿的命运，都转化成母亲的一次次的受难。"母亲尽管生了八个女儿，但来弟疯了；招弟和领弟死了；想弟卖身进了火坑，差不多也等于死了；盼弟跟着鲁立人在枪林弹雨里钻来钻去，说死也就是一眨眼的事；求弟卖给了白俄，跟死了也没有多少区别；只有一个玉女天天跟在母亲身边，但可惜她是个瞎子，也许正因为她是瞎子，才能在母亲身边待得住。如果念弟再有个三长两短，那上官家的这八仙女，就真正七零八落了。"② 现实的确残酷，生命逐一消逝。大姐上官来弟，因为和鸟儿韩的关系而在与哑巴孙不言的搏斗中打死对方，而被判处决。二姐上官招弟，追随司马库，在被鲁立人领导的独立纵队的突袭中，中弹身亡。三姐上官领弟，转世成"鸟仙"，在模仿司马库和巴比特的飞翔练习中摔死于悬崖下。四姐上官想弟最为悲惨，为拯救全家而卖身妓院，被遣返回家后，毕生心血换来的财物被洗劫一空，遭受残酷批斗并被百般凌辱，加上旧病发作而亡。五姐上官盼弟，革命工作二十多年，历经多重角色，甚至改名马瑞莲，也在"文革"期间自杀身亡。六姐上官念弟，追随巴比特，被鲁立人领导的独立纵队抓为俘虏，在逃亡中被一黑脸女人诱至山洞并引爆手榴弹与巴比特一起同归于尽。七姐上官求弟，早年被卖，后改名乔其莎，毕业于省医学院，后被打成"右派"到农场劳动改造，即便敢于以科学精神对抗荒唐政治，也无以抵抗因为饥饿而带来的致命伤害。她不仅被伙夫张麻子非人凌辱，更因为多吃了分得的豆饼而活活胀死。动物本能的生存和极度饥饿的反弹，在最注重尊严和人格的上官求弟这里，反差得最为触目惊心。八姐上官玉女，天生失明，一直追随着母亲的苦难和艰苦卓绝的生存，三年灾难时期不愿再度拖累而投河自尽。即便女儿们的儿女们，也命运多舛，所剩无几。沙枣花身染恶习，

---

① 莫言：《丰乳肥臀》，上海文艺出版社2012年版，第132页。
② 莫言：《丰乳肥臀》，上海文艺出版社2012年版，第240页。

流浪江湖,最终殉情;司马凤、司马凰作为替罪者而被虐杀;大哑、二哑在逃难中被炸身亡;鹦鹉韩创办"东方鸟类中心",骗取银行贷款而被判刑;鲁胜利曾经风光一时,后因贪污受贿被判死刑。面对着儿孙们的命运,母亲除了抗争,也只有祈祷"老天爷爷,主上帝,圣母玛利亚,南海观世音菩萨","把天上地下所有的灾难和病痛都降临到我的头上吧,只要我的孩子们平安无事"。①母亲的苦难已经无法诉诸哪一个神仙,而是希求于诸路神灵的眷顾,可见苦难之深重。这又是怎样的呼号,眼看着事与愿违地走向生命的反面,这又是怎样的刻骨铭心。

母亲不再哭泣,而是"把她的两只小脚变成了两个小镢头,抓着地,步步踏实,往前走"②。历经一次次的灾难、逃难、返乡,历经一次次的死亡和生死边缘,母亲已经成为生命力不灭的象征。"这十几年里,上官家的人,像韭菜一样,一茬茬地死,一茬茬地发,有生就有死,死容易,活难,越难越要活。越不怕死越要挣扎着活。我要看到我的后代儿孙浮上水来那一天,你们都要给我争气!"③这是苦难中的母亲的坚定信仰,是历尽劫难仍然活下去的精神支柱。也就不难理解,为了已经剩余不多的老小的活命——"当初上官家人多得像羊圈里的羊一样成群结队,现在,就剩下这么几个了。"④——宁愿冒着被惩罚和羞辱的危险,母亲是怎样把自己的胃改造成装粮食的口袋。盲女八姐上官玉女的感觉异常敏锐,她的细腻的感受反衬着母亲承受的巨大苦难。"在那些沉闷多雨的夏季的傍晚,她悲伤地谛听着母亲呕吐的声音。雷在天边隆隆滚动,风把树叶吹得哗啦啦响,闪电的气味焦香扑鼻,但所有的声音都压不住母亲呕吐的声音,所有的气味都不如母亲呕吐的气味浓烈。那些粮食落入水中的刷啦啦的声响,令她的心阵阵战栗。她盼望着这声音赶快结束,又企盼着这声音长久地持续。她厌恶母亲呕吐时那股胃液混合着血液的气味,又感激着这股难闻的气味。母亲用蒜臼子捣食,砰砰啪啪,好像捣着她的心。母亲把一碗散发着生冷的豆腥气的生面糊糊递给她时,热泪从她盲目中滚出,美丽的

---

① 莫言:《丰乳肥臀》,上海文艺出版社2012年版,第240页。
② 莫言:《丰乳肥臀》,上海文艺出版社2012年版,第267页。
③ 莫言:《丰乳肥臀》,上海文艺出版社2012年版,第342页。
④ 莫言:《丰乳肥臀》,上海文艺出版社2012年版,第419页。

大嘴痉挛着,每吃一勺面糊她就滚出一串泪珠。她心中凝聚着感激母亲的千言万语,却一个字也说不出来。"① 相对于粮食的珍贵,母爱则永远伟大,以至于"母亲的肚子成了口袋"。"只要一跪在木盆边,一低头,勿用再探吐,粮食便全倒出来了。鹦鹉韩胖了,八姐你皮下有了单薄的脂肪,母亲却瘦了,母亲的胃已经盛不住任何东西了。"② 除了忍受饥饿的生存挣扎,还有恶劣环境中的接二连三的生育、超出正常的体力劳动及其家庭夫权制下的精神冷漠和暴力压迫。莫言说:"我想困扰了我母亲一生的第一是生育,第二是饥饿,第三是病痛,当然,还有她们那个年龄的人都经历过的连绵的战争灾难和狂热的政治压迫。"③ 因为怀念自己的母亲,而创造出历史动荡和命运波折中的母亲形象,以此"献给天下母亲",以表达和寄托自己的复杂情感。就《丰乳肥臀》的基本意义,整体而言是一部生命苦难史,一部女性受难史。用母亲的话说,"不是我们怕死,而是死怕我们了"④。面对无尽的苦难,母亲表现出的不是软弱、逃避和解脱,而是无比坚定地活下去、不顾一切条件地活着。正像她的大姑姑所劝说的,"凡事往天上想,往海里想,最不济也往山上想"⑤。言外之意就是不能往地上想,更不能往地里想。否则,也就只能往死路上走了。这不仅仅是个体人生的生命体味,也是中华民族生生不息的精神力量。

三、救赎与以善抗恶意识

基于天然的众生平等意识,基于人生苦难的各种承受,面对历史环境的变迁和革命时代的动荡,母亲依然选择心目中的善,通过"以善抗恶"而超越人生苦难、走向自我救赎。

当日本人侵略而来的时候,母亲选择随遇而安;此后的多次逃难,母亲选择毅然返乡。母亲始终立身于自己的故乡,而生命体验的却是整个世界。母亲因为没有生养而被婆婆和丈夫辱骂,刚刚生完孩子即刻加入繁重劳动,又因为

---

① 莫言:《丰乳肥臀》,上海文艺出版社2012年版,第419页。
② 莫言:《丰乳肥臀》,上海文艺出版社2012年版,第586页。
③ 莫言:《用耳朵阅读》,作家出版社2012年版,第30页。
④ 莫言:《丰乳肥臀》,上海文艺出版社2012年版,第276页。
⑤ 莫言:《丰乳肥臀》,上海文艺出版社2012年版,第103页。

只生女儿而被鄙视挖苦,恍惚中打破一只碗便引来婆婆和丈夫的残酷虐打。母亲体会不到家庭的温暖,只有身体的受伤和内心的憔悴。自觉不久将离世的母亲,被教堂的钟声唤醒,冥冥之中接受神的指引。马洛亚牧师手捧《圣经》,诵读着《马太福音》的片段,使精神绝望的母亲找到灵魂皈依的契机。"母亲听到这里,泪水落满了胸襟。她扔掉拐棍,跪在了地上。仰望着悬挂在铁十字架上的干裂的枣木耶稣那木呆呆的脸,泣不成声地说:'主啊,我来晚了……'"①在马洛亚牧师的安慰及其提供的信仰支撑下,不堪重负的母亲开始超越苦难,走向宽恕和宽容,并以其"以善抗恶"的言行而成为动荡历史和苦难人生中的光亮。被通缉和逃亡中的司马库复仇心切。母亲说:"走吧,走吧,远走高飞吧,什么仇,什么怨,越报越深啊……"②冤冤相报何时了,也只有放弃仇恨,才能彻底消除仇恨。看到司马库的机关枪和子弹后,母亲呼喊的是:"你听我一句话,远走高飞,不要滥杀人!"③面对恶的力量,如果以恶抗恶,只能运用更大的恶,也必然产生更大的恶。母亲劝说司马库放弃报仇、不要滥杀。其实只有以善抗恶、以德报怨,才能真正终止恶的无限蔓延和怨的继续滋长。对于心目中的英雄人物,母亲是非分明;对于日常生活中受到的屈辱,母亲同样胸怀博大。那个打母亲耳光的庄稼看守房石仙,在落入冰冷池塘后,母亲不仅谴责围观者见死不救,而且第一个伸出援手。"母亲从卖竹笤帚的摊子上扯过一把笤帚,走到滑溜溜的池塘边,喊着:'房家大侄子,房家大侄子,你这是犯什么傻呢?快点,抓住笤帚,我把你拖上来。'……母亲脱下自己的大棉袄,披到房石仙身上。……母亲说:'大侄子,穿上鞋,往家跑,快跑,跑出汗来才行,要不你就死定了。'"④耶稣号召门徒要"爱你的仇敌",这才是真正意义上的博爱。母亲深知人性之恶,即便众人需要解恨,她却仍然选择以德报怨,不能不说具有耶稣精神的写照。

面对着各种苦难,母亲坚持着信念,正如母子对话中所说的:"金童,还是那句老话,越是苦,越要咬着牙活下去,马洛亚牧师说,厚厚一本《圣经》,

---

① 莫言:《丰乳肥臀》,上海文艺出版社2012年版,第579页。
② 莫言:《丰乳肥臀》,上海文艺出版社2012年版,第320页。
③ 莫言:《丰乳肥臀》,上海文艺出版社2012年版,第320页。
④ 莫言:《丰乳肥臀》,上海文艺出版社2012年版,第427页。

翻来覆去说的就是这个。你不要挂念我,娘是曲蟮命,有土就能活。"① 及至后来,即使眼睛哭瞎还是往前奔。母亲从走进教堂、听着讲经而超越苦难、彻悟人生,自觉弥留之际再次走进教堂、再次听着讲经,仿佛生命的轮回。老牧师声音嘶哑:"人们哪,你们要与人为善,哪怕他是你的仇敌……人们哪,你们勿贪口腹之欲……人们哪,你们要忍耐……人们哪,不可贪图钱财……人们哪,不可贪恋女色……人们哪你们要战战兢兢……"② 母亲双手扶膝,端坐闭眼,安然离世。满树的槐花散落,覆盖母亲全身,生命获得善终。当初走进教堂,聆听马洛亚牧师的传道,不仅自我得救,而且有了金童玉女;最后走进教堂,聆听名为马洛亚长子实为马洛亚化身的传道,不仅自我善终,而且为金童铺设出全新的生命之路。此时此刻,上官金童"好像看到了传说中的父亲",而且也听到让其一生最温暖的话语:"兄弟,我一直在等待着你!"③ 如何安顿好没有任何生存能力的金童的后续生活,显然是母亲离世之前最后的心事。如此安排,也就了无牵挂。不仅仅是伟大母爱的继续表达,也是对于自己一生的救赎与安慰。面对着一众儿女们及其自身所承受的苦难,母亲的生命历程及其醒目的以德报怨和以善抗恶的品质,不能不说与自身得着灵魂的信仰及其精神寄托有着密切关系。"母亲与墙上那个几乎赤裸着身体的名叫玛利亚的圣母有着一模一样的神情。庄严、忧愁、宁静,逆来顺受地、自觉自愿地奉献。"④ 这是作为"圣母"的母亲形象的最直观的表现。当然,以"善"为核心的人性追求也是华夏文化的伦理旨归,而在这里,则更有基督教文化的宗教信仰意义和精神特质。

从《红高粱家族》中就表现出的"阳刚之气"和"杀人如麻",到了《丰乳肥臀》这里,变成"阴盛阳衰""恋母恋乳"和"心理残疾"。作为祖先辈的司马大牙和上官斗,成立虎狼队,摆下粪尿阵,和德国人的恶战令人啼笑皆非,完全追求热闹式的游戏化人生。即便不是传统的英雄形象,也算践行着生命存在的真谛。到了如今的一代代,则是女人抡锤打铁、当家作主,而男人却

---

① 莫言:《丰乳肥臀》,上海文艺出版社2012年版,第395页。
② 莫言:《丰乳肥臀》,上海文艺出版社2012年版,第534页。
③ 莫言:《丰乳肥臀》,上海文艺出版社2012年版,第537页。
④ 莫言:《丰乳肥臀》,上海文艺出版社2012年版,第141页。

猥琐无能、孱弱不堪。母亲的九个孩子来自七个男人，固然不合伦理道德，却也恰恰构成对于伦理秩序的控诉。唯一的男性后代，非但不能成为顶天立地的英雄，反而连最基本的生存能力也不具备，甚至无法长大。母亲和儿子的生命历程，既有时代因素，也有人性特征，更有隐喻性质。

（选自拙作《莫言长篇小说研究》，山东大学出版社2019年版。收入本书时内容有所调整）

论《蛙》的未完成的"忏悔"

从 1985 年的中篇小说《爆炸》开始触及"计划生育",到 2009 年的长篇小说《蛙》,莫言的思考和写作经历了并不短暂的时期。虽然在《爆炸》中已经出现作为妇科医生及手术负责人的"姑姑",也出现了回乡动员妻子执行计划生育的当事者"我",但其主导精神仍然是一种"爆炸"式的感觉和情绪。这也是莫言在那个特殊的中国文学时段所表现的主要特色。其中,计划生育事件至多是展开叙事的一个虚化的背景。而在《蛙》中,计划生育事件已经走上前台,成为所要反映的对象本身;其主旨在于"写人",作为妇科医生的"姑姑"和返乡的"我"也已经成为所要表现的主体。

一

《蛙》以剧作家蝌蚪给日本作家杉谷义人通信的方式结构故事和人物,与写作内容相得益彰。小说所讲述的正是"计划生育"中的"中国故事",所表现的正是"计划生育"中的"中国人"。"中国故事"以其独特性不一定融入"世界",而"中国人"必将凭借普遍价值而融入"人类"。作品创造了当代中国文学中的独特的女性形象——姑姑,这是一个处于历史语境与伦理叙事裹挟中的悲剧式人物。本是接生过无数新生命的妇产科医生,而在当代中国计划生育国策的历史叙事中,姑姑的角色却成为不断限制甚至扼杀新生命的"计生主任"。相应地,姑姑也就从一个让人有口皆碑的"活菩萨"转换为令人毛骨悚然的"活阎王"。在姑姑眼里，违反计划生育者其实等同于罪犯，就必须要"抓捕归案"①。

在执行计划生育的过程中，姑姑为什么能够义无反顾、残酷无情甚至大义灭亲、不惜流血，哪怕面对一连串的生命死亡也毫不动摇，其实除了对于国家政策的深刻理解和坚决贯彻外，也可以从姑姑的革命出身、蒙冤受屈、血书明志、平反回归、感恩戴德、践行血书这样的生命历程中找到端倪。所以姑姑说："我告诉你们，姑姑尽管受过一些委屈，但一颗红心，永不变色。姑姑生是党的人，死是党的鬼。党指向哪里，我就冲向哪里！"② 这里，显然是对此前"血书"的再次重复和强调。而且，计划生育事件中的当事人也都体会到这一点。蝌蚪的妻子王仁美在被迫同意去做手术的时候，面对部队来配合工作的杨心主任，和姑姑发生了下面的对话：

"我哪里能跟姑姑相比？"王仁美说，"姑姑是共产党的忠实'走狗'，党指向哪里，她就咬向哪里……"

"别瞎说了！"

"我哪里瞎说了，"王仁美道，"这不是明摆着的事吗？党让姑姑爬刀山，姑姑就去爬刀山；党让姑姑去跳火海，姑姑就去跳火海……"

"好啦，好啦，"姑姑道，"别说我了，我做得还很不够，还得继续努力呢。"③

对于姑姑来说，如果做不到这一点，那么当年的"血书"也就成为一纸空话和谎言，也就很可能会再次发生革命出身受怀疑、蒙冤受屈被迫害的经历，这是姑姑内心深处最为恐惧的情形。所以连蝌蚪的父亲都无法理解姑姑所表现出来的职业行为——"责任心强到了这种程度，你说她还是个人吗？成了神了，成了魔啦！"④ 或许，只有自己成神成魔才能避免被神魔操控的命运，其实又何尝不是对神魔的恐惧。

---

① 莫言：《蛙》，上海文艺出版社 2012 年版，第 160 页。
② 莫言：《蛙》，上海文艺出版社 2012 年版，第 87 页。
③ 莫言：《蛙》，上海文艺出版社 2012 年版，第 133 页。
④ 莫言：《蛙》，上海文艺出版社 2012 年版，第 150 页。

总是神圣地迎接新生命也疯狂地限制并剥夺新生命的姑姑，在退休来临之际，本应期待着生活趋于平静，本应期待着安度晚年，却意外地发生新的精神危机。在宣布退休的夜晚，醉酒后的姑姑独自回家，偶然间陷入"蛙声一片"的包围中，切身体会到痛彻肺腑的恐惧与战栗。惊恐万分的姑姑，几乎赤身裸体地相遇制作"月光娃娃"的郝大手。冥冥之中，姑姑走向属于自己的救赎之路。

姑姑的人生的确复杂。一方面如其所总结的："五十年来，姑姑没吃过几顿热乎饭，没睡过几个囫囵觉，两手血，一头汗，半身屎，半身尿，你们以为当个乡村妇科医生容易吗？"① 另一方面也如其自觉意识到的："姑姑的手上沾着两种血，一种是芳香的，一种是腥臭的。"② 就是这同一双手，将数千名婴儿接到人间，也将数千名婴儿送进地狱。姑姑将自己沉浸在"有功"还是"有罪"的分辨中不能自拔。每当失眠的时候，姑姑就恐惧地认为"是报应的时辰到了"，"到了他们跟我算总账的时候了"。③ 每当失眠的时候，姑姑就回顾自己的一生："按说我这辈子也没做什么恶事……那些事儿……算不算恶事？"④ 到底算不算"恶事"，到底是不是"罪人"，成为姑姑能否继续活下去的心结。所以蝌蚪说："姑姑，那些事算不算'恶事'，现在还很难定论，即便是定论为'恶事'，也不能由您来承担责任。姑姑，您不要自责，不要内疚，您是功臣，不是罪人。"⑤ 虽然"她不做这事情，也有别人来做"⑥，但别人来做就可能是另外的情形了。人活着总要找到活下去的理由，姑姑遇到郝大手，也就找到活下去的方式。所以蝌蚪在信中希望杉谷义人能够理解自己的"愚昧"认知，尤其应该理解姑姑们的心理选择。"一个自认为犯有罪过的人，总要想办法宽慰自己，就像您熟知的鲁迅小说《祝福》中那个捐门槛的祥林嫂，清醒的人，不要点破她的虚妄，给她一点希望，让她能够解脱，让她夜里不做噩梦，让她能够像个无罪感的人一样活下去。"⑦

---

① 莫言：《蛙》，上海文艺出版社2012年版，第307页。
② 莫言：《蛙》，上海文艺出版社2012年版，第323页。
③ 莫言：《蛙》，上海文艺出版社2012年版，第338页。
④ 莫言：《蛙》，上海文艺出版社2012年版，第338页。
⑤ 莫言：《蛙》，上海文艺出版社2012年版，第338页。
⑥ 莫言：《蛙》，上海文艺出版社2012年版，第270页。
⑦ 莫言：《蛙》，上海文艺出版社2012年版，第271页。

研究者往往一般性地认为姑姑具有忏悔意识，并从忏悔意识的层面去理解姑姑焚香供奉泥娃娃的行为。但仔细追究，姑姑的心理和行为选择其实一直属于"有罪"还是"无罪"的范围。即便最终承认自己是一个"罪人"，也并不必然就同步具有或者导向忏悔意识。因为真正的忏悔"不是一个简单的认不认罪的问题"，"而是人的隐蔽的心理过程的充分展开"。① 从这个意义上来看，《蛙》并没有充分展开姑姑的隐蔽的心理过程，展示的仍然是一个认不认罪的问题。自始至终，姑姑并没有对自己所从事的计划生育工作本身产生什么理性的质疑，至多有某些情绪波动和牢骚气话，甚至无比坚信自己的工作对于中国发展乃至人类进步都具有正当性和重要意义。虽然导致意想不到的甚至不应有的非人道的负面结果，但姑姑对计划生育政策本身并没有什么任何反思性的心理，哪怕是在事后也没有。尤其对于自己在计划生育工作中所表现出来的非同寻常的意志，也基本归因于党的号召，归因于对党的忠诚，即便一般群众都感觉到她已经不是人而是神、妖、魔，甚至认为她是假公济私、公报私仇、嫉妒心理和不平衡心态，姑姑也丝毫没有对自己行为的内在动机有过任何的思考和反省。相反地，她一再强调的是自己彻底的唯物主义立场。"我不怕做恶人，总是要有人做恶人。我知道你们咒我死后下地狱！共产党人不信这个，彻底的唯物主义者是无所畏惧的！即便是真有地狱我也不怕！我不下地狱，谁下地狱！"② 既然如此，为什么退休后的姑姑开始畏惧"青蛙"，开始恐惧"地狱"？又为什么开始寻求并走向所谓的"唯心主义"？显然，姑姑的内在心理动机及其转换本来相当复杂，但是又特别遗憾地缺乏基本的表现和揭示。

二

姑姑的思维和行为其实一直停留在"血债要用血来还"的外在层面，看起来无比正当、大义凛然，实际上缺乏内省、南辕北辙，终究是模糊价值判断、寻求心理安慰。

在执行张拳妻子耿秀莲的工作中，因为耿秀莲之死而受到视察计划生育工

---

① 刘再复、林岗：《罪与文学》，中信出版社2011年版，"导言"第19页。
② 莫言：《蛙》，上海文艺出版社2012年版，第130页。

作的省领导的过问调查,姑姑的反应异常激烈:"我们出力、卖命,挨骂、挨打,皮开肉绽,头破血流,发生一点事故,领导不但不为我们撑腰,反而站在那些刁民泼妇一边!你们寒了我们的心!……张拳一棍打破了我的头,算不算犯法?我们跳到河里救她,我为她献血500cc,算不算仁至义尽?"① 在姑姑眼里,孕妇的死亡也就属于"一点事故",对方属于"刁民泼妇",而受害者却是自己。而且通过自己献血,已经"仁至义尽",已经还清血债。姑姑从来没有想到,对方却是鲜活的生命的消逝。在执行蝌蚪妻子王仁美的工作中,面对王仁美在手术中的死亡,姑姑说:"怪我责任心不强……我听候上级处理。"② 而公社书记则表示姑姑"没有错","这是个偶然事件,是你女儿的特殊体质决定的"③。那么谁又有错呢?难道是死者的错误导致自己成为死者?结果,姑姑被王仁美的母亲在悲痛欲绝的情况下用剪刀捅伤大腿。这时候,姑姑的反应是:"王家嫂子,我为你女儿抽了600cc,现在,你又捅了我一剪子,咱们血债用血还清了……我要感谢你呢,你这一剪刀,让我放下了包袱,坚定了信念。"④ 还是"血债要用血来还",但是二者完全不可相提并论,况且能抵偿一个鲜活生命的消逝吗?在执行陈鼻妻子王胆的工作中,面对王胆的死亡,姑姑若有所思,并且和小狮子一起救活婴儿陈眉。等到日后陈鼻讨要孩子并且指责"你们欠着我一条命"的时候,始终信奉姑姑的小狮子的回答也肯定符合姑姑的意思:"王胆那情况,根本就不应该怀孕,你只顾自己传宗接代,不管王胆的死活!王胆死在你的手里!"⑤ 甚至于姑姑直接定性陈鼻"你犯了遗弃人口罪",反倒使得陈鼻"认错,认罪"。⑥

我们并不否认姑姑们执行计划生育政策的正当性、合法性和牺牲精神及其表达的真实情形,我们也并不否认耿秀莲之死有先天性心脏病的因素、王仁美之死有特殊体质的原因、王胆之死更有身体缺陷的情况,但不容忽视的另一个事实是,她们都并非第一次生育。所以无论如何解释,三位孕妇的死亡都与姑姑的行为脱不了干系。那种无所顾忌的围追堵截和各方施压所带来的当事者的

---

① 莫言:《蛙》,上海文艺出版社2012年版,第122页。
② 莫言:《蛙》,上海文艺出版社2012年版,第141页。
③ 莫言:《蛙》,上海文艺出版社2012年版,第142页。
④ 莫言:《蛙》,上海文艺出版社2012年版,第142页。
⑤ 莫言:《蛙》,上海文艺出版社2012年版,第189页。
⑥ 莫言:《蛙》,上海文艺出版社2012年版,第190页。

胆战心惊和无处安身，至少也是危及生命的重要原因。但在姑姑那里，我们看不到任何层面的对于造成意外结果的良心发现，看不到任何程度的对于她们之死与己有关的表达，反而一再地强调对方自身的因素使然，更谈不上所谓内在灵魂的自我挣扎和潜在对话。假如姑姑没有遭遇"蛙声一片"的包围，没有痛彻"蛙声一片"的恐惧，那么也就不会产生所谓的"罪感"，也就不会寻找什么解脱。所以，姑姑创造、供奉泥娃娃的行为主要还是属于意识到自我"有罪"之后而进行"自我"赎罪的方式之一，而且这种方式也更多地表现为缓解恐惧的一种自我安慰，与所谓的"忏悔意识"还相去甚远。如果说姑姑通过割腕而实施的第一次自杀让人刻骨铭心，也让获救后的姑姑锤炼了此后的坚强意志的话，那么姑姑通过上吊而实施的第二次"自杀"，则明显属于象征性的"行为艺术"，不能不说正好与话剧舞台的表演性相类似。这既是真实的动作，又是虚假的心理；既表露自己的态度，又掩盖自己的内心；既得到他人认可的满足和安慰，又实现自我解脱的诉求和愿望。获救后的姑姑也就可以自然而然甚至心安理得地继续生活了，不仅不再需要任何形式的"忏悔"，甚至连"赎罪"也已经终结。

  我们毫不否认而且高度评价姑姑的绝对忠诚、为国奉献和自我牺牲，但也不能拔高乃至神化姑姑的精神境界和灵魂向度。其实，蝌蚪在写给杉谷义人的信中已经不自觉地流露出这一点："尽管我已经在某些方面尽量地'为长者讳'了，但还是将许多令她伤心的事情披露出来。"而且，"怕万一发表之后，会惹姑姑生气。"[①] 蝌蚪当面说姑姑不是"罪人"，是"好人"；说姑姑的手"不但是干净的，而且是神圣的"；说耿秀莲的死、王仁美的死、王胆的死……"都不能怨您！绝对不能。"[②] 但是在给杉谷义人的信中，蝌蚪又明确表示"姑姑制作泥娃娃的想法""不过是自我安慰"。因为"每个孩子都是唯一的，都是不可替代的"[③]。所以，所谓的"赎罪"不过是虚妄，而又绝对不能点破。而且蝌蚪进一步发出追问："沾到手上的血，是不是永远也洗不净呢？被罪感纠缠的灵魂，是不是永远也得不到解脱呢？"[④] 这已经不再是针对姑姑而言，而是

---

  ① 莫言：《蛙》，上海文艺出版社2012年版，第179页。
  ② 莫言：《蛙》，上海文艺出版社2012年版，第338—339页。
  ③ 莫言：《蛙》，上海文艺出版社2012年版，第281页。
  ④ 莫言：《蛙》，上海文艺出版社2012年版，第281—282页。

针对自己发难了。真正的"忏悔意识",是"对无罪之罪与共同犯罪的意识"。"它不是把罪归于'替罪羊',而是反思共同的人性弱点和共同责任。这也不是追究'谁是凶手',而是从良知上感受到自身是在一个人与人息息相关的社会里,一切苦难与悲剧都与我相互关联,在这种甚深的感知中领悟到灵魂的不安,听到灵魂的呼唤。"① 从这个意义上说,具有"忏悔意识"的反倒不是作为计划生育执行者的姑姑,而是作为计划生育受害者的剧作家蝌蚪,甚至还包括未出场的收信者和故事倾听者杉谷义人。

三

《蛙》通过剧作家蝌蚪给日本作家杉谷义人写信的方式讲述关于姑姑的故事,也同步把自己的故事带入其中,既可以充分圆融地作为姑姑故事的有机组成部分,也可以完全独立地构成不可替代的自我表达。相对于姑姑生存形态的外在行为主体表现,蝌蚪内在心路历程的自我揭示更为明显。

蝌蚪,也就是"我",是姑姑接生的第二个孩子,自始至终受到姑姑的无私关爱。"我"和王仁美的婚姻,姑姑竭力支持。在女儿出生之后,姑姑特别叮嘱"我"和妻子要更加严格地执行计划生育政策。在得知妻子计划外怀孕并被举报到所在部队后,"我"陷入无法选择的重重矛盾。

面对母亲的忧伤劝说,"我"也表示愿意接受:"但谁能保证就是个男孩呢?"当母亲说即便再生个女孩也是依靠的时候,"我"说:"部队有纪律,要是生了二胎,我就要被开除党籍,撤销职务,回家种地。我奋斗了这么多年才离开庄户地,为了多生一个孩子,把一切都抛弃,这值得吗?"② 母亲的回答是:"党籍、职务能比一个孩子珍贵?有人有世界,没有后人,即便你当的官再大,大到毛主席老大你老二,又有什么意思?"③

面对妻子王仁美的以死相威胁和不要党员、不当干部、回家种地的劝告,"我"说这不是个人的事,"涉及到我们单位的荣誉"④。

---

① 刘再复、林岗:《罪与文学》,中信出版社 2011 年版,"导言"第 19 页。
② 莫言:《蛙》,上海文艺出版社 2012 年版,第 113 页。
③ 莫言:《蛙》,上海文艺出版社 2012 年版,第 113—114 页。
④ 莫言:《蛙》,上海文艺出版社 2012 年版,第 115 页。

面对袁腮对"我"未来的儿子"金榜题名，光宗耀祖"的恭维之辞，"我"心里感到莫名其妙的欣慰。"是啊，假如真能生出这样一个儿子……"①

母亲、妻子乃至袁腮的态度，不能不对"我"产生影响。所以"我"沮丧地乞求姑姑网开一面："党籍我不要了，职务我也不要了……"没想到被姑姑断然拒绝："你太没出息了！""这不是你一个人的事！""难道你要给我们破例？"②

显而易见，蝌蚪的矛盾心态暴露无遗：想生又不敢生。"想生"当然是出于个人考虑，"不敢生"更是出于个人的后顾之忧和功名利禄的算计。

甚至随着王仁美和母亲的相继离世，本来打算转业的"我"，听说杨主任的赏识，听说可以提前晋职，随即又开始动摇。既承认自己是"名利之徒"，"有攀龙附凤的想法"③，也总是能找到借口自我原谅。"所以，当姑姑又来找我谈话时，我的态度就变了。所以，当姑姑提出要我与小狮子结婚，我虽然依然拿着王肝痴恋小狮子十几年说事，但心里的防堤，已经开始崩溃。"④ 又是在姑姑的撮合之下，蝌蚪和小狮子走到一起。在办理结婚登记手续的时候，"我"想到王仁美，但随即又想到："人生一世，许多事，都是命中注定的。逆水撑船不如顺水推舟……我已经害了一个女人，不能再害第二个了。"⑤ 其中包含着内疚，更包含着借口甚至冠冕堂皇的理由。无耻至极的是，"我"竟然还把小狮子和王仁美作比较。蝌蚪错了吗？似乎没有，并且自然而然，也是人性的共同特点。这里已经淋漓尽致地展示出蝌蚪的心理过程，也为其忏悔意识的发生准备了前提。

在"我"和小狮子去袁腮的牛蛙养殖场途中，遇到叫卖泥娃娃的王肝，不仅相逢泯恩仇，而且选中的泥娃娃竟然神似陈鼻和王胆的女儿陈眉。后来，被火灾毁容的陈眉恰恰成为他们的代孕者，其实在此已经埋下伏笔。当小狮子抚养的陈眉被陈鼻抱走之后，小狮子的母性大发，所以姑姑说："姑姑这辈子，已经定了局了，而你们的好日子，才刚刚开始，去吧，工作是次要的，先生个

---

① 莫言：《蛙》，上海文艺出版社2012年版，第118页。
② 莫言：《蛙》，上海文艺出版社2012年版，第120页。
③ 莫言：《蛙》，上海文艺出版社2012年版，第154页。
④ 莫言：《蛙》，上海文艺出版社2012年版，第154页。
⑤ 莫言：《蛙》，上海文艺出版社2012年版，第159页。

孩子出来，抱回来给我看……"① 姑姑仿佛也变了，而此时，所谓的计划生育形势也已经发生巨大变化——"有钱的罚着生"，"没钱的偷着生"，"当官的让'二奶'生"，"只有那些既无钱又胆小的公职人员不敢生"②。国家的计划生育政策，顺势异化为罚款的依据。"不孝有三，无后为大"的观念，不仅没有减弱，反而更加流行。袁鳃的公司名义上是所谓的牛蛙养殖场，实际上却是市场潜力无限的"代孕中心"。当生育的愿望彻底无法实现的时候，小狮子也把希望寄托在"代孕"上。"而这个替我孕子的毁容姑娘，不是别人，正是我的老同学陈鼻的女儿陈眉。她的子宫里，正在孕育着我的婴儿。"③ 这样的既成事实，一度让"我"无法接受，甚至产生沉重的犯罪感。连曾经追随姑姑严厉执行计划生育政策的小狮子，也完全转向另一方面："我这样做，完全是为你着想。你只有女儿，没有儿子。没有儿子，就是绝户。我没能为你生儿子，是我的遗憾。我为了弥补遗憾，找人为你代孕，为你生儿子，继承你的血统，延续你的家族。你不感激我，反而打我，你太让我伤心啦……"④ 毫无疑问，"我"担心的仍然是相继而来的现实困难（如何落户）、面子问题（如何见人）、伦理纠结（如何称呼陈鼻以及是否属于乱伦）和个人名誉（如何面对组织）等。而这一切，都随着李手的不容辩驳的解释得到逐步消解。"只要有钱，基本上没有办不成的事""你不要以为世界上的人都在关心你的事""你跟陈眉毫无血缘关系，乱的哪门子伦""组织没那么多闲心管你这事。你以为你是谁""人生最大的快乐，莫过于看到一个携带着自己基因的生命诞生，他的诞生，是你的生命的延续"。⑤ 及至经历后续的被辱骂、被追打、被误解之后，"我"在婴儿广告牌前"顿悟人生"，仿佛听到最神圣的召唤，仿佛受到庄严的灵魂洗礼，刹那间激发出对于生命的无限热爱。"我感到我过去的罪恶，终于得到了一次救赎的机会，无论是什么样的前因，无论是什么样的后果，我都要张开双臂，接住这个上天赐给我的赤子！"⑥ 而且，"哦"再也感觉不到丝毫的羞耻，并且开

---

① 莫言：《蛙》，上海文艺出版社2012年版，第191页。
② 莫言：《蛙》，上海文艺出版社2012年版，第228页。
③ 莫言：《蛙》，上海文艺出版社2012年版，第231页。
④ 莫言：《蛙》，上海文艺出版社2012年版，第248页。
⑤ 莫言：《蛙》，上海文艺出版社2012年版，第249—251页。
⑥ 莫言：《蛙》，上海文艺出版社2012年版，第265页。

始理解妻子类似着魔的行为。事到如今，蝌蚪的心理变化尽管已经相当复杂，但基本上还是生存在"罪与赎罪"的层面，需要的仍然是某种自我安慰。"我为了自己的所谓的前程，断送了王仁美的、也断送了她腹中孩子的生命。……我安慰自己，这个孩子其实就是那个孩子，他晚来了二十多年，但毕竟是来了。"① 其实，任何形式的自我安慰都无法达成救赎的目标。"自我"救赎的实现，还需要外来"他者"的介入，这个"他者"形象就是通信者杉谷义人。

我们不管蝌蚪是不是对应着莫言本人，也不管杉谷义人是不是对应着大江健三郎，尽管在现实层面确实有着诸多相似性，我们关心的是，作为事件的缺席者杉谷义人对于事件的当事者蝌蚪到底产生了怎样的生命影响。作为侵华日军的后人，其实也是战争的受害者，却以一己之力代表过世的父亲向"我们"谢罪，使"我们"深受感动。"您父亲驻守平度城时，您才是一个四五岁的孩子，您父亲在平度城犯下的罪行，没有理由让您承担，但是您承担了，您勇敢地把父辈的罪恶扛在自己的肩上，并愿意以自己的努力来赎父辈的罪，您的这种担当精神虽然让我们感到心疼，但我们知道这种精神非常可贵，当今这个世界最欠缺的就是这种精神……"② 这种精神是什么，就是"忏悔精神"，是对于"无罪之罪"的自觉确认和自我承担。显然，如果没有杉谷义人的替父赎罪精神，也就激发不出蝌蚪的内在"忏悔"意识，也就依然停留在内心愧疚与自我安慰的层面，因为自身也是计划生育政策的受害者。但是杉谷义人提醒我们，受害者也同样可能有罪，更不用说受害者有时候同时还是迫害者。蝌蚪就是如此。"王仁美和她腹中的孩子——当然也是我的孩子——之死，尽管我可以用种种理由为自己开脱，尽管我可以把责任推给姑姑、推给部队、推给袁腮，甚至推给王仁美自己——几十年来我也一直是这样做的——但现在，我却比任何时候都明白地意识到，我是唯一的罪魁祸首。是我为了那所谓的'前途'，把王仁美娘儿俩送进了地狱。我把陈眉所生的孩子想象为那个夭折婴儿的投胎转世，不过是自我安慰。"③ "忏悔"不再是去寻找"替罪羊"，而是领悟到灵魂的不安，接受内心的呼声，自觉彻底地归咎于"自我"；"忏悔"并不必然地导向救赎，所谓的"自我安慰"在某种程度上也是一种"自我欺骗"。

---

① 莫言：《蛙》，上海文艺出版社2012年版，第268页。
② 莫言：《蛙》，上海文艺出版社2012年版，第77页。
③ 莫言：《蛙》，上海文艺出版社2012年版，第281页。

四

作为一名剧作家,蝌蚪期望通过写作的方式而实现救赎。"但剧本完成后,心中的罪感非但没有减弱,反而变得更加沉重。"① 为什么"更加沉重"?因为自己参与其中的新的"罪恶"已经再度发生。如果说计划生育事件中的"罪恶"还是"无罪之罪"的话,那么"代孕"事件中的"罪恶"已经是"共同犯罪"了。围绕着"代孕"而发生的对陈鼻父女尤其是陈眉的"共同犯罪"中,"忏悔"又在哪里呢?

九幕话剧《蛙》既是姑姑故事的有机组成和自然延伸,更是集中展示人性"共同犯罪"的舞台。为了彻底消除代孕者陈眉与新生儿之间的情感纽带,"我们"合谋并精心制造孩子一出生就死亡的假象,不仅抢走孩子,而且顺便扣掉应有的劳务费。殊不知,本来打算代孕结束、偿还父债后就自杀的陈眉,却因为与胎儿的情感而重新燃起生的希望。于是就有了陈眉的不断登场和不停地呼唤,却被定性为精神病患者而陷入无边的苦难。就是这样的"惊天大案",在现代社会体系中也得不到任何的渠道平反,甚至发展到"伪造现场"和"杀人灭口"的边缘。本来属于出淤泥而不染的善良女子,却陷入人性之恶的无底深渊。"第六幕"的"金娃满月盛宴",众人煞有介事地表演,假戏真做,而完全无视受害者的痛苦挣扎。满月喜宴变成真相的曝光,变成一场建立在罪恶基础上的虚伪的盛宴。苦难深重的、靠着堂吉诃德式的假想生活麻醉自己才能活下去的陈鼻,深刻地反思自己对不起每一个家人。"爹害了你们,爹是罪人,爹是废人,爹是一半死了一半活着的死活人……"② 他自认为"不是一个好人",是"老天报应我"③。但是对于女儿陈眉的不幸命运,他却发出震撼人心的追问:"女儿为你代孕(怒指蝌蚪),赚钱为我偿还住院费,可是你们,你们这些老同学,你们这些伯伯、叔叔,你们这些剧作家,你们这些大老板,竟然编造谎言,说她的孩子生下来就死了。你们赖掉了她四万元代孕费……头上三尺有青天啊!老天爷,您怎么就不睁开眼睛看看呢?看看这些横行霸道的坏人……

---

① 莫言:《蛙》,上海文艺出版社 2012 年版,第 281 页。
② 莫言:《蛙》,上海文艺出版社 2012 年版,第 314 页。
③ 莫言:《蛙》,上海文艺出版社 2012 年版,第 325 页。

电视台的同志,你拍啊,把这些都拍下来,拍我,拍她,拍他们,向全体人民曝曝光……"① 这是喜庆背后的人性之恶,与袁鳃的说法正好形成相反的对照:"咱们都是品德高尚的正派人,怎么能干那种丑事呢?"② 平心而论,这些人也的确不是"横行霸道的坏人",但人人都是"罪人",包括姑姑和小狮子,更包括蝌蚪。

"许多当年做梦也梦不到的事物出现了,许多当年严肃得掉脑袋的事情变成了笑谈。"③ 历史已经变迁,然而苦难如影随形。陈眉从诞生时的悲惨弃儿到青春年华时的悲苦命运,人生之艰难、悲凉与辛酸,无疑也是历史掩盖的永恒侧面。怀抱孩子的陈眉被追赶着而进入民国戏的拍摄现场,她把最后的希望寄托于老百姓心目中的清官判案。殊不知,剧组走的是市场路线,导演和演员已经不是古代的包青天,只要赞助金钱,一切都是糊涂案件。剧中的"高梦九",依然是"昏官"。这一幕,类似于前面的"金娃满月盛宴",文中文,戏中戏,众人假戏真做,继续作恶。传统的道德,人性的罪恶,最终都抵不过流通的金钱。电视戏剧片的拍摄转换成现实生活的舞台,人人都是演员,人人都是"罪人"。与此前如出一辙,蝌蚪同样参与其中。

当姑姑刹那间意识到"演戏归演戏,现实归现实……我们亏对了陈眉"的时候,蝌蚪的意识竟然回归到姑姑当初的表现:"姑姑,您千万不要为这事内疚。我们已经做到了仁至义尽。给了她双倍的补偿,还送她进医院治疗,包括陈鼻,我们也没亏待他。"④ 又是那么熟悉的"仁至义尽",姑姑那里的"血债要用血来还",到蝌蚪这里,转换成万能的金钱。九幕话剧的最后,又是一个所谓的"大团圆",所谓的"母子"终于相安,所谓的"乳汁"犹如喷泉。殊不知,这样的团圆却又掩盖了多么可怕的悲惨。一切的大团圆,无不伴随着受害者的无言,受害者的声音再也不会出现。"蝌蚪口口声声地说要忏悔、要赎罪,却又一而再、再而三地以自我为中心进行辩解,进行开脱。为了要由陈眉代孕所生的孩子,他从生物学、法律、伦理等方面为自己寻找借口,并站在道

---

① 莫言:《蛙》,上海文艺出版社2012年版,第326页。
② 莫言:《蛙》,上海文艺出版社2012年版,第321页。
③ 莫言:《蛙》,上海文艺出版社2012年版,第242页。
④ 莫言:《蛙》,上海文艺出版社2012年版,第337页。

德的制高点上指责别人无理。"① 不知蝌蚪是否想过,如果没有"我们"的"共同犯罪"在先,陈眉的病又从何而来,又谈何"送她进医院治疗"?《蛙》提供"忏悔"的契机,又把"忏悔"推向远方,终究属于未完成的"忏悔",而"罪恶"的再生乃至循环则预示着"忏悔"的任重而道远。

在众多的关于《蛙》的研究中,倒是莫言女儿管笑笑的文章非常明确地指出这一点:"实际行动上的无所作为,文字意义上的虚伪忏悔,蝌蚪的赎罪可谓苍白乏力。但罪孽不曾因为我们刻意的淡忘和漠视而消失,它悖论般地因赎罪衍生出新的黑暗幽灵。"② 从蝌蚪的角度来说,《蛙》的叙述比较充分地呈现出其曲折的心理过程,也深刻揭示出其隐秘的灵魂状态,在计划生育事件中发生的"无罪之罪"的层面上具有"忏悔"精神;但在后续的代孕事件中发生的"共同犯罪"的层面上,又显示出"罪恶"的再生和"忏悔"的未完成性。真正的"忏悔"与彻底的"救赎",还是漫长的人性革命。

(本文为2019年4月3—7日参加在日本鹿儿岛和东京举行的"东西多元文化与文学国际学术研讨会"的会议论文)

---

① 张学军:《反复叙事中的灵魂审判——论莫言的〈蛙〉的结构艺术》,张学军:《文学本体的阐释与批评》,山东大学出版社2018年版,第264页。
② 管笑笑:《发展的悲剧和未完成的救赎——论莫言〈蛙〉》,杨守森、贺立华主编:《莫言研究三十年》(下),山东大学出版社2013年版,第282页。

"诺奖"之后的莫言研究述评

从1981年正式登上文坛,从1985年引起学界关注,莫言创作及其研究已经走过三十多年,自始至终伴随着文艺新时期以来的发展历史。如果说获得诺贝尔文学奖之前的莫言研究与其创作同步进行,并且主要围绕其文本的"审美性""民间性""历史性""家族性"等维度而展开①,那么在2012年获得诺贝尔文学奖之后,尽管莫言的创作呈现出"间歇期",但对其文学世界的研究反而有增无减,再度形成热潮。究其原因,除了不可否认的"诺奖效应",其实更有鲜明的问题意识。相对于此前的研究指向,这一阶段的研究重点有所不同,主要集中在"莫言与诺贝尔文学奖""世界文学话语中的莫言""莫言与中国叙事传统""莫言作品整体观及其再解读"等四个方面。

一、莫言与诺贝尔文学奖

作为首位获得诺贝尔文学奖的中国籍作家,莫言获奖的原因考察成为研究热点。不但其作品英译本及其主要英译者葛浩文受到特别关注,中国文学如何"走出去"以及"翻译"在这一过程中扮演的角色等问题也被广泛讨论;在"莫言热"的同时,海内外学界也有批判和质疑的声音。

莫言获得诺贝尔文学奖,迅速成为社会各界尤其文学界的焦点。如何理性

---

① 丛新强、孙书文:《莫言研究三十年述评》,《东岳论丛》2013年第6期。

地看待这一事件，进而反思"诺奖"与中国的渊源关系，在"诺贝尔文学奖与中国：从鲁迅到莫言"研讨会上，多学科学者呈现了不同观点的论争。比如，孙郁提出莫言与鲁迅是一个有意味的研究课题；马海良提出从鲁迅的"立人"到莫言的"活人"；刘洪涛提出莫言小说与中国乡土文学的两个传统；张志忠提出从鲁迅到莫言的乡村表述；赵白生梳理了诺奖评委的中国情结；车槿山考察了从法国到中国的诺奖尴尬；蒋原伦阐述了诺奖的权威性与合法性；王坤宇分析了莫言获奖的内在动因与时代因素[①]。在缓解中国百年文学"诺奖情结"的同时，尤其引发了学界对莫言获奖原因的思考。温儒敏指出，"题材独特、文化体察、想象力、讲故事且讲法奇诡新异、评审圈所熟悉、地缘、修补关系"等七个方面与莫言获奖有密切联系[②]。庄森认为，莫言获奖的重要原因是其小说中蕴含"自由思想"这一理念，表现在写作的自由立场、个性张扬的人物形象、超越意识形态的具有批判精神的历史观和道德观[③]。李钧提出，莫言小说的新历史主义主题、扎根于民族传统和民间社会的创作方法、艺术的独创性和思想的深刻性是莫言斩获诺奖的深层原因[④]；赵奎英提出，"莫言之所以获得诺贝尔文学奖，他那不同凡响的语言风格也是一个重要因素"[⑤]；陈晓明则专门阐述"莫言获奖的中国意义"，认为莫言的创作具有很强的介入性和超越性，体现深刻而独特的世界观，以及不懈的创新精神和旺盛的创作力。莫言获奖提升了中国文学的信心，标志着中国当代文学进入成熟阶段[⑥]。各方的不同反应，对于中国当代文学的创作和批评本身具有启发性的参照价值，对于认识中国文学的世界地位以及"中国形象"塑造和文化软实力建设也具有重要的借鉴意义。

---

① 高旭东等：《诺贝尔文学奖与中国：从鲁迅到莫言》，《山东社会科学》2013年第2期。

② 温儒敏：《莫言历史叙事的"野史化"与"重口味"——兼说莫言获诺奖的七大原因》，《中国现代文学研究丛刊》2013年第4期。

③ 庄森：《莫言小说的自由思想》，《当代作家评论》2013年第2期。

④ 李钧：《新历史主义的立场和"作为老百姓的写作"——莫言荣获诺贝尔文学奖的深层原因探析》，《山东师范大学学报》2013年第2期。

⑤ 赵奎英：《规范偏离与莫言小说语言风格的生成》，《山东师范大学学报》2013年第6期。

⑥ 陈晓明、唐韵：《莫言获诺贝尔文学奖的中国意义》，《解放军艺术学院学报》2013年第2期。

莫言作品的成功英译对赢得诺奖发挥了不可忽视的作用,在思考"莫言获奖原因"的过程中,翻译问题成为各方关注的焦点。"从莫言获诺奖看中国文学如何走出去——作家、译家和评论家三家谈"的学术峰会,集中讨论了莫言作品的成功之处、中国文学的外译、翻译之于莫言的意义等问题。谢天振分析了莫言外译成功的因素,指出"接受环境"的重要性,并进一步强调"关注到文化的跨国、跨民族、跨语言的传播方式、途径、接受心态等翻译行为以外的种种因素"①。《红高粱家族》的翻译以及莫言作品主要英译者葛浩文,尤其受到关注。有的研究者充分肯定葛浩文的翻译变通,认为以忠实为准则的灵活变通在传达原文"形"与"神"的同时,也有利于目标语读者的理解,"是'忠实'与'背叛'的完美结合"②。有的研究者则从葛浩文英译本《红高粱家族》出发,探讨方言翻译中存在的失准和不充分现象,认为特色方言词汇和句法在英译之后没有体现原著中所传达的高密文化特点或文化氛围③。还有的研究者则认为葛浩文英译策略是"以读者为中心",最大特点是删节和改写④。此外,对葛浩文的关注还表现在翻译风格层面。邵璐从《生死疲劳》英译本出发探究译者的文体风格,指出采取对文化负载词进行删减与"字面忠实"的方法,以此降低目标文本在目标语言文化中的受阻性,同时凸显中国文化和语言特质,传达异域风情⑤。史国强以英译本《丰乳肥臀》为例说明葛浩文的翻译紧扣原文,其高超的翻译技巧并没有稀释原文的文化、修辞、词法等信息,采取了有取有舍、"隐"与"不隐"的态度⑥。还有的研究者则通过对莫言小说英译本中的语言形式、强调斜体词等内容来考察,指出"葛氏所译莫言小说英译本均

---

① 张毅、綦亮:《从莫言获诺奖看中国文学如何走出去——作家、译家和评论家三家谈》,《当代外语研究》2013年第7期。
② 王淑玲:《从文学翻译变通的角度看葛浩文〈红高粱家族〉的英译》,《西安外国语大学学报》2013年第4期。
③ 何丽、王筱依:《〈红高粱家族〉方言翻译的语言学分析》,《东北师大学报》2014年第6期。
④ 蒋骁华:《〈红高粱家族〉葛浩文英译特点研究》,《外语与翻译》2015年第2期。
⑤ 邵璐:《莫言英译者葛浩文翻译中的"忠实"与"伪忠实"》,《中国翻译》2013年第3期。
⑥ 史国强:《葛浩文的"隐"与"不隐":读英译〈丰乳肥臀〉》,《当代作家评论》2013年第1期。

具有明显的美国英语原创文本特征"①。

延伸开来，中国文学如何"走出去"以及"翻译"的角色问题也被广泛讨论。如有研究者从莫言获得"诺奖"中寻找中国文学作品翻译的启示，进而寻找中国文学走出去的途径，认为文学作品的成功翻译是作者、译者、出版社等"赞助人"之间合作的产物，应重视出版社、"作协"等具有"赞助人"色彩的机构等因素对文学的影响，并进一步强调译者的发掘和培养的重要性②。无疑，在中国当代文学的海外传播历程中，"翻译"日益重要。这一问题，表面属于技术处理层面，实则关涉人文话语内涵，尤其对于全球化语境中的文化自信而言意义重大。

在"诺奖"之后的"莫言热"中，学界同样也有批判和质疑的声音。李建军认为莫言作品"缺乏基本的伦理精神，缺乏照亮人心的思想光芒，缺乏诺贝尔在他的遗嘱中所说的'理想倾向'"，获奖很大程度上是评委根据"象征性文本"误读的结果③。德国学者顾彬更是批评莫言"无思想""无个性"，他接受采访时说："在中国有许多更好的作家，他们不那么著名，是因为他们没有被翻译成英文，也没有葛浩文这样一位杰出的美国翻译家。""莫言的最主要问题是他没有思想。""他描写了他自己痛苦经历过的50年代及其他，并采用宏伟壮丽的画面。但我本人觉得这无聊之至。"④ 其实，这样的批评也表现出全球化语境下的"差异"和"对话"。

在莫言与诺奖的复杂关系中，不管是肯定性还是质疑甚至否定，都不能忽略一个"讲故事的人"所讲的故事。在其被称为诺贝尔讲演的《讲故事的人》中，莫言展示了成长经历、文学创作及制度与个人的种种问题。在陈思和看来，讲演中的系列故事内含着三个主题：第一部分的主题是母亲，揭示出作家人格是在母亲给以的向上（向善）的血缘力量与现实影响中向下堕落的人性力量的持久较量之中成就的；第二部分表现了莫言创作所代表的理想倾向，乃是

---

① 侯羽、刘泽权、刘鼎甲：《基于语料库的葛浩文译者风格分析——以莫言小说英译本为例》，《外语与外语教学》2014年第2期。

② 丁旭辉、袁洪庚：《"谋杀"抑或"重生"：莫言获诺贝尔文学奖对中国文学作品翻译的启示》，《西南民族大学学报》2013年第8期。

③ 李建军：《直议莫言与诺奖》，《文学自由谈》2013年第1期。

④ 晚钟：《莫言获诺奖是场误会》，《争鸣》（香港）2012年第35期。

有异于诺贝尔文学"正统"的来自生命本源和民间大地的理想，它延续了左拉、拉伯雷、马尔克斯等一系列优秀作家的传统，亦为中国作家的生存智慧和岗位意识所决定；第三部分的三个故事分别代表了人如何求真、求善、求美，体现了莫言对于个人与集体、个人的价值和宗教的思考，是一种自我"故事"与道德担当的结合。莫言的演讲没有发表宣言式的理论主张，没有阐述对世界的看法，没有直接回应海内外的舆论，一切均在故事中。① 陈思和认为，莫言是一个讲故事的人，他因为讲故事获得诺贝尔文学奖。时至今日，莫言研究的关键与核心仍然在于看他讲述了怎样的故事，又是怎样去讲述的。

二、世界文学话语中的莫言

获得诺贝尔文学奖之后，莫言创作的世界性因素受到研究者的格外重视。与此同步，世界文学话语中的莫言研究更加醒目，尤其表现在与马尔克斯、福克纳以及村上春树、川端康成等作家的比较研究热度上升。

对于莫言小说所包含的世界性因素，有研究者指出，莫言对红色与血腥、酷刑与死亡等残酷体验、矛盾人生的描写以及强烈的民间"审丑"式写作思维，体现了具有世界性的"恶魔性因素"；而莫言"杂语喧嚣的语言特质，多声部交响的文本结构，信手拈来的中式狂欢意象，融会于文本肌质之内的狂欢化思维方式和消解权威的狂欢文化品格，都展露出蕴含在他那丰富驳杂的叙事艺术中的狂欢情结"，与巴赫金的"狂欢化"在表现形式和精神气质上都有共通之处②。也有研究者认为，莫言的小说在民族化叙事中包含着世界意识的表达，其传奇志怪的写法中融合了西方的"魔幻现实主义"，大胆奇谲的想象中包含着"荒诞主义"，瑰丽隐晦的意象与西方的"象征主义"也有同工之处，其创作是"西方现代写作技巧的中国化实践"③。还有的研究者试图辨析"莫言的世界和世界的莫言"，认为西方非理性主义思潮、"文本"和"文学性"转

---

① 陈思和:《在讲故事背后——莫言〈讲故事的人〉读解》，《学术月刊》2013年第1期。

② 张若琳:《莫言小说中的"世界性因素"——以"恶魔性"与"狂欢化"为中心的讨论》，宁夏大学，硕士学位论文，2014年。

③ 张裕:《莫言小说民族化叙事中的世界性意识表达》，湖南科技大学，硕士学位论文，2016年。

向以及对结构艺术的现代追求都对莫言的创作产生了影响，并且彰显了独特的中国式写作经验①。延伸开来，全球化及其对话语境下的"中国文学"，本身就是"世界文学"。"文化自信"的本质特征即在于与"自我"和"他者"的"对话"，莫言及其文学世界的意义也在这里。其实从《红高粱家族》开始，已经奠定了莫言同时面向"自我"和"他者"的"对话性"特征。其创作品质，正是在"先锋"中"逃离"，在"寻根"中"扎根"。

莫言与世界作家的关系主要集中在与马尔克斯、福克纳以及村上春树、川端康成等创作风格方面的比较研究。众所周知，莫言创作中的女性形象尤为突出，所以有的研究者便对马尔克斯与莫言作品中的女性形象进行系统的比较。首先，莫言与马尔克斯创作手法中的"魔幻现实主义"及其积极的女性观使得他们笔下的女性形象具有可比性；其次，以《百年孤独》《丰乳肥臀》等作品为例，通过其中的"魔幻女性""母性形象""叛逆女性"的比较，揭示出塑造女性形象的相似性；最后，着眼于女性形象背后的"文化意蕴"及其对于"女性崇拜"以及"根性缺失"的阐释，可以认为"两位作家以女性为依托，为男性树立了榜样"。②对莫言与马尔克斯的"魔幻小说"，有研究者在探源魔幻写作思想的基础上，系统比较他们的魔幻小说的"多维主题""多重意象""多元叙事"和"历史性关照"③。还有的研究者选取《生死疲劳》和《百年孤独》进行比较分析，探讨莫言在叙事模式、土著观念运用以及写实性方面对魔幻现实主义的接受与发展④。

除了马尔克斯，莫言和福克纳的对比研究也得到突显。有的研究者从伦理学角度探讨莫言与福克纳小说故土情结的成因及表现，认为莫言的"高密东北乡"和福克纳的"约克纳帕塔法县"都融入了作家对故乡的特殊情结，"但他们的故土情结已经远远超越了故土藩篱，指向整个人类社会"⑤。也有的研究

---

① 何媛媛：《莫言的世界和世界的莫言——世界文学语境下的莫言研究》，苏州大学，博士学位论文，2013年。
② 于晓华：《莫言与马尔克斯作品中的女性形象比较研究》，山东师范大学，硕士学位论文，2014年。
③ 朱晓琳：《马尔克斯与莫言的魔幻小说比较研究》，扬州大学，硕士论文，2014年。
④ 刘一静、李汶柳：《以〈生死疲劳〉为例谈莫言对马尔克斯的接受与发展》，《名作欣赏》2013年第3期。
⑤ 刘向辉：《莫言与福克纳小说的伦理学对比》，《江西社会科学》2014年第6期。

者立足故乡题材进行对比研究,从"历史叙述""地理特征""文化特征"等方面分析福克纳和莫言的"故乡神话",认为:"无论是'约克纳帕塔法世系'还是'高密东北乡'都是特定历史时期、特定地域、特定文化内涵的社会缩影。"① 有的研究者则着重于福克纳与莫言作品中的悲剧女性形象比较,他们笔下的悲剧女性都是没有自我意识、自我身份、自我话语的男权社会的牺牲品,但在悲剧成因、悲惨程度等方面又存在差异。根源在于两位作家的女性观不同,福克纳的女性观充满矛盾性,而莫言的女性观则更为积极②。还有的研究者将研究重心放在福克纳对莫言的影响以及莫言对福克纳的接受和创新方面,在"文学地理""寓言故事的叙事方式"等层面,福克纳对莫言具有很大影响;而莫言则吸取福克纳的人本质的探索,并在"人与人之间的伦理关系"方面发展福克纳的观点,提出"把坏人当好人写,把好人当坏人写,把自己当罪人写"的理念。③

除了被莫言称为"两座灼热的高炉"的马尔克斯和福克纳,同为亚洲作家且同样获得"诺奖"的川端康成以及多次被"诺奖"提名的村上春树开始进入研究者的视野。有的研究者以莫言与川端康成小说中的女性形象为对象,比较二者不同的美、性爱、命运、死亡及其审美成因。相对而言,川端康成认为女性是美的象征,女性和男性具有平等的人格地位。而在莫言笔下,"女性身上美好的品质和独特的个性都是建立在一种符合中国传统男性价值标准的基础上,女性自身的反抗、叛逆乃至服从,都是在她生活圈中社会普遍认同的男性道德价值观的范围内。女性的才华和独特之处也只是对男性的一种衬托"④。还有的研究者比较考察川端康成与莫言的文学风格,前者是日本新感觉派代表作家,继承了日本文学传统,追求和式物哀之美,具有唯美主义倾向和特点;后者是中国先锋派作家代表,反映时代历史进程,充满狂放不羁的想象力和强

---

① 盛平娟:《莫言与福克纳笔下故乡神话比较》,湖南师范大学,硕士学位论文,2014年。

② 杜翠琴:《福克纳与莫言作品中的悲剧女性形象比较研究》,《西北师大学报》2016年第5期。

③ 胡铁生、夏文静:《福克纳对莫言的影响与莫言的自主创新》,《求是学刊》2014年第1期。

④ 段鲜维:《川端康成和莫言小说中的女性形象比较研究》,陕西师范大学,硕士学位论文,2015年。

烈的现实冲击力,感知之敏锐与形象之怪诞独树一帜。前者充分调动自然,后者充分利用民俗①。莫言和川端康成的文学风格虽然各异,但他们的创作都是立足于民族文学传统。

在村上春树与莫言的比较研究方面,黑古一夫以"介入"为中心解读村上春树《1Q84》与莫言《蛙》的差异②。他指出,村上春树虽然尝试从"超然"到"介入"的转换,但是他的"介入"被狭隘化为"人与人的联系","社会参与""政治参与"等重要部分被忽视,而莫言的"介入"则很好地包括了文学与政治两个层面,因此莫言的《蛙》更具有现实和批判性,这也成为莫言获得成功的原因之一。还有的学者分别以莫言的成名作《透明的红萝卜》和村上春树的成名作《且听风吟》为例比较二者的小说风格,前者以讲述故事为特色,后者以语言革命为追求。对蒲松龄志怪小说的发掘和"以译养文"的持之以恒,分别是莫言和村上完善自己的重要手段③。相对而言,林少华则更加注重二者的相似性研究。他认为,虽然莫言与村上春树在题材和文体等方面都存在差异,但二者在文学创作中的"善恶中间地带"、采取的民间视角与边缘人立场以及魔幻现实主义色彩等方面具有相通之处④;他指出,莫言与村上春树都可以称得上是"文体家",二者的比喻修辞在"陌生化、幽默、通感和诗化倾向"等方面具有很大的相似性⑤。

相对于国内的莫言研究热潮,莫言作品的海外接受研究日益显著,尤其在获得"诺奖"之后更为明显。其实自1986年以来,日本学界就开始关注莫言。"诺奖"获得者大江健三郎曾在多种场合高度评价莫言,认为他是中国最有实力的"诺奖"候选人。莫言各个时期作品的译者井口晃、藤井省三、吉田富夫等,也有不同的评价。另外,作为与日本当代著名作家村上春树同为"诺奖"

---

① 李红:《川端康成与莫言文学的比较研究——以其民族性与世界性为中心视域》,《河南师范大学学报》2013年第4期。
② 黑古一夫:《何为文学表现中的"介入"——村上春树〈1Q84〉与莫言〈蛙〉的区别》,《东北亚外语研究》2014年第3期。
③ 尚一鸥:《〈透明的红萝卜〉与〈且听风吟〉的文学起点——莫言与村上春树的小说艺术比较研究》,《学术研究》2015年第3期。
④ 林少华:《莫言与村上:似与不似之间》,《中国比较文学》2014年第1期。
⑤ 林少华:《莫言与村上春树的文体特征——以比喻修辞为中心》,《东北亚外语研究》2014年第3期。

候选人并最终获此殊荣的中国作家莫言,在获奖后自然引起日本媒体和大众的广泛关注。有的研究者从学界、媒介以及大众层面考察莫言在日本的接受和反应,认为莫言在日本经历了最初的否定和批判,到以魔幻现实主义作家、中国农民作家的形象植根日本民众心目,最终成为受大众欢迎的独具中国魅力的作家这样一个曲折过程。日本各界的评价与接受状况,比较有代表性地反映了日本对以莫言为代表的中国当代文学的认知。① 按照宁明的研究,欧美学界从1989年起就开始关注莫言。综合分析莫言作品在海外的销售情况和读者评论可以看出其海外接受状况:读者对莫言在叙事方面的不断求变普遍持肯定态度;莫言作品描写的中国普通家庭的命运动荡、人生际遇,尤其蕴藏的中国历史、文化让海外读者耳目一新,为他们了解中国打开一扇窗;其中的魔幻现实主义风格、细节描写以及营造出的强烈的色彩和画面感对海外读者极富吸引力。而令他们无法接受的方面有:作品中过多的暴力、丑陋场景让西方读者无法接受,甚至无法完成阅读;故事内容甚至人物形象、人物姓名等背后隐含的社会政治、文化要素等,让西方读者造成误读,以至于放弃阅读;对中国小说中常用的重复、意象等不能理解,最终也放弃对作品进一步探索的可能。② 显然,当代中国文学的海外传播,从莫言获得诺贝尔文学奖的事件中可以得到诸多启示。

三、莫言与中国叙事传统

在与世界文学的关系被深入讨论的同时,莫言与中国叙事传统的关系进一步引发学术界的重视。与此相关,莫言与蒲松龄及其对《聊斋志异》的继承、与鲁迅精神及其转换以及与其他本土作家的比较研究日益受到关注。

莫言的创作吸收了东西方的文学精神,而提供其丰富文化资源的最终是中国悠久的叙事传统,也最终决定其基本的艺术思维方式、选材特征、叙述方式和语义结构,甚至于整体的审美风格。季红真分析了莫言小说与中国叙事的密切关系,认为"莫言继承了神话思维开启的艺术想象的一脉传统,借助泛神论

---

① 晏阳红:《莫言在日本的全方位评价研究》,《湖北职业技术学院学报》2014年第2期。

② 宁明:《莫言作品的海外接受——基于作品海外销量和读者评论的视野》,《南方文坛》2016年第5期。

的原始宗教,升华出自己'朴素的庄严'的美学理想,并建立起自己质朴而瑰丽的大地诗学。六朝志怪到《聊斋志异》影响了他取材的向度,唐传奇的'叙事婉转,文辞华艳'决定了他质朴而瑰丽的文风,宋人平话至明清小说启发了他作为说书人的自觉,几部古典名著从人物到叙事技巧都渗透在他小说的骨骼肌肤中,而元曲、明清传奇、民间说唱艺术与近代兴起的故乡戏剧猫腔,则从人物故事场景、叙事策略到语言形式全面造就了他的小说文体"①。有的研究者着重考察中国叙事传统之于莫言的意义,认为莫言的创作离不开对魔幻现实主义的借鉴和中国传统叙事的融合,而"狂欢化的语言、独特的叙事视角和腔调、粗野泼辣的民间英雄以及中国缩影式的高密东北乡"②,又是莫言对中国叙事传统的发展。还有的研究者则从中国叙事传统元素入手,认为莫言的小说充满了鬼魅之气,通过人与鬼、现实与鬼域的对比,以不同于现代史观的鬼魂视角,链接起历史和人情,既承续了传统鬼话小说的艺术经验,又在时代文化的共性中呈现个人创造③。更进一步,莫言小说还体现出中国叙事传统中的"创世纪神话":从《秋水》到《白狗秋千架》和《马驹横穿沼泽》,莫言建构着"高密东北乡"的"创世纪"。由传奇、现实而神话,每一次都将笔触更深地探入人类思维和文化的源头。④ 莫言与中国叙事传统的演进,也是不断超越自我而逐步呈现人类学的普遍意义。

在与中国叙事传统的关联上,莫言与蒲松龄及其《聊斋志异》最为密切。这不仅来自自己多次公开的宣言,更来自具体文本之间的渊源。有的研究者认为,他们都遭遇人生苦难并在苦难中升华,都呈现出对古齐文化的继承和对鲁文化中儒家伦理道德的颠覆与僭越,表现为作品中人物的自由叛逆精神以及魔幻现实主义色彩,主题又集中在爱情、亲情、死亡以及批判现实等方面⑤。莫言在对蒲松龄学习的同时不断创新,体现出现代性品格。有的研究者认为,莫言的创作自觉继承中国文学的优秀传统,在向蒲松龄学习并汲取《聊斋志异》创作

---

① 季红真:《莫言小说与中国叙事传统》,《文学评论》2014年第2期。
② 王磊、李爱华:《中国叙事传统和莫言叙事艺术承继与发展向度》,《石家庄学院学报》2016年第4期。
③ 孙俊杰、张学军:《莫言小说中的鬼话人情》,《小说评论》2017年第5期。
④ 孙俊杰、张学军:《莫言小说中的创世纪神话》,《山东师范大学学报》2017年第5期。
⑤ 赵霞:《蒲松龄莫言比较研究》,山东师范大学,博士学位论文,2015年。

资源的同时，加大了魔幻叙事的比重，"通过中国式的魔幻叙事，创作了一个又一个当代文化寓言，并在汲取诸多'现代'元素的过程中，形成了自己独特的风格"①。还有的研究者在比较中认为，"莫言小说失却了《聊斋志异》的精致小巧细腻，但也别开生面，具有为后者所不具备的开阔大气与世界性眼光"②。关于《聊斋志异》对莫言小说的具体而直接的影响，从长篇小说《生死疲劳》《酒国》以及相关短篇小说中，不难发现其中的聊斋式元素③。而且更为明显的是，"莫言在创作中经常运用的轮回观念、动物意象、鬼神情节都能在《聊斋志异》中找到类似的痕迹。莫言对这类'聊斋'元素的运用和发挥，使其作品带有一种亦真亦幻、荒诞离奇的魔幻色彩"④。蒲松龄及其《聊斋志异》之外，莫言最为欣赏的是曹雪芹及其《红楼梦》，并从曹雪芹身世出发把《红楼梦》看作"大悲悯"的典范，视之为一部"挽歌"。所以莫言与《红楼梦》的渊源关系也值得深入研究，尤其在家族小说叙事传统方面可以揭示一条新线索。

除了古典文学传统，莫言与现代文学精神的传承和转换引起新的关注，尤其表现在莫言与鲁迅的比较研究成为热点。立足于宏观比较的视野，有学者从"现实与魔幻的交融"的角度切入论题："莫言的小说创作，更多的是来自以蒲松龄为代表的中国古典文学的隐匿传统；同时他在艺术手法和现实精神上，也直接继承了鲁迅等新文学作家对于小说创作魔幻与现实的双重建构，并做了进一步思考和探索。"⑤更有学者直接提出"莫言对鲁迅传统的继承与创新"，认为"与鲁迅相遇"是莫言小说继承中国化叙事经验的重要组成部分。"吃人"的主题、"看客"的发展与深化以及对乡土小说的超越，构成莫言对鲁迅传统继承与创新的诸多方面⑥。还有的研究集中于莫言与鲁迅写作之"主体精神"

---

① 张立群、吴繁：《从本地到本土——论莫言对〈聊斋志异〉传统的继承与创新》，《南都学坛》2015年第6期。

② 喻晓薇：《从福克纳、加西亚·马尔克斯走向蒲松龄——莫言小说创作与〈聊斋志异〉》，《海南师范大学学报》2017年第3期。

③ 张旋子：《〈聊斋志异〉对莫言小说创作的影响》，集美大学，硕士学位论文，2014年。

④ 钟颐：《浅析〈聊斋志异〉对莫言文学创作之影响——以〈檀香刑〉、〈生死疲劳〉、〈蛙〉为例》，《语文建设》2016年第24期。

⑤ 刘勇、张驰：《20世纪中国文学现实与魔幻的交融——从莫言到鲁迅的文学史回望》，《北京联合大学学报》2013年第1期。

⑥ 张立群、杨洋：《论莫言对鲁迅传统的继承与创新》，《河北科技大学学报》2015年第4期。

的"家族性相似"①;也有的研究认为鲁迅的"启蒙主义"与莫言的"作为老百姓写作"在内在精神联系上一脉相承,共同构成近百年中国文学史上的两座高峰②。当然也有研究者提出恰恰相反的意见,着眼于莫言与鲁迅精神传统的分离,认为所谓的继承是建立在误读基础之上。"莫言先是用每个人都有的性格缺点、阴暗心理解构了'启蒙者'的存在,继而又用潜存于人体内的'动物性'取代了'国民性',从而把鲁迅在'五四'时期所开创的启蒙主义传统,悄无声息地改写成了'食色性也者'的传统。因此说,与其说莫言是鲁迅创作思想的继承、发扬者,不如说是叛逆、断裂者更为合适。"③ 相对于概观性的比较研究,具体文本个案之间的对比性与互文性的阐释更有针对性。比如,《狂人日记》与《酒国》之间的"吃人"意象和"吃人"叙事的对应分析④。再比如,《故乡》对《白狗秋千架》的影响研究,"《白狗秋千架》的创作立场、故事模式、结构模式、故乡想象、底层生命关注、希望思索、返乡书写和文学独行精神等,都与《故乡》潜存着微妙的对话关系"⑤。有的还涉及《孔乙己》与《冰雪美人》、《一件小事》与《丑兵》、《药》与《灵药》之间的联系⑥。其实,莫言的《枯河》《拇指铐》《檀香刑》等文本与鲁迅的《阿Q正传》《药》《示众》等文本间的关系也需要深化研究。相对于鲁迅着力表现的"看客",莫言则着力于表现"施刑者"。

在莫言的鲁迅阅读史和文学阅读史中,对于《铸剑》的评价最高。从20世纪60年代以来,无论怎样的阅读,都一再声称"最喜欢《铸剑》"并认为

---

① 王学谦:《莫言与鲁迅的家族性相似》,《吉林大学学报》2014年第3期;《魔性叙事及其自由精神——再论莫言与鲁迅的家族性相似》,《文艺争鸣》2016年第4期;《摩罗二重唱——莫言的〈铸剑〉阅读及其与鲁迅的家族性相似》,《求是学刊》2016年第4期。

② 栾梅健:《从"启蒙"到"作为老百姓写作"——莫言对鲁迅文学传统的继承与创新》,《南京社会科学》2015年第1期。

③ 姜玉琴:《启蒙主义传统与"食色性也者"传统——论莫言与鲁迅创作思想之不同》,《中国文学研究》2015年第1期。

④ 吴义勤、王金胜:《"吃人"叙事的历史变形记——从〈狂人日记〉到〈酒国〉》,《文艺研究》2014年第4期。

⑤ 彭秀坤:《〈故乡〉与莫言〈白狗秋千架〉的互文性》,《鲁迅研究月刊》2013年第10期。

⑥ 赵雨佳:《心慕笔追:莫言对鲁迅短篇小说的模仿与继承》,《文艺争鸣》2015年第10期。

"超过了那个时代的所有小说,也超过了鲁迅自己的其他小说"①。《铸剑》给莫言带来了非同寻常的"启迪"意义。吴福辉从莫言谈《铸剑》的文章说起,认为莫言把"复仇"和"鲁迅精神"并置,归纳出《铸剑》的美学意味。《铸剑》对人生含义的语言象征般的启示,集中在"黑衣人形象"身上。尤其是那个集合了莫言全部精神和灵魂的《透明的红萝卜》中的"小黑孩",仿佛是眉间尺和黑衣人的复合体②。莫言将美和残酷相结合的表现,令人回味到《铸剑》的黑色之魅。张志忠认为,莫言与《铸剑》之间有着说不完的情缘,两者之间存在着逻辑线索和密切关系③。他进一步指出,《我们的荆轲》是向《铸剑》的致敬之作,荆轲形象的塑造不仅有黑衣人的影子,也是作家自我的精神写照④。也有研究者具体比较《铸剑》与莫言的《月光斩》,认为后者在故事框架、情节、主题等方面都与前者具有相关性⑤。还有的研究者进一步阐释《铸剑》之于莫言的意义,认为鲁迅的"铸剑"对莫言的"打铁"情结影响深远,鲁迅的"复仇精神"转换为莫言的"生命伦理"⑥。从鲁迅到莫言,不仅延伸出创作主体意识的独特性,而且可以寻绎出现代文学精神的传统性延续和创造性转换的线索。

除了与鲁迅的关系引发研究热潮外,莫言与其他本土作家的比较研究也日益显现。比如莫言与沈从文的民间创作之比较("高密东北乡"和"湘西")⑦,莫言与张炜的民间立场之比较("知识分子叙述者"和"作为老百姓的写作")⑧,莫言与陈忠实的女性观念之比较(充满生命的张力和男权社会的附属)⑨,莫言与王小波的刑罚叙述之比较("精细的惨烈"与狂欢化和"戏

---

① 莫言:《莫言对话新录》,文化艺术出版社 2009 年版,第 193 页。
② 吴福辉:《莫言的"'铸剑'笔意"》,《中国现代文学研究丛刊》2013 年第 4 期。
③ 张志忠:《莫言与〈铸剑〉:说不完的情缘》,《文艺争鸣》2016 年第 11 期。
④ 张志忠:《〈我们的荆轲〉:向〈铸剑〉致敬——莫言与鲁迅的传承关系谈片》,《南方文坛》2017 年第 1 期。
⑤ 张永辉:《鲁迅〈铸剑〉与莫言〈月光斩〉的对比阐释》,《鲁迅研究月刊》2014 年第 4 期。
⑥ 丛新强:《论鲁迅〈铸剑〉之于莫言的意义》,《东岳论丛》2016 年第 12 期。
⑦ 杨汉瑜:《沈从文与莫言之民间创作比较》,《重庆科技学院学报》2013 年第 9 期。
⑧ 闫石:《张炜与莫言——民间立场选择的比较研究》,《运城学院学报》2016 年第 2 期。
⑨ 李金璐:《莫言、陈忠实小说中女性观念及其创作成因的比较研究》,《湖北函授大学学报》2016 年第 6 期。

谑的游戏"与黑色幽默)①等等。而且，莫言还多次提及阅读赵树理、张爱玲、金庸、汪曾祺等作家作品的感受和体验甚至对自己创作的影响，尤其与赵树理的关系研究更有待于深入展开，比如以"问题小说"和"民间立场"为核心的比较考察等。此外，近几年程光炜所做的"莫言家世考证"系列研究也独具特色，这样的研究模式，在整体性的莫言研究史中，尤其在拉开时空距离之后的未来时代及其后世学人的莫言研究中，将愈益显示其重要意义。

四、莫言作品整体观及其再解读

莫言获得诺贝尔文学奖，出色的翻译固然不可忽视，但作家自身的创作永远是根本。"诺奖"之后，研究者继续深入文本内部，立足文本细读和辨析，从整体性及其叙事等层面探究莫言作品呈现出来的独特性和普遍性。

首先是对莫言作品的整体性研究。贺立华从童年记忆、文学境界、男性视角三个层面切入：关于饥饿、孤独、屈辱、恐惧的童年记忆是其小说创作的丰富库存；创作的三十多年跨越了天马行空、大地歌唱和灵魂忏悔三重境界；其中对于女性的赞美，使莫言的作品潜含着温情和对爱的渴望。②张志忠着重于阐述莫言为中国农民立言的精神特征："在审美特性上，基于乡村世界的生命浑融所形成的艺术感觉和象征意象的营造；在价值评判上，在残酷、血腥、艰辛无比的生存境遇中张扬生命的英雄主义和理想主义。莫言的小说正好印证了20世纪中国农民的强大的生命力、创造力，生生不息，追求不已。这就是文学化了的中国特色中国经验，堪与世界文学对话。"③张清华则把莫言置于新文学谱系性的整体观视野：从鲁迅到莫言，新文学的几代作家共同创造了乡村世界与农业文明的哀歌和挽歌，以莫言为标志，这种整体性经验的处理成为最后的文学景观；莫言传承了鲁迅和五四作家的国民性批判的主题，但是又将这一延续变得更为丰富和多维，这是百年新文学的精神脉系所在；在历经启蒙主义写作、革命文学之后，以莫言为代表的当代作家重新找回了民间文化的价值

---

① 刘梓晗：《浅说莫言、王小波小说刑罚暴力叙述的根源及差异》，《黄冈师范学院学报》2016年第2期。
② 贺立华：《童年记忆 文学境界 男性视角——艺术内外说莫言》，《山东女子学院学报》2013年第1期。
③ 张志忠：《论莫言小说》，《文学评论》2013年第1期。

与立场,以此将当代文学推向了更为宽广的美学空间。① 还有研究者从文学原型出发切入创作整体,探讨了"莫言立足于自身原型,通过自我与超我的融合,创作了一系列小说中的'我',……令小说中的'我'超越了现实生活原型"②。显然,新文学视野中的莫言作品研究及其整体观视角将愈益重要。

其次,莫言创作中的"幻觉现实主义"重新被重视。有研究者认为,莫言的幻觉现实主义受到魔幻现实主义的启示并得以超越。"他的小说以天马行空的想象力,狂放敏锐的感觉,汪洋恣肆的语言,以高密东北乡为背景,创造了一个基于幻觉之上的现实和历史世界,对'猪圈生活'进行了深刻而无情的揭露与嘲讽。"③ 还有研究者认为,莫言的虚幻现实主义是"融合新感觉主义、意识流、魔幻现实主义等西方艺术流派以及中国民间文化和文学质素"④ 的结果。谢有顺则从具体文本出发,深入辨析其"感觉的象征世界",认为《檀香刑》之后的莫言并非回归传统,而是继续其现代小说写作。"传统小说没有把感觉观念化、象征化的实践,感觉象征化是现代小说的独特标志。《檀香刑》之前,莫言感觉的狂放,更多是停留在具象化和物质化的层面,《檀香刑》之后,莫言将这种感觉巨型化和象征化了。"⑤ 陈晓明也通过对小说《木匠和狗》的解读,深入辨析"乡村自然史"中所包含的现代主义观念和方法,提出"中国现代主义的在地性"问题。⑥ 或许,从文学特质出发,从文本细读入手,才能不断接近并阐释莫言的"幻觉现实主义"。

第三,莫言作品的文本叙事研究进一步深化。张学军从叙事层面重新细读文本,通过"叙述者、官方和民间"三个角度分析《天堂蒜薹之歌》的叙事结构,以"多重文本与意象叙事"的角度分析《酒国》的结构艺术,从"反复叙事中的灵魂审判"的视角切入《蛙》的结构艺术⑦。张瑞英从"炮孩子""世

---

① 张清华:《莫言与新文学的整体观》,《文学评论》2017年第1期。
② 李晓燕:《莫言文学创作自身原型探源》,《山东师范大学学报》2016年第3期。
③ 王德领:《莫言与幻觉现实主义》,《首都师范大学学报》2013年第1期。
④ 董国俊:《莫言小说的虚幻现实主义》,兰州大学,博士学位论文,2014年。
⑤ 谢有顺:《感觉的象征世界——〈檀香刑〉之后的莫言小说》,《文学评论》2017年第1期。
⑥ 陈晓明:《"歪拧"的乡村自然史——从〈木匠和狗〉看中国现代主义的在地性》,《文学评论》2017年第1期。
⑦ 分别参见:《山东师范大学学报》2014年第3期;《东岳论丛》2016年第1期;《当代作家评论》2017年第1期。

说新语"的角度,创新性地阐释了《四十一炮》中的"荒诞叙事"①。也有的研究者以《丰乳肥臀》《蛙》为例对莫言的"苦难叙事"做了分析②,以《红高粱家族》《丰乳肥臀》《檀香刑》中的英雄形象为中心表现莫言小说的叙事策略与审美风格③,还有的论述了莫言小说中的"动物叙事"及其审美意蕴和文学价值④,有的论述了莫言小说中的"身体叙事"及其类型⑤等等。可以说,叙事研究是回归文本自身的重要途径,也是理解莫言艺术创造的重要环节。

不可否认,莫言研究已经达到相当的广度和深度,也走到一个新的临界点。进而言之,还有哪些学术空间?张志忠认为,在莫言研究成为显学的背景下,对莫言文本的细读,对莫言阅读史、莫言与山东和胶东半岛地域文化关系的深度考察,都是有可能取得新开拓的方面。还有莫言海外传播研究的语种扩大化问题,会涉及对莫言原创性的评价和中国文学走向世界性的借鉴。⑥另外需要特别指出的是,从 2012 年 10 月获得诺贝尔文学奖至今,时隔五年的"间歇期",伴随着 2017 年 9 月开始陆续问世的莫言新作⑦,莫言研究已经引发新的关注,也必将在已有研究基础上迈入新的阶段。

(原载《山东大学学报》2018 年第 3 期)

---

① 张瑞英:《一个"炮孩子"的"世说新语"——论莫言〈四十一炮〉的荒诞叙事与欲望阐释》,《文学评论》2016 年第 2 期。
② 李茂民:《论莫言小说的苦难叙事——以〈丰乳肥臀〉和〈蛙〉为中心》,《东岳论丛》2015 年第 12 期。
③ 朱永富:《论莫言小说的叙事策略与审美风格——以〈红高粱家族〉〈丰乳肥臀〉〈檀香刑〉中英雄形象为中心的考察》,《甘肃社会科学》2013 年第 2 期。
④ 林洁:《莫言小说中的动物叙事研究》,西南大学,硕士学位论文,2015 年。
⑤ 敖倩影:《论莫言小说的身体叙事》,广西民族大学,硕士学位论文,2016 年。
⑥ 张志忠:《莫言研究的新可能性》,《中国现代文学研究丛刊》2016 年第 4 期。
⑦ 2017 年 9 月第 9 期的《人民文学》发表戏曲文学剧本《锦衣》和组诗《七星曜我》,2017 年 11 月第 11 期的《人民文学》发表短篇小说《天下太平》,2017 年 11 月第 5 期的《收获》发表以"故乡人事"命名的三个短篇小说《地主的眼神》《斗士》《左镰》,2018 年 1 月第 1 期的《十月》发表短篇小说《等待摩西》和诗歌《高速公路上的外星人》,2018 年 1 月第 1 期的《花城》发表短篇小说《诗人金希普》《表弟宁赛叶》和诗歌《雨中漫步的猛虎》。

论莫言小说新作的精神特征

从 2012 年 10 月获得诺贝尔文学奖，时隔五年的"间歇期"，伴随着 2017 年 9 月开始陆续问世的莫言新作，莫言研究引发新的关注。以小说创作而言，其代表性新作主要在于短篇小说，包括《天下太平》和以"故乡人事"命名的《地主的眼神》《斗士》《左镰》及《等待摩西》《诗人金希普》《表弟宁赛叶》。尽管这一系列的创作依然来自那个广义的"故乡"，却呈现出新的精神特征。

一、真实两难的时代境遇

文学总是面向着身置其中的时代，敏锐地感应着时代的风向，莫言的创作一贯注重如何处理文学与时代的关系。比如《天堂蒜薹之歌》以真实事件而介入时代和政治，对于官僚主义和基层政权进行愤怒的批判；比如《十三步》以教师生存介入时代和人生，对于肉体置换和灵魂去向进行内在的思辨；比如《四十一炮》以农村变革介入时代和伦理，对于欲望表征及其本体意义进行多面的表现；比如《蛙》以计划生育介入时代和灵魂，对于中国故事和自我意识进行深刻的剖析。

而在其新近创作中，莫言则融入了对于时代新生问题的新的表现。《等待摩西》中，离家出走三十年的柳卫东返乡后的事务是执着于"讨还民族财富"计划的时代骗局。"他手里那些文件，制作精美，凹凸纹，水印，嵌着金属线，简直比真的还像真的。而且,你不知道他的口才有多么好。"① 这既是曾经流行一时的欺诈现象,从中同样不难想象,柳卫东的人生也是历经世事沧桑。《诗人金希普》中,利用家乡驻京办春节聚会的机会,以著名诗人自居的金希普隆重出场,以诗歌的名义介入社会圈子,将高调与低调结合得天衣无缝。像金希普一样游走于所谓的"上层"和"下层"之间,极尽攀附之能事,极尽真切之炫耀,充分挖掘信息不对称和心理之缝隙而获取最大的生存空间,不能不承认,在这样的时代依然大有人在。《表弟宁赛叶》中,像宁赛叶一样的总是自命不凡、自视甚高,总感觉怀才不遇、大材小用,总以为生不逢时、看穿世界,然而却又自暴自弃、一事无成,如此之人也是屡见不鲜。《天下太平》中,被老鳖咬住手指的留守儿童小奥,尽管疼痛恐惧,却没有丝毫抱怨。除了因为从爷爷和奶奶嘴里听过的鳖精故事涌上心头外,更有孩子心目中的朴素的因果报应。"他也似乎明白了,自己被鳖咬,并不是无缘无故的,因为他的父母打工的那家餐馆,是家野味餐馆,父亲除了每天杀蛇外,还要杀死很多鳖。"② 儿童视角所反映的时代风貌无须修饰,反而真实无比。另外,手机时代的生活方式也显而易见。动辄通过手机录视频而实现证据的保存和问题的监督甚至顺利解决,正如太平村领导人张二昆所说的:"我们村子里的人,在我的培训下,都有强烈的新闻意识,都能熟练地使用手机的录像功能,上到百岁老人,下到五岁儿童。……你们想,人民警察,顶风冒雨,前来解救一个被鳖咬住手指的留守儿童。这样的视频,在网上发布后,你们马上就是网红。你们成了正能量满满的网红,你们领导也会高兴,你们领导一高兴,等待你们的,不是立功就是提升!可是,你们竟然发牢骚、骂人,这个视频要是在网上一发布,那是什么后果,你们自己想想吧!"③ 今天的轰动事件已经不是加工和滞后性的,而是原初和即时性的;今天的朋友圈已经不是传统的交往行为,而是网络和线上的自由模式。

如果说上述呈现的诸类问题还属于简单现象层面的话,那么更为复杂的情形则是真实存在然而又两难面对的时代境遇问题。《天下太平》中,张二昆指责袁武的养猪场暗道排污,破坏水湾污染水源,致使怪病不断,而自己却随时

---

① 莫言:《等待摩西》,《十月》2018年第1期。
② 莫言:《天下太平》,《人民文学》2017年第11期。
③ 莫言:《天下太平》,《人民文学》2017年第11期。

准备外迁，但同时袁武又表示，养猪场得到县镇领导的支持，而且修路建庙捐款最多，村人有难慷慨相助。张二昆揭示袁武养猪都是药物催生，而袁武则辩解所用配方饲料和添加剂都是畜牧局下属公司出售。当张二昆要求袁武必须关闭养猪场之时，袁武则识破张二昆的"玩花样"，认为是有人看中养猪场这块地方开发别墅而要求让出，而这又的确如前交代和显示，这也是实情。看起来针锋相对的张二昆和袁武，二人说辞却都没有差错，其实问题的复杂性就在这里，已经难以进行非此即彼的价值判断。《诗人金希普》中，金希普凭借所谓的人脉资源而从姑父家拿走两万元活动经费，即便没有做出任何实质性事宜，仍然令后者毫无疑虑。为什么呢？因为金希普毫不避讳这个问题，而且很自然地把这种结果归为反腐败的社会形势。"他说他是真心实意地想帮宁赛叶办点事，但谁知道碰上这样一块形势。他说那两万元尽管他没花一分，但他迟早会还给宁赛叶，不还上这笔钱他对不起死去的老人。"① 连"反腐败"都可以被巧妙利用，但又不能不承认这是社会现实，甚至也不能怀疑其态度真诚的一面，而这恰恰又构成问题的复杂性所在。《表弟宁赛叶》中的情形更为纠结。"我"不断地为宁赛叶提供工作机会，而宁赛叶却不断地逃脱。"我"介绍他去供销社，他逃离的理由是："他们根本不是人，是一群奸商！他们往酒里掺水，往化肥里掺盐，他们大秤进小秤出，他们制假贩假，坑蒙拐骗，我怎么可能跟这样一群败类共事？"② "我"介绍他去锻压设备厂，他逃离的理由是那里"生产的基本都是废品，为了把这些废品卖出去，他贿赂采购人员，手段卑劣，无所不用其极"③……"我"指明他办报纸并拿着假记者证在家乡坑蒙拐骗的事实，而他则认为是污蔑："他们为了建那座高度污染的化工厂，强占农民的良田，农民联名写血书上访，都被他门扣下。官办的报纸不敢揭露真相，我们民办的报纸为民申冤，又受到他们污蔑！"④ 而事实却是"我"进一步的判断："你当时是怎么说的？你说只要你们赞助十万元，我们就把消息压住。否则就立即见报！就算他们建化工厂不对，但你利用这种方法诈钱，又能比他们好到

---

① 莫言：《诗人金希普》，《花城》2018年第1期。
② 莫言：《表弟宁赛叶》，《花城》2018年第1期。
③ 莫言：《表弟宁赛叶》，《花城》2018年第1期。
④ 莫言：《表弟宁赛叶》，《花城》2018年第1期。

哪里？"① 如此看来，双方为此而展开的对话说起来针锋相对、各执一词，实质上却都是社会现实，又真实无比。

更进一步，《表弟宁赛叶》还借表弟之"胡言乱语"及其所谓的"黑白驴"形象阐述自己的时代之反思："这个年代，容不下黄钟大吕，只能让狐狸社鼠得意横行。"② 甚至那头"黑白驴"，黑白不分、阴阳不分，恰恰构成人生面相之一种。"在我们的前后左右，每时每刻，都有一些像黑白驴一样的阴阳人，他们察言观色，他们趋炎附势，他们唯利是图，他们见利忘义，他们没有良心，却挥舞着良心的大棒打人，他们没有道德，却始终占据着道德高地，他们在驴和人之间频繁转换，驴脸上挤着人的微笑，人身上长着驴的皮毛。生活在这样的世界上，你说，我们怎么能服气？"③ 莫言总是如此敏锐地观察着时代，并将其形象地修辞出来。看起来不过是宁赛叶的无稽之谈和激愤之辞，实则却是"我们"的共同感受和时代表征。

如果说此前的创作中，还可以对时代境遇做出较为明晰的价值判断，那么在上述新作中，这种价值判断的倾向就颇为两难，但是又以其强烈的真实存在而极为醒目。其实，问题的复杂性和时代的不确定性也在这里。就像上述所呈现和论析的那样，无论张二昆和袁武还是金希普、宁赛叶和"我"所陈述的，无论正方还是反方的观点，都是以事实为依据，都因为各自"正确"而无法说服对方甚至不得不承认对方。这是真实而两难的时代境遇，也是走向多元博弈的时代特征。

二、善恶难辨的人性面相

莫言的写作具有鲜明而强烈的主体意识，"把好人当坏人写，把坏人当好人写，把自己当罪人写"④，既是其文学创作原则，也是人性辩证法。在巨大的历史转换和复杂的伦理是非面前，本来善恶分明的人性选择反而界限模糊。比如《红高粱家族》中的余占鳌，比如《丰乳肥臀》中的司马库，比如《生死

---

① 莫言：《表弟宁赛叶》，《花城》2018年第1期。
② 莫言：《表弟宁赛叶》，《花城》2018年第1期。
③ 莫言：《表弟宁赛叶》，《花城》2018年第1期。
④ 莫言：《用耳朵阅读》，作家出版社2012年版，第255页。

疲劳》中的西门金龙，比如《蛙》中的姑姑万心，无一不在历史和伦理的漩涡中浮沉，演绎着人性善恶的变化轨迹。

而在其新近创作中，莫言则将人性特征复归于日常生活及其民间道德的层面加以表现。《地主的眼神》中那个具有地主成分的孙敬贤，其实首先是一个好农民。他割下的麦捆，麦穗整齐干净，麦茬儿紧贴地面，割麦技术无人能比，不禁令善良如"我"父亲者真心佩服，连其严厉监督者如贫协主任都大为认同。"我父亲说，孙敬贤被划成地主，确有几分冤。吃亏就吃在他的好胜上。他置地不求质量，只求数量。"① 正如其孙辈孙来雨所说，"俺爷爷就爱土地"，"就喜欢打肿脸充胖子"②。土地是农民的基础，更是地主的基础，没有不爱土地的农民和地主。地主就是地的主人，不想当地主的农民不是好农民，更不用说地主了。孙敬贤虽然是地主，但没有阶级斗争教科书中所谓的劣迹斑斑，至多也就是"我"对他的侧面印象，而且还不无羡慕嫉妒恨的因素。因为"我"竟想与他比赛割麦，殊不知完全自不量力，而且被直接批评甚至被要求向他学习。"我承认，我对这个具有高超割麦技艺的老地主没有丝毫好感，但我对他无端挨打又充满同情，我对专横跋扈的贫协主任充满反感，但又对他惩治老地主感到几分快意。"③ 这又何尝不是另一种人性意识，又何尝不是人性的善恶难辨。

《斗士》中，曾经的村党支部书记方明德类似于《生死疲劳》中的洪泰岳。虽然已经时过境迁，但他的斗争思维始终不变。用他自己的话说："钱是足够花的，但心里不舒坦。"面对"我父亲"随遇而安的生活方式，方明德则认为这是人生悲剧："我是共产党员，你不是，你可以当顺民，我不能，我要战斗！"④ 而且，梦中也会想到毛主席在鼓励自己战斗。与之形成对应的，则是无所顾忌的单身汉武功。他和黄耗子斗、和方明德斗、和王魁斗，还和诸多无缘无故的人斗，竟然成为最后的"胜利者"。因为他从来不把自己当人，反倒成为其斗争手段和制胜法宝。即便获得了晚年的生存保障，那颗被仇恨和屈辱浸泡了半辈子的心也依然没有改变。"他的仇人们，死的死，走的走，病的病，

---

① 莫言：《地主的眼神》，《收获》2017 年第 5 期。
② 莫言：《地主的眼神》，《收获》2017 年第 5 期。
③ 莫言：《地主的眼神》，《收获》2017 年第 5 期。
④ 莫言：《斗士》，《收获》2017 年第 5 期。

似乎他是一个笑到最后的胜利者,一个睚眦必报的凶残的弱者。"① 这不仅是"这一个",其实也是"某一类"。从方明德和武功的对立来看,从阶级斗争时期的"人整人""嫁祸于人"和"公报私仇"乃至置人于死地,到之后的报复过程中的揭人隐私、一箭双雕、动辄得咎、以暴制暴以及一贯的争强斗狠,二人的斗争关系仿佛自始至终。那么到底谁是"斗士"?在那个产生斗士的年代,武功是斗士,方明德也是斗士,甚至还有诸多形形色色的其他"斗士"。两个"斗士"乃至诸多斗士们斗在一起,其中的是非善恶又怎能分辨清楚。正如"我父亲"口中的方明德:"老方这个人,干了不少坏事,但性子还是比较直的。"② 也正如"我母亲"口中的武功:"他干的这些坏事,总会受到报应的,但你一定要给他保密,因为他只对我一个人说过,连你爹都没告诉。"③ 如此看来,无论方明德还是武功,又并非大奸大恶之人,反而给人留下可以讨论的余地和可以思考的空间。莫言在揭示他们的"斗士"心态的同时,也包含着深刻的超越性的理解。其实,这正是人性存在之真实面相。

《等待摩西》中,出身于基督徒之家的柳摩西在"文革"时改名柳卫东,并卖力批斗其爷爷柳彼得,对其打耳光、揪头发、吐唾沫。柳彼得反过来咬断其一根手指,所以差点被红卫兵揍死,但柳卫东却赢得信任,成为大义灭亲的英雄。后来,柳卫东因为和马秀美的自由恋爱而遭受毒打,并一度生活落魄。等到20世纪80年代的农村改革,他已经成为家乡的首富。与此同时伴随的,争议不断而来。"你只要混得比他们好一点,他们就巴不得你倒霉。红眼病嘛!老子是赚了钱,但老子也没捆着你们的手不让你们赚啊!"④ 可见国民性的一成不变,更可见柳卫东的世事洞明。接下来却是柳卫东的神秘失踪,而且一去三十年杳无音信。等到重新返乡之时,柳卫东再次成为柳摩西,仿佛绕了一圈回到原点。而他的爷爷柳彼得,却活过百岁无疾而终。"教徒们常以柳彼得的健康长寿为榜样,劝说群众信教。有人皈依,也有人反唇相讥,说柳彼得在集市上吃炉包喝酒,他的孙媳妇马秀美带着孩子在集市上捡菜叶子,那孩子看他吃炉包,馋得流口水,他却视而不见,只管自个儿吃。旁边的人看不过去,

---

① 莫言:《斗士》,《收获》2017年第5期。
② 莫言:《斗士》,《收获》2017年第5期。
③ 莫言:《斗士》,《收获》2017年第5期。
④ 莫言:《等待摩西》,《十月》2018年第1期。

说：老柳，看看你那重孙女馋成什么样子了，你少吃一个，给她一个吃嘛。柳彼得却说：我不能够，她们正在承受该她们承受的苦难，然后才能享平安。"①与其说柳彼得以上帝的名义为自己的行为选择找到了一个冠冕堂皇的理由，倒不如说经历过"文革"遭遇的柳彼得再也不相信人性了，因为连自己的孙子也可以礼数丧尽而肆意妄为。如果没有对于人性的基本理解，恐怕柳彼得也不会如此不同寻常而且长寿获得善终。显然，作者在这里也不过是呈现，而并非判断。

莫言对于人性的把握总是相当深刻，但又往往恰到好处。在历史的宏大叙事面前，他独辟蹊径地寻绎出那些得以制衡历史发展的不和谐之声音，并旗帜鲜明地加以张扬；在个体的日常叙事面前，他不动声色地观察着那些得以维系个体生存的不完美之处境，并不置可否地中庸处理。相对于此前的创作而言，莫言小说新作的意义也在这里。

三、恩仇并泯的精神旨归

莫言的写作基本上是通过"民间性"的世俗伦理来超越革命伦理及其政治伦理，也就是通过最为朴素的人性思辨和终极关怀来表达人的本质存在。《生死疲劳》中的地主西门闹不断向阎王鸣冤叫屈，请求转世为人探明缘由、以证清白。当鬼卒为他端出孟婆汤并劝其喝下以忘记所有的痛苦、烦恼和仇恨时，西门闹坚持的是这样的立场："我要把一切痛苦烦恼和仇恨牢记在心，否则我重返人间就失去了任何意义。"② "重返人间"却充满仇恨，其"意义"就是"复仇"的发生。所以，只要心中有仇恨，就不能重返人间；只有把心中仇恨荡涤干净，才能重新做人。这是小说叙事的起点，也才有了后面关于驴、牛、猪、狗的轮回转世。

通过"驴折腾""牛犟劲""猪撒欢"和"狗精神"的生命历程，西门闹的仇恨意识渐次淡化，直至消弭。在这个过程中，连阎王都发生转换，连阎王都对这个世界感到悲凉。这也正是对小说叙事起点的回应："好了，西门闹，知

---

① 莫言：《等待摩西》，《十月》2018年第1期。
② 莫言：《生死疲劳》，上海文艺出版社2008年版，第6页。

道你是冤枉的。世界上许多人该死，但却不死；许多人不该死，偏偏死了。这是本殿也无法改变的现实。"① 阎王明知西门闹的冤枉，仍然使其不断轮回为牲畜却不直接让他转世为人，原因何在？就在于西门闹如果怀着仇恨来到人间，那么复仇式的恶性循环将会有始无终。轮回与转世，不仅是叙事视角的转换，更是达致终极目标的途径，那就是必须要消除仇恨，才能做真正的人。西门闹从当初的被仇恨所充满，到逐渐消弭仇恨，几度轮回而转世成大头儿蓝千岁，其间的斗争对抗日益减弱，而自由精神愈益彰显，没有仇恨，才能平静地叙述。冤冤相报何时了，要终止复仇的循环，要么选择同归于尽，要么选择彻底放弃。如果无法同归于尽，那么彻底放弃也不失为一条必由之路。否则，就难以避免"以暴制暴"的暴力循环。一部人类文明的发展史，应该是不断地消除复仇意识、终结暴力循环的历史。再次回应叙事起点：只有抛弃"一切痛苦烦恼和仇恨"，"重返人间"才有意义。正所谓"人将死恩仇并泯"，其实人不死更需要"恩仇并泯"。

莫言的小说新作继续沿着《生死疲劳》的精神向前推进，进而将这种精神融入于日常生活的经验和体验中。《地主的眼神》叙事精巧，因为一篇小学生作文而贯穿起"我"与地主三代之间的关系。在那个特殊的年代，"我"写过一篇轰动全县的作文，本来是小学生炫耀写作手法的无意之举和卖弄行为，却被大肆渲染、借题发挥成为"时事政治"。这一事件虽说不能决定地主家庭的命运，但无疑再次触动了地主家庭本就敏感的神经，加剧了本就脆弱的地主家庭的焦虑情绪，也在客观上造成进一步的伤害。"我至今也认为孙敬贤不是个心地良善的人，但我那篇以他为原型的作文确实也写得过分，尤其是因为我那篇作文，让他受了很多苦，这是我至今内疚的。"② 而且"我"又企图和他进行割麦比赛，结果又是自取其辱、无地自容。"我"十六岁时，又传出了"我"和地主孙敬贤的儿媳妇于红霞有不正当关系的谣言。这样的致命打击，幸亏母亲的劝说才让"我"度过劫难。一场农村恶作剧的背后，实际上却是生产劳动和生活日常中的互帮互助。而时至今日，"我"却通过地主的孙子孙来雨来体验现在的农村生活。"我"感慨于人民公社时期盼望的农业机械化在分田单干

---

① 莫言：《生死疲劳》，上海文艺出版社2008年版，第4页。
② 莫言：《地主的眼神》，《收获》2017年第5期。

后的实现,他则希望通过"我"的关系而获得胶河农场闲置的八百亩土地以增加耕种规模。他说起当年的作文事件差点让他爷爷被批斗致死,"我"说"这是个历史的误会","如果我早知道能惹出那么多事来,打死我也不会写那篇作文"①。"我"清楚地知道孙敬贤的好坏和善恶与他的地主身份没有丝毫关系,他则认为自己的父亲不惜重金为爷爷举办一场类似戏说历史的豪华葬礼,不仅不能产生扬眉吐气的幸福而且糊涂并毫无意义。因为已经没有人去关心这件事的政治意味,而只是感到热闹、荒诞、好玩。时事已经变迁,从强烈的阶级斗争到剧烈的社会变革,人的意识和实践也发生了前所未有的变化,这不能不说是时代的进步和人性的优化。

在莫言的创作历程中,对"打铁"情有独钟。成名作《透明的红萝卜》中,老铁匠和小铁匠的"打铁"场景被描绘得淋漓尽致。《丰乳肥臀》中作为铁匠妻子的上官吕氏,实际上打铁的技术比丈夫还要强许多,只要看到铁与火就热血沸腾,创造了女人打铁的先河。《生死疲劳》中的西门闹,第一次生命转换形态是"驴折腾",呼应的自然是中国社会的"瞎折腾"。在单干户蓝脸带着西门驴上蹄铁之时,面对的还是铁匠铺。《姑妈的宝刀》中的开篇"民歌",也正是从"铁匠"入手演绎出"宝刀"的故事。每年的麦收时节,铁匠老韩一行三人便来到村头,不仅为乡民打造出实用的铁具,更形成一道独特的风景。到了新近的《左镰》,莫言开篇"小引"就是"打铁"。其中的铁匠老韩和两个徒弟小韩、老三如期而至,旋即形成三锤轮打的热烈的劳动场面。本来和谐的妙趣横生的渲染到位的"打铁"画面,因为田千亩提出的一把"左镰"而被打破,从而引发出一段牵肠挂肚的恩怨人生。当智力残缺的喜子一丝不挂地出现的时候,引来了少不更事的少年们的捉弄和恶作剧,而且当着喜子妹妹欢子的面也没有意识到其中潜在的风险。当喜子父亲刘老三登门"兴师问罪"的时候,"我"和二哥在父亲的暴打之下将事端的挑起转嫁给伙伴田奎。本来都是儿童之间的无意之举和人之常情,却在刘老三找到田家后而引出意想不到的不可挽回的悲剧。田奎被其父亲直接剁去右手,其惨烈境况可想而知,尤其对一个少年而言更是无以复加。这样的结果,不仅基于民间存在的朴素的复仇伦理,也与当时代的敏感的阶级斗争有关,因为田家是地主而刘家则是贫农。遭

---

① 莫言:《地主的眼神》,《收获》2017年第5期。

受如此伤害和苦难的田奎,并没有将此迁怒于人,而是平静地承受。从此以后,本就习惯左手的田奎也就只能依靠左手,本来学习成绩优异的田奎也就沦为割草少年,也就自然而然地引出"左镰"的由来。"左镰打好了。这是一件特别用心打造的利器,是真正的私人定制,铁匠们发挥出了他们最高的水平。"① 多年以后,当有人将寡居的欢子介绍给田奎的时候,田奎欣然接受,全然不顾欢子的"克夫命"。人生的恩怨纠葛,就在这样的结局中得到释放。看起来锻打一把左镰,本质上也就是修炼一种人生。"三个人站成三角形,三柄锤互相追逐着,中间似乎密不透风,有排山倒海之势,有雷霆万钧之力,最柔软的和最坚硬的,最冷的和最热的,最残酷的和最温柔的,混合在一起,像一首激昂高亢又婉转低回的音乐。这就是劳动,这就是创造,这就是生活。少年就这样成长,梦就这样成为现实,爱恨情仇都在这样一场轰轰烈烈的锻打中得到了呈现与消解。"② 面对生命本身的残酷,生命的过程却可以选择温柔,正所谓"相逢一笑泯恩仇"。莫言一贯的残酷叙事无论程度如何,终究为了实现恩仇并泯的精神旨归。

四、主体意识的精神资源

　　莫言的新近小说创作,依然源自那始终刻骨铭心的"故乡人事"。其主体意识除了固有的民间道德传统,还不难发现儒释道耶的精神流露。《等待摩西》中,是什么力量支撑着马秀美永不放弃,不能怀疑其基督信仰的真实意义。"马秀美之所以能够忍受着巨大的痛苦坚持到最后,是不是也是因为她的信仰?尽管她的文化水平很低,无法自己阅读《圣经》,但对教义的理解有时候并不需要借助文字,有很多心灵感应的东西,是很难用常理解释的。我听我的一个信仰基督教的外甥说,东北乡所有的教徒中,没有比马秀美更虔诚的了。每次做礼拜,她都热泪横流,失声痛哭。她跪在耶稣基督画像前,往胸口画着十字,嘴唇翕动着,嘴里念叨着:主啊,保佑他吧,保佑这个迷途的羔羊吧……"③面对离家三十多年的柳卫东,受尽磨难的马秀美依然不离不弃;面对

---

　① 莫言:《左镰》,《收获》2017年第5期。
　② 莫言:《左镰》,《收获》2017年第5期。
　③ 莫言:《等待摩西》,《十月》2018年第1期。

柳卫东莫名其妙的重新返乡和再度回归本原的柳摩西，马秀美依然如初地全心接纳。不能不说，正是对"主的显灵"的始终认信才得以支撑起她的人生历程，才得以让她幸福地面对这一切。而这一切，对常人而言，真正接受起来似乎并不容易。

其实，对莫言来说，基督精神的主体资源由来已久，《丰乳肥臀》就是如此。母亲上官鲁氏从走进教堂、听着讲经而超越苦难、彻悟人生，到自觉弥留之际再次走进教堂、再次听着讲经，仿佛生命的轮回。满树的槐花散落，覆盖母亲全身，生命获得善终。当初走进教堂，聆听马洛亚牧师的传道，不仅自我得救，而且有了金童玉女；最后走进教堂，聆听名为马洛亚长子实为马洛亚化身的传道，不仅自我善终，而且为金童铺设出全新的生命之路。此时此刻，上官金童"好像看到了传说中的父亲"，而且也听到让其一生最温暖的话语："兄弟，我一直在等待着你！"① 如何安顿好没有任何生存能力的金童的后续生活，显然是母亲离世之前最后的心事。面对着一众儿女们及其自身所承受的苦难，母亲的生命历程及其醒目的以德报怨和以善抗恶的品质，不能不说与自身得着灵魂的信仰及其精神寄托有着密切关系。"母亲与墙上那个几乎赤裸着身体的名叫玛利亚的圣母有着一模一样的神情。庄严、忧愁、宁静，逆来顺受地、自觉自愿地奉献。"② 这是作为"圣母"的母亲形象的最直观的表现。当然，以"至善"为核心的人性追求也是华夏文化的伦理旨归，而在这里，则更有基督教文化的宗教信仰意义及其特质。虽然马秀美和上官鲁氏还不可同日而语，还不能相提并论，但是从《丰乳肥臀》到《等待摩西》，在某种意义上又的确贯穿着作者极其相似的精神线索。

除了《等待摩西》较为鲜明的耶稣精神的显现，《诗人金希普》于嬉笑怒骂的表层叙事中则又寄寓着以《红楼梦》为代表的儒释道传统精神的终极表达。这便是金希普特意写给"我"的古风，不仅构成小说的结束语，更是形容人生的总结语。从卖唱乞讨到时来运转，从名利双收再到千万唾嫌，否极泰来、物极必反似乎也是人生常态。"昨日尚嫌珍馐美味难入口，今日一块大饼分外甜"，其间哪有什么因果和道理可言。"得意切莫忘形骸，失意却要抖精

---

① 莫言：《丰乳肥臀》，上海文艺出版社2012年版，第537页。
② 莫言：《丰乳肥臀》，上海文艺出版社2012年版，第141页。

神。繁华一时迷人眼,东风吹雨葬花魂。生如鲜花之灿烂,去如迅雷静无痕。人生观念千万种,似是而非多矛盾。学佛看破人间梦,修道却期千年身。春夏秋冬四时转,富贵荣华过眼云。明知世事皆虚幻,还将假戏做成真。人过六十土埋颈,依然为名煞费心。诸般牵挂难放下,到底还是一俗人。"① 人生无常,这是作者的自我清醒,又何尝不是生命的普遍规律;世事虚幻,这哪里是什么古风新韵,简直就是《红楼梦》的精神流脉。其间既有儒家的入世,更有佛家的看破和道家的修行,但终究乃是虚幻之虚幻。历尽悲欢离合,即便诸般牵挂,终究也要全部放下。不仅荣华富贵过眼云烟,而且爱恨情仇也要一并消泯。这才是真正的大苦闷、大感悟、大悲悯与大境界,岂不正是"落了片白茫茫大地真干净"。

其实,对莫言来说,《红楼梦》精神的主体资源同样由来已久,《生死疲劳》就是如此,尤其结局的"猴戏"部分理应引起进一步的重视。庞凤凰和西门欢的人生变迁,让人自然想起《红楼梦》式的生命挽歌。"曾几何时,庞凤凰是高密县的第一公主,西门欢是高密县的第一公子。一个母亲是县里最高领导,一个父亲是县里最阔大佬。他们人物潇洒,行为风流,挥金如土,广交朋友,一对金童玉女,招了多少艳羡和嫉妒的目光啊。但转眼之间,高官大款俱成故人,荣华富贵皆化粪土。昔日的金童玉女,竟流落街头耍猴卖艺,这样的鲜明对比,怎一个感慨了得!"② 其间又何尝没有"因嫌纱帽小,致使锁枷扛"的因素,又何尝没有"金满箱,银满箱,展眼乞丐人皆谤"的成分?③ 当年的玉女庞凤凰和金童西门欢,如今落魄流浪,又何尝不是《红楼梦》中的"为官的家业凋零,富贵的金银散尽"④。而庞凤凰和蓝开放的爱情悲剧更时时闪现出《红楼梦》的影子,最纯粹的爱却又是近亲关系,"看破的遁入空门,痴迷的枉送了性命"。死的死,亡的亡,终究"落了片白茫茫大地真干净"⑤。扩而大之,整个西门家族的兴衰荣辱之变迁不也是如此吗?虽然不能和《红楼梦》的四大家族相提并论,也无法和其中的人物进行对应,但两者之间所蕴含的内

---

① 莫言:《诗人金希普》,《花城》2018年第1期。
② 莫言:《生死疲劳》,上海文艺出版社2008年版,第527页。
③ 曹雪芹著、刘世德校注:《红楼梦》,江苏古籍出版社1994年版,第17—18页。
④ 曹雪芹著、刘世德校注:《红楼梦》,江苏古籍出版社1994年版,第70页。
⑤ 曹雪芹著、刘世德校注:《红楼梦》,江苏古籍出版社1994年版,第70页。

在精神却异曲同工,对于生命的体验和理解却殊途同归。"富贵不是天注定——凡人都有落魄时——"①"富贵"和"落魄"的相互转换,不正是人生所面对的普遍境遇吗?"浮生着甚苦奔忙?盛席华筵终散场。"② 在人生意义和终极价值上,《生死疲劳》与《红楼梦》感同身受;在人生历程和生命意识上,《诗人金希普》结语的古风诗作也与《红楼梦》精神异曲同工。

  从莫言小说新作不难看出,其创作总是密切关注着时代变迁中的人性特质,尤其把人类文明思想和终极文学精神吸收成为自身的重要资源,也就同时成就并展现出独树一帜的自觉主体意识。

(原载《中国当代文学研究》2020 年第 3 期,人大复印报刊资料《中国现代、当代文学研究》2020 年第 8 期全文转载)

---

  ① 莫言:《生死疲劳》,上海文艺出版社 2008 年版,第 528 页。
  ② 曹雪芹著、刘世德校注:《红楼梦》,江苏古籍出版社 1994 年版,第 3 页。

《晚熟的人》阅读笔记

媒体所谓《晚熟的人》[①]这部小说集是莫言获得"诺奖"之后的新作,严格来说并不准确。从其创作年表可知,《澡堂与红床》完成于2011年底,尚在"诺奖"之前,未正式发表;《左镰》《地主的眼神》《斗士》均初稿于2012年5月,定稿于2017年8月,随后陆续正式发表,但实质也是"诺奖"之前的作品;《等待摩西》《表弟宁赛叶》《诗人金希普》《天下太平》完成于2017年8月到9月间,并陆续正式发表,属于"诺奖"之后的作品;《晚熟的人》《贼指花》《火把与口哨》《红唇绿嘴》完成于2020年3月、4月、6月,尚未正式发表,属于名副其实的"新作"。由此看来,这部作品集的构成也经历了近十年的时间跨度,其复杂多元性显然难以通过某一主题内涵或主体精神所能概括,故而采用单篇笔记的思路亦不失为一种有效的解读方式。

1.《左镰》:莫言对"打铁"情有独钟。铁匠一行不仅为乡民打造实用的农具,更形成一出热烈的劳动场面和一道独特的风景线。本来和谐的妙趣横生的渲染到位的"打铁"画面,因为田千亩提出的一把"左镰"而被打破,从而引发出一段牵肠挂肚的恩怨纠葛。本来儿童之间的无意之举,却引出不可挽回的悲剧;本来成绩优异的田奎,沦为默默承担的割草少年;面对所谓的"克夫命",又是坦率欣然地接受。看起来锻打一把左镰,本质上修炼一种人生。面对生命本身的残酷,生命的过程却可以选择温柔,正所谓"相逢一笑泯恩仇"。

[①] 莫言:《晚熟的人》,人民文学出版社2020年版。

莫言一贯的残酷叙事无论程度如何，终究为了实现恩仇并泯的精神旨归。

2.《晚熟的人》：当年以鲁钝而著称的蒋天下，不仅时来运转成了老板，而且文化水平显著提高——引经据典，出口成章；脱胎换骨，无限风光；世事洞明，人情练达；运筹帷幄，名著"天下"。"我"回家乡，感叹过往；面对乡民，超出想象；自我调侃，不如对方；文化搭台，经济演唱。从政治社会到经济舞台，从政治中人到经济中人，莫言发现了"晚熟的人"。"晚熟"的品种独具特色：他人聪明伶俐，"晚熟"又傻又呆；他人心机用尽，"晚熟"灵魂开窍。早熟早衰，晚熟晚衰，早熟晚衰，晚熟早衰，其中滋味，谁能说得开？家族遗传还是时代使然，也无从判断，反正不是自己说了算。

3.《斗士》：曾经的党支部书记方明德，类似于《生死疲劳》中的洪泰岳。虽然已经时过境迁，但是方明德的斗争思维始终不变。与之相对应的，则是名曰"武功"的单身汉，和有因有果的人斗，也和无缘无故的人斗，竟然成为最后的"胜利者"。从来不把自己当人看的争强斗狠，反而成为生存的手段和制胜的法宝。在那个产生斗士的年代，武功是斗士，方明德也是斗士，还有形形色色的其他斗士。而无论方明德还是武功，又并非大奸大恶之徒，反而给人留下可以讨论的余地和可以思考的空间。莫言发现了"凶残的弱者"，在揭示"斗士"心态的同时，也包含着复杂而深刻的超越性理解。

4.《贼指花》："贼指开花，有无可替代之美"，也有无可替代之阴影。一场笔会，萍水相逢；粉墨登场，百态人生。假戏真做，贼喊捉贼；钱包失踪，人性贯通。那个正气凛然的笔会组织者、身手不凡的反扒大哥、慷慨激昂的前公安刑警、写出凄美《贼指花》诗作的柔情诗人，却都是逢场作戏的表演者、情仇恨债的制造者、混淆视听的隐身者、地地道道的偷窃者。如果没有后续的文学培训班，恐怕一直谈笑风生地欺骗，永远都不能被发现。这些和那个"能空手捉苍蝇的高手"，仿佛毫不相干。莫言笔下的人性的两面性，所谓的"抓贼"和"做贼"，天衣无缝地并行不悖。所谓"贼指花"，本就太可怕。

5.《等待摩西》：出身基督徒之家的柳摩西在"文革"时改名柳卫东，因卖力批斗爷爷柳彼得而成为大义灭亲的英雄。看前者，神秘失踪三十年，绕了一圈回原点；看后者，活过百岁，无疾而终。与其说柳彼得的行为选择是以上帝的名义为自己找到冠冕堂皇的理由，倒不如说经历过"文革"的他再也不相信人性了，因为连自己的孙子也可以礼数丧尽而肆意妄为。如果没有对于人性之恶的基本理解，恐怕柳彼得也不会如此不同寻常而且健康长寿。又是什么力量支撑着受尽磨难的马秀美永不放弃、痴心等待、幸福接纳？不能怀疑其基督信仰的真实意义，因为对常人而言并不容易。莫言在这里也不过是呈现，而并非评判。

6.《诗人金希普》：像金希普一样游走于所谓的"上层"和"下层"之间，极尽攀附之能事，极尽真切之炫耀，充分挖掘信息不对称，擅长利用心理之缝隙，获取最大的生存空间，在哪个时代都大有人在。金希普特意写给"我"的古风，不仅构成小说的结束语，更是形容人生的总结语。从卖唱乞讨到时来运转，从名利双收再到千万唾嫌，哪有什么因果和道理可言。人生无常，这是作者的自我清醒，又何尝不是生命的普遍规律；世事虚幻，哪里是什么古风新韵，简直是《红楼梦》的精神流脉。其间既有儒家的入世，更有佛家的看破和道家的修行，但终究乃是虚幻之虚幻。历尽悲欢离合，即便诸般牵挂，也要全部放下。

7.《表弟宁赛叶》：像宁赛叶一样的总是自命不凡、自视甚高，总感觉怀才不遇、大材小用，总以为生不逢时、看穿世界，然而却又自暴自弃、一事无成，如此之人也是屡见不鲜。借表弟宁赛叶之"胡言乱语"及其所谓的"黑白驴"形象，作者阐述了自己的时代之思："这个年代，容不下黄钟大吕，只能让狐狸社鼠得意横行。"那头"黑白驴"，黑白不分、阴阳不分，恰恰构成人生面相之一种。莫言总是如此敏锐地观察着时代，并将其形象地修辞出来。看起来不过是宁赛叶的无稽之谈和激愤之辞，实则却是"我们"的共同感受和时代表征。而且，还难以做出较为明晰的价值判断，显示出不确定性的两难。

8.《地主的眼神》：那个具有地主成分的孙敬贤，其割麦技术无人能比，他首先是一个好农民。土地是农民的基础，更是地主的基础，没有不爱土地的农民和地主。地主就是地的主人，不想当地主的农民不是好农民，更不用说地主了。孙敬贤虽然是地主，但却没有阶级斗争教科书中所谓的劣迹斑斑，至多也就是"我"对他的侧面印象，而且还不无羡慕嫉妒恨的因素。因为"我"竟想与他比赛割麦，殊不知完全自不量力。"把好人当坏人写，把坏人当好人写，把自己当罪人写"，既是文学创作原则，也是人性辩证法。在巨大的历史转换和复杂的伦理是非面前，本来界限分明的人性选择反而善恶难辨。

9.《澡堂与红床》：三十多年前，如果洗上热水澡，地位一定超级高。如今都有太阳能，反而感觉不过瘾，洗澡还得在大池子里泡。澡堂里的世界坦诚相见，总是让人一直怀念。其实洗的不是澡，而是人生的多和少。棉花加工厂的工友们再度出场：莫回首，有喜有悲也有恶作剧；再相会，有情有义也有不平处。当年盛名远扬的棉花厂，不过如今的一个大澡堂。除了洗澡，还有洗脚。洗澡的时候高谈阔论，洗脚的时候不知所云。人情依旧，旧事重提；时世变迁，尽收眼底。成败得失，皆成过往；澡堂红床，无非转向。生命行程，谁主沉浮？小人物还是大首长？

10.《天下太平》：三十年前《食草家族》的"二姑随后就到"中的"二姑"从小像鳖一样咬人，这里的小奥还真被鳖咬住了，最后摆脱困境的方式竟如出一辙。不过，被老鳖咬住手指的留守儿童小奥，尽管疼痛难熬，但却没有抱怨丝毫。除了因为从爷爷和奶奶嘴里听过的鳖精故事涌上心头，更有孩子心目中的朴素的因果报应。儿童视角折射的时代风貌无需修饰，诸如严重的环境污染和隐秘的人情世故等，反而真实无比。手机时代的生活方式也显而易见，动辄通过录视频而实现证据的保存和问题的监督甚至顺利解决。今天的轰动事件已经不是加工和滞后性的，而是原初和即时性的了。莫言的创作，一贯注重如何介入文学与时代的关系，总是敏锐地感应着时代的风向，呈现出新的精神特征。

11.《红唇绿嘴》：不禁让人想起鲁迅先生的《故乡》，人物之间也有可圈可点之处。"我"由京返乡看望病中父亲，相遇当年的覃桂英、如今的"高参"。从见面握手到高扬人权再到自诩不过一个为弱小者争利益、为受害者鸣不平、为乡村社会代言的知识分子，"高参"的确不一般，已经不是传统乡间的农民形象了。政治年代革命高潮中善恶交织、命运起伏的覃桂英，已经与时俱进为经济年代网络高潮中真假难辨、游刃有余的"高参"。新农村之所以新，更重要的是新人，莫言发现了互联网时代的农村中的"新人"。只不过，这类"新人"所谓的深谙网络之道，所谓的充分利用"在合法与非法之间有宽阔的缝隙"，所谓的"卖谣言"，又何尝不是一把双刃剑？

12.《火把与口哨》：不禁让人想起鲁迅先生的《祝福》，祥林嫂也是先没了丈夫，又被狼衔去了儿子。尽管三婶英明远见，但同样难逃命运多舛，父母、丈夫、儿女一一离去。父母用心良苦，告别世界时留下特殊遗书，不忘给女儿创造生路；因为三叔的天性善良而娶到美丽的三婶，又因其出神入化的口哨技艺而顺利拉回嫁妆，也是因为共同的口哨爱好使得三叔和三婶的感情更加悲壮；一双儿女的意外夭亡则让三婶彻底绝望。伴随其间的"沙窝五耳"与见证者和参与者小光，同样动人心肠。在用火把杀狼复仇后，三婶再也生无可恋，平静地离开人世间。莫言沉入往昔的无限回忆，在革命情境和伦理道德的既相互影响又各自独立的关系中，表达神性的光芒，寄托民间的理想。

总体而言，《晚熟的人》依然源自那始终刻骨铭心的"故乡人事"及其历史回溯。究其内在立场，除了传统的民间伦理道德，还不难发现儒释道耶的精神流露和鲁迅先生的精神线索。比如《等待摩西》中的耶稣信仰启示，比如《诗人金希普》中的儒释道文化寓意，比如《红唇绿嘴》《火把与口哨》中再次体现对鲁迅先生的致敬。莫言的创作总是密切关注时代变迁中的人性特质，尤其注重人类文明思想和终极文学精神的借鉴与吸收，同步成就并展现出独树一帜的主体自觉意识。

（原载《长江文艺》2021 年第 3 期）

后　记

　　收到本书中的文章代表了我的几个学术关注点。

　　关于"文学生活"的研究，得益于温儒敏先生主持的国家社科基金重大招标项目"当前社会文学生活调查研究"，虽然项目已经结项，但还想围绕这一课题做下去，期望有所延展；另外，关于中国当代文学的相关文本解读及文学现象研究，其实是持续进行的本专业工作。我把我的这一类研究名之为"世俗"。

　　关于中国当代文学与基督教文化的关系研究，是我始终坚守的一小块学术空间。我不仅出版了博士学位论文《基督教文化与中国当代文学》，还延伸出版了《当代中国文学的宗教维度》。虽然面临困难，但还想在这一领域有所推进。我把我的这一类研究名之为"神圣"。

　　关于莫言文学的研究，是我近些年的关注重点，也得益于张志忠先生主持的国家社科基金重大招标项目"世界性与本土性交汇：莫言文学道路与中国文学的变革研究"。围绕这一领域发表了系列论文，还出版了专著《莫言长篇小说研究》。收入本书的几篇文章较有代表性，虽然莫言研究的广度和深度已经有目共睹，但还想在其"中短篇小说"文本解读和作家主体意识及文学思想研究等方面有所建树。我把我的这一类研究名之为世俗与神圣"之间"。

关于"世俗""神圣""之间"的命名，完全没有什么所谓准确性和严谨性之类的意义所在，仅仅是我的一厢情愿的即兴说法而已。我想以此而粗略地区分我的不成熟的研究，让我的学术之路有点自觉意识。特别感谢我的导师牛运清教授和师母马瑞芳先生，二老把我领上治学道路并一直关心我的成长；感谢贺立华教授对我的学术影响和关爱有加；感谢张学军教授对我的学术指导和多方帮助；感谢温儒敏先生对我的学术提携和精神鼓励；感谢博士后合作导师金惠敏先生对我的学术启发；感谢张志忠先生对我的学术支持；感谢杨剑龙教授、李光贞教授倾心提供的国际学术研讨机会；感谢不辞辛苦发表我的学术文章的编辑老师；感谢山东大学中国现当代文学学科的良好氛围及其与各位老师的真诚相处。

学术研究无止境，学术境界有高低。我将在这条路上继续前行，争取境界能够高一点。书中浅薄乃至错讹之处，敬请前辈和同仁批评指正。

丛新强

2021 年 3 月 31 日